KNAUR

Über die Autorin:
Diana Hillebrand (geb. 1971) ist Autorin und Dozentin und lebt mit ihrer Familie in ihrer Wahlheimat München. Seit 2006 gibt sie Kurse im Kreativen Schreiben an der »WortWerkstatt SCHREIBundWEISE«. Sie hat mehrere Bücher, Kurzgeschichten und Fachartikel veröffentlicht. 2018 wurde eines ihrer Jugendbücher mit einem »LesePeter« ausgezeichnet.
www.diana-hillebrand.de

DIANA HILLEBRAND

WO DAS *Glück* AUF WELLEN TANZT

ROMAN

Besuchen Sie uns im Internet:
www.knaur.de

Originalausgabe Mai 2019
Knaur Taschenbuch
© 2019 Knaur Verlag
Ein Imprint der Verlagsgruppe Droemer Knaur GmbH & Co. KG, München
Aus folgendem Werk wurde mit freundlicher Genehmigung zitiert:
Alain: Die Pflicht, glücklich zu sein.
Aus dem Französischen von Albrecht Fabri.
© Suhrkamp Verlag, Frankfurt am Main 1975.
Alle Rechte vorbehalten. Das Werk darf – auch teilweise – nur mit
Genehmigung des Verlags wiedergegeben werden.
Redaktion: Dr. Clarissa Czöppan
Covergestaltung: ZERO Werbeagentur, München
Coverabbildung: FinePic / shutterstock.com
Satz: Sandra Hacke
Druck und Bindung: CPI books GmbH, Leck
ISBN 978-3-426-52031-4

2 4 5 3 1

Für
Martina und Andrea

1. KAPITEL

Frisch gewaschener Morgen. Der Tau setzt sich in feinen Tropfen auf die Giebel der braven Stadt. Ziegelrote, spitze Dächer, die am Horizont kratzen, und ein blassblauer Himmel, in dem schon das Versprechen eines milden Maitages liegt. Vereinzelt schimmert hier und da Licht hinter den Fenstern auf. Familienfrieden. Kaffeeduft. Barfuß durch die Wohnung laufen. Wach werden. Glück.

Anna klappte ihr Notizbuch zu und steckte es in ihre Umhängetasche auf dem Beifahrersitz. Sie blieb noch ein paar Sekunden im Auto sitzen und sah hinaus. In einem beleuchteten Schaukasten kündigte die Johanniskirche ihre Gottesdienste an. Die Laternen rund um die Kirche spendeten schwaches Licht. Langsam, ganz langsam verabschiedete sich die Nacht, um einem neuen Tag Platz zu machen. Diese Zeit zwischen Dunkelheit und Licht mochte Anna ganz besonders. Wenn sich die Silhouetten der Gebäude aus dem Schlaf schälten und das Gezwitscher der Vögel das lauteste Geräusch war. Anna zog den Zündschlüssel, griff nach ihrer Tasche und stieg aus.

Walderstadt hatte nicht einmal zwanzigtausend Einwohner und gehörte laut Glücksatlas zu den glücklichsten Städten in Deutschland. Lag es an der Überschaubarkeit dieser Stadt, die man weder als klein noch als groß bezeichnen konnte? Ein paar Bäcker, eine gut ausgestattete Stadtbücherei, Schulen, ein Rathaus mit einem Rundturm auf der linken Seite und üppigen roten

Geranien vor den Kassettenfenstern, Cafés, Restaurants, mehrere Immobilienmakler, Tankstellen, eine hübsche Allee aus großen Platanen und der Eiler Bach, der gelegentlich über die Ufer trat. Die Einheimischen nannten ihn eigenwillig, weil er sich immer wieder neue Wege ins Bachbett spülte. Ihn zu begradigen wäre trotzdem niemandem in den Sinn gekommen. Genau genommen war Walderstadt eine Kleinstadt wie viele andere. Bedeutungslos für das Weltgeschehen, aber voll von Einzelschicksalen ganz normaler Menschen.

Nur einmal im Jahr stellten die Walderstädter ihre Haushalte auf den Kopf, schoben alte Töpfe zur Seite, krochen tief in ihre Kleiderschränke hinein, durchwühlten Dachböden, Keller und die Zimmer der Kinder und suchten mit ihren Trüffelnasen nach längst vergessenen Schätzen für den Trödelmarkt. Einen Trödelmarkt, der weit über die Grenzen der Stadt hinaus bekannt war, weil er seinesgleichen suchte. Denn er bestand nicht nur aus einigen Holzbuden auf dem Stadtplatz, sondern der gesamte Ort verwandelte sich für drei Tage in ein lebendiges Handelszentrum. Dann wurden die Tore zu den Hinterhöfen weit aufgestoßen, und jeder, der wollte, konnte hereinkommen und sich aus dem Hausstand aussuchen, was zum Verkauf oder Tausch von der Familie freigegeben worden war. So kam es vor, dass die geschliffene Bleiglas-Vase der Oma nur zwei Häuser weiterzog und auf dem Kaminsims des Nachbarn ein neues Zuhause fand. Ein großer Teil des Handels untereinander wurde durch Tauschgeschäfte vollzogen. Lediglich die Besucher von außerhalb bezahlten für ihre Fundstücke. Sie kauften ein bisschen Geschirr hier und da, einen alten Stuhl oder eine Lampe und fuhren wieder nach Hause, meistens ohne die Seele dieses Marktes erspürt zu haben.

Die Walderstädter aber erlebten diese Tage wie ein äußeres und inneres Aufräumen, eine Grunderneuerung, die traditionsgemäß den Sommer einläutete. Ein allgemeines Glücksgefühl schien sich dann über die Stadt zu legen. Eine freudige Erregung, wie man sie kannte, wenn etwas Neues einzog und man sich von alten Dingen trennte. Man begegnete sich, blieb in der Tür stehen, begutachtete Handbemaltes, setzte sich, trank Kaffee und redete. Die Kinder drückten sich von Haus zu Haus und machten große Ohren. Drei Tage lang herrschte in Walderstadt ein gemeinschaftliches Treiben, und das hatte sich über die Jahre herumgesprochen. Noch war es ruhig, aber der Ansturm würde nicht lange auf sich warten lassen.

Anna schlenderte, die Hände tief in den Taschen vergraben, auf den Stadtplatz zu. Sie hatte es nicht eilig. Es ging ja erst los, und die professionellen Händler bauten noch auf. Stabile Holzbuden, die in ein paar Stunden von der Vergangenheit so vieler Menschen zeugen würden. Zerkratzte Pfannen, Teppiche, silberne Kerzenständer, Vasen, Keramik, Saucieren, Waschschüsseln, Spiegel, gerahmte Kunst – und an allem haftete das Leben. Vergangene Glücksmomente zum Anfassen. Anna wollte von Anfang an dabei sein, wollte den Geschichten begegnen, bevor sich später große Menschentrauben durch die Gassen schieben würden. Sie war noch in der Dunkelheit in München losgefahren. Doch nun war sie zu früh dran und fror. Anna zog die Jacke fester um sich, drehte sich unschlüssig im Kreis und steuerte dann auf das einzige hell erleuchtete Fenster in der Nähe zu: Lotto Otto. Sie lächelte.

»Hmm.« Der Mann hinter der Theke stützte sich mit den Ellenbogen auf eine Zeitung. Er blickte auf, als die Glocke an der Tür ertönte.

»Guten Morgen. Wie schön, dass Sie schon aufhaben!«, rief Anna.

»Kommt selten vor, dass um diese Uhrzeit jemand mit guter Laune hier reinkommt.«

»Tatsächlich? Also wenn ich jetzt noch einen Kaffee bekommen könnte, wäre ich sogar wunschlos glücklich.«

Der Mann, den Anna anhand seines Namensschildes als Otto ausmachte, deutete auf einen Kaffeeautomaten.

»Perfekt.« Sie schob einen Pappbecher unter den Auslauf und drückte auf die Taste *Milchkaffee*. Ohne sich umzusehen, spürte sie Ottos Blick in ihrem Rücken. Als der Kaffee durchgelaufen war, drehte sie sich um: »Sie werden es nicht glauben, aber ich war sogar schon einmal hier. In Ihrem Laden.«

Otto blickte von seiner Zeitung auf. »Sie? Das wüsste ich aber.«

Anna nahm einen Plastiklöffel und rührte ihren Kaffee um. »Doch, Sie wissen es nur nicht mehr. Es ist schon ein paar Jahre her. Mein Vater war dabei.« Sie schmunzelte. »Ich war ungefähr zehn, jetzt bin ich über dreißig.«

»Ach so«, sagte Otto. »Da hatte ich den Laden ja gerade erst eröffnet.«

»Und?«, fragte Anna.

»Und was?«

»Was ist in der Zwischenzeit passiert?«

Otto schnaubte. »Was halt so passiert in zwanzig Jahren. Ich bin älter geworden, meine Frau hat mich verlassen, Walderstadt hat eine Bürgermeisterin, und einmal hat einer bei mir richtig was gewonnen. Aber glücklicher ist er deshalb nicht geworden.«

»Nicht?«

»Nicht.«

»Dabei habe ich gelesen, dass die Menschen in Walderstadt zu den glücklichsten in ganz Deutschland gehören sollen.«

Otto zuckte mit den Schultern. »Man muss auch nicht alles glauben, was man liest«, sagte er dann und vertiefte sich erneut in seine Tageszeitung.

Anna probierte den Kaffee, der seinen Namen kaum verdiente. Die Pappe des Bechers setzte sich geschmacklich eindeutig durch.
»Ich bin übrigens nicht nur wegen des Marktes hier.«
Otto nahm die Zeitung beiseite. »Ach, nicht?«
Anna lächelte. Otto war wohl ein Freund weniger Worte. »Nein. Ich habe später noch einen Termin bei einem Makler. Vielleicht ziehe ich sogar hierher.«
Otto sah auf. »Spielen Sie Lotto?«
»Manchmal«, sagte Anna, »aber nur, wenn ich von Zahlen träume.«
»Na, dann sind Sie bei mir in bester Gesellschaft. Ich habe Kunden, die kommen nur, wenn ihnen eine Sieben oder eine Zwölf begegnet. Oder wenn der Postbote dreimal geklingelt hat.« Er nickte Richtung Fenster. »So, jetzt geht der Zauber draußen aber bald los. Für die besten Stücke sollten Sie sich langsam auf den Weg machen.«
Man hätte diese Bemerkung als freundlichen Rausschmiss deuten können, aber so dachte Anna nicht. Es gab Freunde, die nannten sie naiv oder sogar realitätsfremd. Doch so einfach war es nicht. Annas Antennen empfingen lediglich positive Signale. Sie wollte das Gute sehen. Mit aller Macht. Immerhin sicherte ihr diese Eigenschaft seit einigen Jahren ihren Lebensunterhalt. Hätte sie sich nur ein paar Minuten länger in Ottos Laden umgesehen, hätte sie mit Sicherheit in einem Magazin oder einer Zeitschrift einen Artikel von sich gefunden, den sie unter ihrem Pseudonym Julia Jupiter geschrieben hatte. Doch nun stand ein viel größeres Projekt auf ihrer Agenda, und Anna bekam ein bisschen Bauchschmerzen, wenn sie daran dachte. Sie seufzte und zwang sich, nicht weiter darüber nachzudenken. Sie hatte einen Plan. Erst einmal würde sie sich den Markt ansehen, so wie sie es vor vielen Jahren mit ihrem Vater schon einmal gemacht hatte, und danach, danach würde sie das Immobilienbüro Graf & Graf

aufsuchen. Der Termin stand für den Mittag in ihrem Kalender. Wenn alles klappte, würde sie vielleicht schon bald eine neue Wohnung hier in Walderstadt beziehen können. Und wenn das geschafft war, dann würde sie sich endlich in Ruhe ihrem großen Ziel widmen können.

Anna verließ Ottos Laden und schob ihre Hand in die Jackentasche. Dort war der Zettel, der vom vielen Anfassen schon ganz weich geworden war. Um ihn vor dem völligen Zerfleddern zu bewahren, hatte sie ihn sogar einmal mit Klarsichtfolie verstärkt. Manchmal zog sie ihn heraus und betrachtete die kantige, winzige Schrift ihres Vaters.

Glück besteht in der Kunst, sich nicht zu ärgern, dass der Rosenstrauch Dornen trägt, sondern sich zu freuen, dass der Dornenbusch Rosen trägt.

Wenn sie die wenigen Worte las, klang seine freundliche Stimme in ihr wie ein fernes Echo nach. Es waren nicht seine letzten Worte gewesen. Anna hatte viel darüber nachgedacht. Wüsste man, dass man seine letzten Worte sprach, was sollte man dann noch sagen? Bleischwer würde das Gewicht dieser Worte wiegen. Jeder gut gemeinte Ratschlag, jeder Wunsch und jede Aufgabe konnte dann eine schwere Bürde für den Empfänger bedeuten. Soweit sie wusste, hatte ihr Vater keine letzten Worte für sie hinterlassen. Vielmehr hatte er jenes arabische Sprichwort in einem der unbedachten Momente aufgeschrieben, in denen man sich des Glückes gar nicht bewusst war. Am liebsten hatte Anna es, wenn sich der Zettel in der Innentasche ihrer Jacke direkt über ihrem Herzen befand. Dort, wo auch die Lupe steckte. Dann fühlte sie, wie die Wärme sich ausbreitete und ein wohliges Gefühl sie durchströmte.

Früher, als sich ihr Leben noch nicht in ein *Davor* und ein *Danach* aufgeteilt hatte, hatte sie über das Glück gar nicht nachgedacht. Sie hatte es mit der Selbstverständlichkeit eines Kindes gehalten, das sein Alter noch an seinen Fingern abzählen konnte. Sie lachte, sie tanzte, sie hüpfte und sie dachte, so würde es immer sein. Ein Leben voller Lichtpunkte und mit üppigen blühenden Rosen im Garten.

Heute trugen die Blumen in ihrem inneren Garten nur wenige Blüten. Doch mit der Sturheit eines Gärtners im Felsenmeer pflegte und hegte Anna ihn. Und mit jedem noch so kleinen Moment der Freude, mit jedem Lachen und vor allem mit dem Glück anderer erblühten neue, zartblättrige Rosen in ihrem Herzen. So war Anna zu einer beharrlichen Glückssucherin geworden.

»Suchen Sie etwas Bestimmtes?«

Anna, die auf dem Boden kniete, sah hoch und lächelte den Standbesitzer an. Rasch erhob sie sich. Sie war nicht verlegen, auch wenn der Mann sie gerade dabei ertappt hatte, dass sie das Gemälde mithilfe einer Kinderlupe eingehend betrachtet hatte. Sie ließ die Lupe zurück in ihre Jackentasche gleiten.

»Oh, wundern Sie sich bitte nicht. Ich schaue mir die Dinge nur gern sehr genau an, und das Bild hat was.«

Sie wies nach unten, wo sie ihren Fund wieder neben den antiken Spiegel gelehnt hatte.

»Stimmt«, sagte der Mann und stemmte seine Hände in die Hüften. »Und Sie haben Glück. Denn bei mir können Sie noch echte Schätze finden.« Er bückte sich, nahm das Bild hoch, und Anna konnte wieder nicht wegsehen. Das Gemälde strahlte etwas aus, was sie direkt ins Herz traf.

»Ach, ist es wertvoll?«

Der Händler lachte laut auf. »Das liegt wie immer im Auge des Betrachters. Es ist kein van Gogh oder so etwas. Aber es stammt von einem Künstler hier aus der Gegend, und soweit ich weiß, malt er nicht mehr. Es hat also Seltenheitswert.«

»Wie schade«, hauchte Anna, als der Händler ihr das Gemälde wieder in die Hand drückte. »Er sollte nicht aufhören zu malen. Das Bild ist fantastisch.«

»Sagen Sie ihm das, wenn Sie ihm begegnen. Aber sehen Sie es mal positiv: Dieses Bild von ihm können Sie für fünfzig sofort mitnehmen.«

Bei dem Preis zuckte Anna zusammen, doch es gelang ihr nicht, das Gemälde an seinen Platz zurückzustellen. Irgendwie hatte die Ausdrucksform des Malers sie vom ersten Moment an seltsam berührt. Atemlos und mit dem Gefühl, eine neue Welt zu entdecken, strich sie mit den Fingerspitzen über die Leinwand. Sie glitt an pastosen, kraftvollen Pinselstrichen entlang, ertastete Furchen, erforschte Erhebungen. Auf Farben hatte der Maler verzichtet, das Bild war eine Komposition aus Schwarz, Weiß und Grautönen. Anna musste keine Kunstexpertin sein, um zu erkennen, dass dies ein Meisterwerk war: Wie schwarze Seide spannte sich die Nacht über die Leinwand. Anna konnte den Wind regelrecht spüren, der in die Weiden griff und mit ihnen spielte, als wären es Harfen. Sie glaubte, die rauschende Melodie der Blätter und Gräser zu hören, und in der Mitte lag der nachtfarbene See ihrer Träume, der wie ein Onyx unter dem dunklen Himmel schimmerte.

Der Verkäufer beobachtete seine Kundin genau, während sie das Bild in ihren Händen hielt. »Also, ich an Ihrer Stelle würde es kaufen.« Er machte eine Pause, bevor er mit verschwörerischer Stimme weitersprach: »Wissen Sie, es ist nämlich so bei all diesen Sachen.« Mit einer Armbewegung beschrieb er einen Halbkreis in Richtung Stand. »Die Leute glauben, sie suchen sich etwas aus, aber in Wirklichkeit ist es andersherum. Die Dinge suchen sich ihre neuen Besitzer aus. Und Sie beide, also ich meine das Bild und Sie, Sie gehören zusammen. Das habe ich gleich gemerkt«, schloss er.

»Meinen Sie?« Es gefiel ihr, wie der Händler für seine vermeintlichen Schätze schwärmte.

»Natürlich glaube ich das. Denken Sie, ich erzähle Ihnen Märchen?«, fragte der Mann ein wenig beleidigt. »All das hier hat schließlich eine Seele. Jeder Schrank, jedes Spitzendeckchen und auch jedes Gemälde trägt seine Geschichte ja offen zur Schau. Sie müssen nur richtig hinsehen!«

Anna betrachtete die Szenerie, die sie nicht loslassen wollte. Der Künstler hatte eine samtene Dunkelheit eingefangen, die unendlich schön, gleichzeitig aber auch traurig wirkte. Es war, als hätte jemand die Zeit für einen winzigen Moment lang angehalten. Noch einmal zog Anna ihre Lupe aus der Tasche. Schwarz, Weiß, Grau und viele Schattierungen dazwischen mischten sich in den sanften Wellen, die über den See strichen.

»Ich nehme es.«

Der Verkäufer klatschte in die Hände und machte flott einen Schritt auf sie zu.

»Eine gute Wahl.«

Anna sah ihm in die Augen. »Ich glaube, es ist, wie Sie sagen. Nicht ich habe das Bild gefunden, das Bild hat mich gefunden.« Sie kramte in ihrer Hosentasche und fand einen Fünfziger.

Der Mann nahm das Geld und packte das Bild in Zeitungspapier.

»Hier. Viel Freude damit.«

Anna nickte und beschloss, ihre neue Errungenschaft erst ins Auto zu bringen, bevor sie sich weiter umsah.

Auf dem Rückweg über den Marktplatz entdeckte sie ein Café namens Komet, doch als Anna darauf zusteuerte, hielt sie eine lange Schlange davon ab, sich einen Platz zu suchen. Vermutlich hatte sie an diesem Tag auch keine Chance. Es sah hübsch aus, und Anna hoffte, sie würde wann anders eine Gelegenheit finden, dort einen Kaffee zu trinken. Cafés zogen Anna magisch an. In ihnen schlug das Herz einer Stadt, und nirgendwo sonst konnte man so leicht mit Menschen ins Gespräch kommen. Anna nutzte sie deshalb oft als Schauplatz für ihre Interviews. Es passierte, dass sich während eines Gesprächs gleich ein neues ergab, weil jemand am Nachbartisch zuhörte und sich einschaltete. Doch während des Trödelmarktes war alles überfüllt, und Anna wollte lieber noch ein bisschen weiter in den ausgestellten Stücken wühlen.

Vier Stunden später saß sie mit dem Gefühl eines Marathons in den Beinen auf dem Rand eines Brunnens. Sie hatte die Schuhe ausgezogen und rieb sich die Füße. Anfangs war sie noch systematisch vorgegangen und hatte sich Straße für Straße vorgearbeitet. Doch irgendwann war sie nur noch ihrer Nase gefolgt, und die hatte sie kreuz und quer durch die Stadt geführt. Doch so ein Gefühl wie bei dem Bild stellte sich nicht mehr ein. Anna sah auf die Uhr. In einer halben Stunde hatte sie den Termin bei Graf & Graf. Sie zog ihr Handy aus der Tasche und suchte sich die schnellste Route. Dann machte sie sich auf den Weg, und mit jedem Schritt, den sie sich dem Maklerbüro näherte, klopfte ihr Herz ein bisschen schneller.

2. KAPITEL

Augenblick, mein Freund. Lass uns anhalten. Stehen bleiben und Luft holen. Mein Herz, es zittert in meiner Brust. Es kann hellsehen. Spürst du, wie einzigartig dieser Moment ist? Du, mein Augenblick, wirst mein Leben verändern. Nur ein winziger Schritt in eine neue Richtung, und alles danach wird anders sein. Ade, mein altes Leben. Nun werde ich dem Neuanfang mutig entgegentreten. Ein anderer Ort, eine neue Wohnung, ein Buch.

Anna schloss das Notizbuch. Sie hatte Übung darin, ihre Gefühle in Worte zu fassen. Ihre Aufzeichnungen halfen ihr dabei, sich der Dinge bewusst zu werden. Immer wieder kam sie darauf zurück, dass jede noch so kleine Entscheidung etwas veränderte. Anna stellte sich das Leben wie eine riesige Uhr mit vielen verschiedenen großen und kleinen Zahnrädern vor, die ineinandergriffen, sich drehten und damit wiederum weitere Rädchen bewegten. Manche der Zahnräder standen viele Jahre lang still. Wenn man nur eines dieser still stehenden Ritzel ein wenig anstupste, griffen unweigerlich andere Zahnräder ineinander, dann veränderte sich etwas im Inneren des Uhrwerks, während die Zeit weiterlief.

Sie holte tief Luft, dann betrat sie das Immobilienbüro Graf & Graf in Walderstadt in dem Wissen und in der Überzeugung, dass sie gerade ganz massiv an den Rädchen ihrer Uhr drehte.

Maximilian Graf trug die Haare etwas länger, als es der Mode entsprach, und die Jeans zum Sakko gaben ihm einen lockeren Anstrich. Einige helle Strähnen in den Haaren und die gebräunte Haut ließen vermuten, dass er gern draußen war. Ein Naturbursche, dachte Anna und dass sie bisher eine andere Vorstellung von Immobilienmaklern gehabt hatte. Dieser hier gefiel ihr. Ehrliche blaue Augen sahen Anna an, als er ihre Hand ergriff und herzlich schüttelte.

»Frau Thalberg. Ich freue mich, dass Sie da sind. Kommen Sie, setzen wir uns.«

Das Angebot nahm Anna nur zu gern an, denn ihre Füße taten immer noch weh. Graf bot ihr etwas zu trinken und ein paar Kekse an.

»Sie wollen also zu uns ins schöne Walderstadt ziehen?«

Anna nickte. »Ja, ich will weg aus der Großstadt, etwas mehr ins Grüne, aber mit guter Infrastruktur. Nicht zu abseits. Für meine Arbeit suche ich den Kontakt zu den Menschen.«

Graf zog die Augenbrauen hoch. »Darf ich fragen, was Sie beruflich machen?«

»Ich schreibe Beiträge für einige Zeitungen und Magazine. Vielleicht kennen Sie ja die *Early Bird*?«

Graf nickte und Anna sprach weiter.

»Aber jetzt habe ich mir was Größeres vorgenommen. Deshalb suche ich einen stimmungsvollen Ort, wo es ruhig ist, aber auch mit einer guten Anbindung an die nächste Stadt. Walderstadt wäre ideal.«

Maximilian Graf stand auf und nahm einige Mappen von seinem Schreibtisch. »Waren Sie denn schon einmal hier?«

Anna zögerte mit ihrer Antwort nicht lange, aber jemandem, der sie gut kannte, wäre vielleicht aufgefallen, dass sich ihre Miene ein wenig bewölkte. Vor allem ihre sonst hellgrünen Augen schienen zu einem etwas dunkleren Moosgrün zu wechseln.

»Ja, ich war schon einmal hier und ich habe Walderstadt in guter Erinnerung. Ich suche eine neue Wohnung, einen Platz, an dem ich in Ruhe an meinem Buch arbeiten kann.« Anna dachte an ihren Vater und fixierte die Tischplatte. Sie wollte sich zusammennehmen, sich nicht vom Sog der Erinnerung mitreißen lassen. Sie wusste, würde sie die Augen schließen, würde sie alles vor sich sehen. Es war ein heißer Sommertag gewesen und auch die Nacht hatte keine Abkühlung bringen können. Ihr Vater war leise in ihr Zimmer gekommen und hatte sie geweckt, indem er ihr sanft über die Wange strich. »Heute machen wir einen Ausflug«, sagte er an jenem Morgen und Annas Herz klopfte bis zum Hals. Sie packten ihre Rucksäcke wie für eine große Expedition. Taschenlampen, Fernglas, Lupen, warme Pullover und natürlich Proviant. Sie waren für alles gewappnet.

Als sie ihn ansah, wurde ihr warm ums Herz. Blaue Augen, umrahmt von vielen Lachfalten. Anna hatte seine wilden braunen Locken geerbt und noch einiges mehr, wie ihre Mutter so gern betonte. Damit meinte sie vermutlich seine unermessliche Neugier, die manchmal auch anstrengend gewesen war. Wer robbte schon mit einer Lupe im Garten herum? Von ihrer Mutter hatte Anna vor allem ihre außergewöhnliche grüne Augenfarbe mitbekommen. Aber was zählte das für ein Kind?

Ihr Vater war ihr liebster Spielkamerad gewesen. Sie hörte noch die Stimme ihrer Mutter, die so oft rief: »Manchmal glaube ich wirklich, ich habe zwei Kinder.« Vor allem wenn er sich mit Anna zusammen versteckt hatte, wurde ihre Mutter wütend. Dann verharrten Vater und Tochter mit angehaltenem Atem und pressten sich gegenseitig die Hand auf den Mund, um nicht laut loszulachen. Hinter einer Schranktür warteten sie darauf, dass ihre Mutter sie öffnete. Tat sie es, war der Teufel los. Es war das ganz große Glück gewesen, nur hatten sie es nicht gewusst.

»Na, dann kennen Sie die Stadt ja schon ein bisschen.«

Anna zuckte zusammen und sah Graf überrascht an. Sie brauchte nur eine Sekunde, um in die Gegenwart zurückzufinden. »Ja, sicher, ein bisschen schon, aber wie gesagt, das ist lange her.«

Der Immobilienmakler legte die Mappen auf den Tisch und setzte sich. »Gut, dann schauen wir doch einmal, was ich für Sie habe.«

Er hatte sich mit seiner Auswahl Mühe gegeben: eine Dachgeschosswohnung samt Dachgarten, eine lichtdurchflutete Wohnung in einem Zweifamilienhaus, eine etwas kleinere über einer Gärtnerei. Alle sehr charmant, hell und großzügig.

Anna hielt den Atem an. Graf hatte ihr in ihrem telefonischen Vorgespräch wohl nicht richtig zugehört, oder er wollte ihr etwas andrehen. Jedenfalls schien er ihre finanziellen Möglichkeiten weit zu überschätzen. Sie griff eine der Hochglanzmappen und blätterte darin herum. Graf beobachtete sie. Es war Zeit, die Situation zu klären.

Anna seufzte. »Also, lieber Herr Graf, das ist alles wunderschön, und ich würde in jede dieser Wohnungen vermutlich sofort einziehen, allerdings ... übersteigen sie mein Budget bei Weitem.«

Wenn Graf enttäuscht war, ließ er es sich nicht anmerken. »Stimmt, über die Miete haben wir noch gar nicht richtig gesprochen.«

»Das Wichtigste«, sagte Anna.

»Ach, das würde ich so nicht sagen«, antwortete Graf freundlich, und Anna dachte, dass er leicht reden hatte. Vor dem Haus stand ein Sportwagen mit seinem Firmenlogo. »Wir müssen lediglich die Möglichkeiten abstimmen.«

Anna sah ein, dass es überflüssig war, um den heißen Brei herumzureden. »Meine Möglichkeiten sind beschränkt. Leider wird man vom Schreiben nur sehr selten reich. Jedenfalls bin ich es bis heute noch nicht geworden.«

Der Immobilienmakler machte eine wegwerfende Geste. »Sagen Sie das nicht, Frau Thalberg. Ihr Schreiben macht Sie vielleicht reicher, als ich es jemals sein werde.«

Seine Hausaufgaben als Verkäufer hat er jedenfalls gemacht, dachte Anna. Doch nun musste sie die Karten auf den Tisch legen. Sie hatte sich ausgerechnet, wie viel sie für ihre Traumwohnung ausgeben konnte. Es war mehr, als sie im Moment zahlte, aber ihre unsichere Auftragslage zwang sie dazu, vorsichtig zu wirtschaften. Ja, wenn das Buch einmal fertig war, dann würde es vielleicht anders aussehen. Aber nachdem Graf ihr die Mietpreise genannt hatte, schien der Traum vom großzügigen Schreibplatz mit Blick ins Grüne gerade in endlose Ferne zu rücken.

Graf war aufgestanden und hatte sämtliche schwarze Hochglanzmappen wortlos vom Tisch genommen. Anna sackte innerlich zusammen. Das war nicht nur niederschmetternd, sie schämte sich auch, dass sie den Immobilienmakler offenbar nicht eindeutig genug über ihre finanzielle Situation aufgeklärt hatte.

»Wissen Sie, ich könnte mir auch vorstellen, bei einer alten Dame im Haus zu wohnen und ein wenig im Garten zu helfen. Vielleicht nehme ich etwas Renovierungsbedürftiges, das ist auch kein Problem.«

Seine Antwort war ein bedächtiges Kopfschütteln, und Anna konnte die Aussichtslosigkeit mit Händen greifen, schon stand sie auf und wollte sich für Grafs Mühe bedanken, als sie seine Hand auf der Schulter spürte, die sie sanft nach unten drückte.

»Vielleicht habe ich doch etwas für Sie, aber es ist – speziell.«
»Spezielle Dinge sind meine Stärke.«
»Gut. Das ist gut.«

Er verließ den Raum und kam einige Minuten später mit einer weiteren Mappe zurück. Sie war rot. Mag ich eh lieber, dachte Anna und beugte sich über die Unterlagen. Was sie sah, ließ sie jedoch restlos am Verstand des Immobilienmaklers zweifeln.

»Wollen Sie sich lustig über mich machen?«, fragte sie.

Graf überging ihre Frage. »Schauen Sie sich den Grundriss an. Könnte Ihnen das gefallen?«

»Gefallen? Sie spielen mit meinen Gefühlen.«

»Das würde mir niemals in den Sinn kommen.« Der Immobilienmakler fixierte die aufgeschlagene Seite mit dem Grundriss und Anna verstand gar nichts mehr. Inzwischen war sie sich sicher, dass der Makler sich einen Scherz mit ihr erlaubte.

»Bitte schön, dann sagen Sie mir, wie ich mir diese Luxusherberge mit, mit einhundertzwanzig Quadratmetern und Seeblick leisten soll? Ich habe Ihnen doch gerade gesagt, dass …«

»Gefällt es Ihnen?«

»Hmpf.«

»Bitte, sagen Sie es mir.«

»Wollen Sie mich quälen?«

»Nein, ich bin Immobilienmakler.«

Anna sah dem Mann in die Augen und fand darin tatsächlich keine Spur von Spott. Es war unfassbar, aber er meinte es offenbar ernst.

»Natürlich gefällt es mir. Also, zumindest das, was ich hier auf dem Plan sehe. Großes Wohnzimmer, Garten, Küche, Schlafzimmer, Bad, Terrasse, alles ganz wunderbar.«

»Gut, dann zeige ich Ihnen jetzt einige Fotos.«

»Aber …«

Graf hob die Hand und unterbrach Annas Protest. »Warten Sie bitte noch einen Moment, Frau Thalberg. Ich erkläre Ihnen gleich, was es mit dieser ungewöhnlichen Immobilie auf sich hat, ja?«

Er blätterte um und zeigte Anna Aufnahmen einer voll möblierten Wohnung. Wohnküche, davor ein Gemüsegarten, Badezimmer mit Regendusche, Schlafzimmer, ein Himmelbett ... und Wohnzimmer und Arbeitszimmer mit Blick ins Grüne. Anna stöhnte, das würde sie sich niemals leisten können. Egal welches Angebot ihr Graf gleich machen würde, es musste einen Haken haben, daran konnte es überhaupt keinen Zweifel geben. Sie wollte gehen, sich ein paar Gedanken machen. Bezahlbar musste die Wohnung sein. Vielleicht fand sie erst mal ein Zimmer zur Untermiete in Walderstadt ... Graf blätterte unbeirrt weiter, während er die Vorzüge der Wohnung aufzählte: »Küchenmöbel im skandinavischen Stil, Holzofen im Wohnzimmer, Panoramaschiebetüren zur Terrasse hin und ...«

Anna atmete scharf ein. Dieses Geräusch ließ Graf überrascht innehalten. »Was ist los? Geht es Ihnen nicht gut?«

Anna ließ sich auf den Stuhl zurücksinken und hielt sich die Hand vor den Mund. Graf sprang auf und reichte ihr ein Glas Wasser.

»Entschuldigen Sie, Frau Thalberg, Sie müssen mich ja wirklich für verrückt halten. Aber ich verspreche Ihnen, ich zeige Ihnen die Wohnung nicht ohne Grund. Ich werde Ihnen gleich ...«

»Ach, halten Sie doch die Klappe!«

Graf öffnete den Mund, schloss ihn wieder, und Anna konnte sich lebhaft vorstellen, wie sie auf den Immobilienmakler gerade wirkte: wie eine Durchgeknallte aus der Stadt, die jetzt auch noch unverschämt wurde.

Umständlich stand Anna auf und griff nach ihrer Jacke. »Entschuldigen Sie. Bitte, warten Sie einen Moment. Ich muss ... ich komme gleich wieder.«

Damit ließ sie den verdutzten Immobilienmakler stehen und eilte aus dem Büro. Sie sah seinen bestürzten Gesichtsausdruck, doch sie konnte jetzt keine Rücksicht nehmen. Wenn es so etwas wie Vorsehung gab, dann hatte diese soeben mit aller Macht zugeschlagen.

Den Weg zurück schaffte sie in Rekordzeit, und als sie die Tür zu Grafs Büro erneut aufstieß, hatte sie sich auch schon ein bisschen beruhigt. Der Immobilienmakler schien wie festgewachsen im Raum stehen geblieben zu sein und musterte sie mit äußerst nachdenklichem Gesichtsausdruck. Aber was er von ihr dachte, war Anna in diesem Moment völlig gleichgültig. Hastig riss sie das Zeitungspapier von dem Bild herunter und hielt es ins Licht.

»Na, sag ich's doch!«

»Also, mir haben Sie noch nichts gesagt«, meldete sich Graf zu Wort. Mit verschränkten Armen stellte er sich neben sie. »Ach!«

»Sie erkennen es auch, nicht wahr?« Anna hielt das Gemälde so, dass er es sehen konnte.

»Ja, was für ein Zufall! Es ist genau dieser Blick hinaus in den Garten und auf den See, den ich Ihnen soeben bei meinem Objekt gezeigt habe.«

»Genau«, sagte Anna, nahm das Bild mit an den Tisch und blätterte in den Unterlagen. »Und jetzt verraten Sie mir bitte, was es damit auf sich hat.«

Graf räusperte sich. »Das wollte ich ja sowieso, denn wie ich schon andeutete, das Objekt ist ein spezieller Fall. Unter normalen Umständen hätte ich Ihnen die Wohnung gar nicht gezeigt, aber ich glaube, es könnte passen.«

Anna setzte sich, diesmal nicht auf den Stuhl, sondern auf das weiße Ledersofa in dem Büro. Während Maximilian Graf erzählte, betrachtete sie das Bild, das auf ihren Knien lag. So erfuhr sie, dass der Künstler selbst in jenem Haus wohnte, das Anna vorgestellt worden war.

»Er wohnt dort allein und sehr zurückgezogen unter dem

Dach, wo er wegen der riesengroßen Panoramafenster perfekte Bedingungen für sein Atelier hat«, berichtete Graf. »Mich hat er damit beauftragt, einen geeigneten Mieter für die Erdgeschosswohnung des Hauses zu finden. Dieser Mieter soll alleinstehend, ohne Kinder und ohne Haustiere sein und keinen Krach machen. Und ...« Hier machte Graf eine bedeutungsvolle Pause. »Er muss besagten Künstler absolut in Ruhe lassen!«

Anna erfuhr, dass der Mann keinen Kontakt jeglicher Art wünschte. »Stellen Sie sich am besten vor, er wäre gar nicht da«, schloss Graf. »Sie werden sich vermutlich sowieso niemals begegnen.« Anna zuckte mit den Schultern, all das machte ihr nichts aus. Sie wollte an ihrem Buch schreiben und keine Kaffeekränzchen abhalten.

»Dafür«, fuhr Graf fort, »bekommt dieser Mieter die Wohnung sehr günstig. Samt Einrichtung und zuzüglich der üblichen Nebenkosten ...« Er schrieb eine Zahl auf einen Zettel und reichte ihn Anna. »Sie werden vermutlich nicht so schnell noch mal ein derartiges Angebot bekommen.«

Anna las, was auf dem Zettel stand, und dachte, endlich habe das Glück auch einmal in ihre Richtung gesehen. Sie griff sich an die Stirn und massierte ihre Schläfen.

»Sagen Sie mir, wo der Haken ist. Was ist das für ein Künstler? Ist er ... normal?«

Graf lachte. »Ja, natürlich. So normal, wie Künstler eben sind. Ich kenne ihn, Sie werden keine Probleme mit ihm haben. Er möchte nicht, dass die Wohnung leer steht, hat aber sehr genaue Vorstellungen von seinem Mieter. Das ist alles.«

»Das ist alles?«, fragte Anna.

»Das ist alles, bis auf eine Kleinigkeit, die Sie aber vermutlich nicht stören wird. Bei dem Mietobjekt handelt es sich um eine Einliegerwohnung, das bedeutet aber nur, dass der Künstler den Flur als Galerie für seine Bilder nutzt.«

»Kann er in meine Wohnung?«, wollte Anna wissen.

Der Immobilienmakler winkte ab. »Selbstverständlich nicht, Frau Thalberg.«

»Dann ist ja alles in Ordnung«, sagte Anna und reichte Graf die Hand.

3. KAPITEL

Die Nahrung des Glücks ist der Glaube daran! Natürlich kann man alles ins Gegenteil verkehren und sogar das allergrößte Glück schlechtreden. Man kann es in seine Einzelteile zerpflücken und misstrauisch von allen Seiten betrachten, bis man nach einiger Zeit endlich ein paar dunkle Stellen findet. Mein Glück hat fünf Seiten, einseitig bedruckt, Schriftart Arial, die ich gestern unterschrieben habe. Danach habe ich mit Graf angestoßen. Auf dich, du mein glückliches Glück. Ich glaube an dich!

»Bist du verrückt geworden?«

Anna stellte die Kaffeetasse ab. Sie hatte mit dieser Reaktion gerechnet und lächelte ihre Freundin an. Niemand kannte sie so gut wie Antonia, sie war unbarmherzig ehrlich. Sie kannte Annas Cellulitis und ihren monatlichen Zyklus, und zwar im wahrsten Sinne des Wortes. Denn Antonia war nicht nur ihre beste Freundin, sie war auch Frauenärztin.

»Weißt du, was das Schöne an dir ist, Toni? Du bist vorhersehbar. Ich hätte schwören können, dass genau dies deine ersten Worte sein würden.«

Sie übertrieb nicht. Schon auf dem Weg zurück nach München hatte Anna gewusst, was sie in der Wohnung ihrer Freundin erwarten würde. Antonia würde nicht verstehen, warum Anna ohne lange zu überlegen einen Mietvertrag unterschrieben hatte, der sie ins dreißig Kilometer entfernte Walderstadt verschlug. Es gab kaum einen Menschen in Annas Leben, dem sie mehr vertraute als ihrer besten Freundin. Genau deshalb sprach sie erst jetzt mit ihr, einige Tage nachdem der Vertrag unterschrieben war.

»Deine Hellsichtigkeit ist ja großartig, aber wäre es nicht schlauer gewesen, vorher mal mit mir darüber zu sprechen?«

»Warum?«

»Warum, warum. Weil ich dir abgeraten hätte!«

Anna schmunzelte. »Siehst du, genau deshalb habe ich nichts gesagt.«

Antonia sprang auf und lief in ihrer winzigen Küche hin und her. Da darin kaum mehr Platz als für einen kleinen Tisch, zwei Stühle und eine Einbauküche war, kam sie nicht weit. Anna musste sich zusammenreißen, um nicht laut zu lachen, ihre Freundin sah aus, als hätte sie jemand unter Strom gesetzt. Aber genau so war sie: immer schnell auf hundertachtzig, ein Hochleistungsmotor, 1,56 Meter, mit krausen Haaren und einer fast drahtigen Figur. Zäh, wenn es darauf ankam, sich durchzubeißen, und jederzeit in der Lage, sich trotz ihrer geringen Körpergröße Gehör zu verschaffen.

»Ja, und jetzt hast du unterschrieben und es gibt kein Zurück mehr.«

»Wenn du damit den Umzug meinst, ja. Aber das wolltest du doch auch, oder? Du hast selbst gesagt, ich soll das alles hinter mir lassen, vor allem Philipp, und irgendwo ein neues Leben anfangen.«

Antonia setzte sich wieder. »Ja, das wollte ich, aber doch nicht so. Zu so einem verschrobenen alten Künstler ziehen und dann auch noch in ein Kaff.«

Anna hob abwehrend die Hand. »Nun, die Entfernung hält sich in Grenzen. Und Walderstadt ist immerhin eine Stadt, wie der Name schon sagt, und ein alter Künstler unter dem Dach ist mir allemal lieber, als weiterhin in Philipps Wohnung zu bleiben.«

Antonia hatte sich etwas abgekühlt und sah Anna in die Augen. »Ja, du hast ja recht. Es macht mich halt misstrauisch, wenn jemand für so eine Luxuswohnung so wenig Geld haben will. Da ist doch was faul.«

Anna legte ihre Hand auf Tonis. Die kleinen Hände waren ihr so vertraut. Ohne hinzusehen wusste Anna, dass die Spitzen ihrer beiden Zeigefinger leicht nach außen wiesen.

»Mach dir keine Sorgen. Am besten kommst du einfach vorbei und verschaffst dir selbst einen Eindruck. Und wenn du erst mal meine hauseigene Galerie gesehen hast, dann wird der Künstler über jeden Zweifel erhaben sein. Der malt seine Seele auf die Bilder, Toni. Aber mehr verrate ich nicht.«

Wenn Antonia weitere Bedenken hatte, so verschwieg sie sie, und Anna war froh, Toni nun endlich alles erzählt zu haben. Sie klopfte sich auf die Knie. »So, jetzt muss ich aber los. Und du fährst mir ein paar Kisten in die neue Wohnung, ja?«

»Klar, ich mach das, wenn die Kids bei ihrem Papa sind.«

Und damit war die Sache perfekt.

Als Anna drei Wochen später ihren Mini in den Carport lenkte, war sie so aufgeregt wie an dem Tag, als ihr erster Artikel veröffentlicht worden war. Es war kaum zu glauben, aber jetzt war sie hier, mit den letzten Habseligkeiten aus ihrer, oder besser: Philipps Wohnung, den Resten eines alten Lebens, das sie hinter sich lassen wollte. Annas Hände zitterten, als sie die Haustür aufschloss. Sie schaltete das Licht ein und zog die Tür sofort hinter sich zu. Sie wollte das Gefühl des Ankommens auskosten. Immerhin führte dieser Flur in ihr neues Leben. Und es war kein normaler Hausflur, sondern die Hausgalerie eines begnadeten

Künstlers, so wie es ihr der Immobilienmakler gesagt hatte. Anna staunte, bei der Besichtigung war ihr gar nicht richtig aufgefallen, wie geschmackvoll dieser Raum gestaltet war, mit einem dunkelroten Teppich und indirekter Beleuchtung. Anna nahm die Stimmung der Bilder in sich auf, bewunderte die feinen Striche, alle auch hier schwarz-weiß. Links und rechts an der Wand hingen die Gemälde in langen Reihen nebeneinander. Auf der rechten Seite wurden sie von einer Tür unterbrochen, die in Annas neue Wohnung führte. Über sie gelangte man direkt in das geräumige Wohnzimmer, von dort aus ins Büro, in die Küche und ins Schlafzimmer, dem sich das Bad direkt anschloss. Der lange Flur diente einzig und allein der Ausstellung des Künstlers. Seine Wohnung erreichte er über eine hölzerne Außentreppe. Maximilian Graf hatte ihr jedoch versichert, dass sie ihm nie begegnen würde. Außerdem hatte Anna von Graf einen Schlüssel erhalten, mit dem sie die Tür zu ihrer Wohnung abschließen konnte, wenn sie nicht zu Hause war.

Plötzlich fiel ihr ein, dass die Kartons noch draußen waren. Die Umzugskartons, die Toni wie versprochen am Morgen, noch bevor sie in die Praxis gefahren war, von München hierhergebracht hatte. Sie hatten ausgemacht, dass Antonia später am Tag wiederkommen und ihr beim Einräumen helfen würde.

Anna schleppte die Kisten in den Flur. Von da aus verteilte sie sie auf die einzelnen Zimmer. Im Wohnzimmer klappte sie den ersten Karton auf und warf ein paar blumengemusterte Kissen auf das Sofa. Es war das erste Mal, dass sie in eine voll möblierte Wohnung einzog. Doch wenn man es genau nahm, stimmte das gar nicht. Ihre bisherige Wohnung war ja auch komplett eingerichtet gewesen. Philipp hatte genaue Vorstellungen diesbezüglich gehabt, und Anna hatte in der Zeit ihres Zusammenseins kaum mehr als ein paar Kissen beigesteuert. Vielleicht war das schon ein schlechtes Zeichen gewesen. Das jedenfalls hatte Antonia oft behauptet: »Wenn er sich wirklich auf dich einlassen würde, dann würde man das sehen.« Aber Anna hatte abgewunken, Philipp mochte keine Veränderungen, schon ein neues Bild an der Wand stellte ihn vor eine emotionale Herausforderung. Wenn sie jetzt an ihn dachte, wurde sie doch ein bisschen traurig. Alles hatte so gut angefangen, sie hatten sich gut verstanden. Vielleicht zu gut. Es lief zu glatt, und irgendwann wurde Anna für Philipp eine Art Auffanggesellschaft. Wenn er abends erschöpft nach Hause kam, wollte er seine Ruhe haben, und sie war der alte Sessel, in dem er es sich gemütlich machte. Dabei hatte er ihre Bedürfnisse vergessen, und die Liebe war verkümmert. Wann war eine Beziehung zu Ende? Anna konnte es rückblickend genau sagen: Ihre Beziehung war zu Ende gewesen, als sie füreinander nur noch ein Möbelstück geworden waren.

Die paar Dinge, die sie aus der alten Wohnung mitgenommen hatte, waren schnell in ein paar Kisten verpackt gewesen. Nun begann ein neues Leben. Eine Wohnung, ein See, viel Platz und ein Buch, das zu schreiben war. Doch noch fühlte sich alles fremd an, und Anna ertappte sich dabei, ganz leise zu sein, so als ob sie die Bewohner nicht stören wollte. Sie lachte über sich selbst und zwang sich, ein paar laute Geräusche zu machen. Sie musste sich erst daran gewöhnen, dass sie nun hierhergehörte. So richtig glauben konnte sie es immer noch nicht. Aber das änderte sich mit jedem persönlichen Gegenstand, den sie auspackte. Auf dem ovalen Holztisch fand ihre silberne Obstschale Platz. Sie sortierte Bücher ins Regal und stellte die Lavalampe dazu, die ihr Toni vor Jahren geschenkt hatte. War es nicht sogar das erste Geburtstagsgeschenk von ihr gewesen? Den großen Buddha aus Holz stellte sie auf das Sideboard und davor eine goldene Lichtschale. Eine Hand der Figur zeigte die Erdberührungsgeste, mit der Buddha die Erde als Zeugin seiner Erleuchtung anrief.

In das lindgrüne Sofa hatte Anna sich vom ersten Augenblick an verliebt und sah sich dort schon an den Abenden sitzen, vor ihren Augen die herrliche Landschaft. Von nun an würde sie die Jahreszeiten sicher viel bewusster wahrnehmen.

Das Himmelbett im Schlafzimmer hatte sie von der Besichtigung ebenfalls noch gut in Erinnerung. Das Zimmer strahlte Reinheit aus und wirkte ein bisschen wie aus einem Möbelkatalog. Alles in Weiß. Die Vorhänge am Bett und am Fenster, der Teppichboden, die Nachttische zu beiden Seiten des Bettes, sogar der Baumstamm, dessen abgesägte Äste als Garderobenhaken dienten. Anna wusste noch nicht, ob sie das so lassen würde. Sie fischte eine üppig gemusterte Blumenbettwäsche aus einem Karton und bezog das Bett frisch. Viel besser. Dann öffnete sie das Fenster. Sofort gerieten die zarten Bettvorhänge in Bewegung. Anna ließ sich auf die Matratze fallen und fragte sich, wer hier wohl zuletzt geschlafen hatte. Es mochte einige Zeit her sein. Wie lange Maximilian Graf wohl nach einem Mieter gesucht hatte? Anna wusste immer noch nicht, warum er sich für sie entschieden hatte. War es Mitleid gewesen? Oder dachte er, Menschen, die schrieben, führten ein ruhiges Leben? Immerhin war sie schlau genug gewesen, ihm nicht auf die Nase zu binden, dass sie gelegentlich sehr laut Musik hörte, wenn die richtigen Worte nicht kommen wollten. Wenn nichts mehr ging, konnte Musik sie in jede erdenkliche Stimmungslage versetzen, aber eben nur, wenn sie laut war.

Sie sprang vom Bett und steuerte auf das angrenzende Bad zu, das mit seinem dunklen Schieferboden einen starken Kontrast zum weißen Schlafzimmer darstellte. Es gab keine Badewanne, aber eine ebenerdige Regendusche. Wunderbar.

Als es klingelte, war Anna sich sicher, dass das Chaos in den letzten Stunden nicht kleiner, sondern größer geworden war. Überall stand etwas herum, sie hatte komplett den Überblick verloren. Sie öffnete die Tür.

»Da bin ich wieder! Ich bin gerade mal ums Haus rum, das ist wirklich wunderschön hier.« Wie es ihre Art war, kam Antonia einfach rein. »Da hast du ja wirklich einen traumhaften Platz gefunden. Philipp würde blass werden, wenn er das sehen könnte … Ups!« Erschrocken legte ihre Freundin die Finger auf die Lippen. »Entschuldige, Anna, das wollte ich nicht.«

Anna zuckte mit den Schultern. »Ach, vergiss es, das Thema ist durch. Komm ins Wohnzimmer, dann siehst du die ganze Pracht.«

Antonia ließ sich nicht lange bitten. Ihre Reaktion war vorhersehbar. »Oh! Scheint so, als hättest du wirklich großes Glück, liebe Julia Jupiter.«

Anna lächelte. Es war typisch, dass Antonia sie gerade jetzt mit ihrem Pseudonym ansprach. Richtig, sie hatte diese wunderbare Wohnung gefunden. Doch beide wussten, dass das Glück Anna bisher auch gern einmal übersehen hatte. Sie knuffte ihre Freundin in die Seite.

»Willst du einen Cappuccino? Ich glaube, ich habe die Mokkamaschine und den Milchaufschäumer gerade irgendwo gesehen …«

Gemeinsam wühlten sie sich in der Küche durch die Kartons und fanden schon nach kurzer Zeit, was sie suchten. Milch und Espressopulver hatte Anna von zu Hause mitgebracht. Während sie Pulver in das Sieb löffelte und festdrückte, wurde Anna einmal mehr bewusst, dass ab heute diese Wohnung ihr Zuhause war. Das Gefühl elektrisierte sie. Sie fieberte dem Moment entgegen, an dem endlich alles an seinem Platz sein würde und sie in ihrem neuen Büro am Schreibtisch sitzen konnte.

Sie würde ein Buch über das Glück schreiben. Ihre Erfahrungen aus den Glückskolumnen würde sie gut darin unterbringen können, und sie wollte die Frage beantworten, was Glück eigentlich ausmachte. Wenn es nach Anna ging, dann sollte dieses Buch Menschen als Wegbegleiter dienen, um ihr Glück wiederzufinden oder überhaupt erst einmal zu erkennen. Sie hatte sich viel vorgenommen, und die Tatsache, dass sie bereits einen Verlagsvertrag unterschrieben hatte, machte die Sache nicht einfacher. Der Abgabetermin in sechs Monaten drückte, und sie hatte bisher nicht mal angefangen ...

»Die Aussicht ist ja wirklich toll! Ich glaube, ich ziehe mit ein.«

Anna zuckte zusammen, als sie von Antonia aus ihren Gedanken gerissen wurde. Schnell nahm sie den Cappuccino, schnappte sich noch eine Packung Schokoplätzchen, stellte alles auf ein Tablett und trat zu ihrer Freundin auf die Terrasse.

»Das finde ich auch. Vor allem der Blick auf den See hat es mir angetan.«

»Der würde jedem etwas antun«, antwortete Antonia. Sie saß bereits in einem der Rattan-Sessel und nahm die Tasse entgegen.

»Hm, lecker! Und wie ist das jetzt mit deinem Vermieter, dem Künstler? Der wohnt da oben, oder?«

Anna nickte. »Ein älterer Maler, glaube ich. Ihm gehört das Haus, aber ich werde ihm kaum begegnen. Er lebt sehr zurückgezogen und suchte einen ebenso ruhigen Mieter, deshalb ist die Wohnung auch so günstig. Der Mietvertrag und der Kontakt laufen über das Maklerbüro Graf.«

»Dann hast du also deine Ruhe.«

»Ja, aber neugierig wäre ich schon. Hast du seine Bilder im Flur gesehen?«

»Nein, soll ich gucken?«

Antonia stellte ihre Tasse beiseite und machte Anstalten aufzustehen. Ihre Freundin hielt sie zurück. »Nichts da, du bist doch nicht zum Vergnügen da, oder?«

Die nächsten Stunden verbrachten sie damit, die Kartons, Schachteln und Taschen zu leeren, die noch überall herumstanden. Anna war dankbar für Antonias Hilfe. Sie hatten schon einige Umzüge gemeinsam hinter sich gebracht und waren immer gegenseitig zur Stelle gewesen. Anna erinnerte sich noch an ihre erste Wohnung in Schwabing. Das Bad war beim Einzug so dreckig gewesen, dass sie mit scharfen Putzmitteln drangegangen waren, am Ende wurden sie von den ätzenden Dämpfen fast ohnmächtig. Die Dusche war danach sauber gewesen, hatte aber auch sämtlichen Glanz eingebüßt. Und Anna hatte Antonia geholfen, als diese sich von ihrem Mann Martin getrennt hatte. Das war vor drei Jahren gewesen und hätte das Drehbuch eines schlechten Films sein können: Ehemann vergnügt sich mit Sekretärin, während die Mutter seiner Kinder sich zu Hause um die Zwillinge kümmert. Ihre Freundin hatte eine lange, harte Zeit durchgemacht. Doch inzwischen managte sie ihre Zwillinge und die Arbeit in einer Gemeinschaftspraxis richtig gut. Die Ex-Schwiegermutter kümmerte sich um die Kids, wenn Antonia keine Zeit hatte, und Martin kümmerte sich um seine Kinder, wenn seine Sekretärin keine Lust hatte. Es war keine Frage gewesen, dass Antonia ihr nun zur Seite stand und mit anpackte. Mit Neuanfängen kannte sie sich schließlich aus.

Am späten Nachmittag winkte Anna Antonia noch lange nach. Ihre Freundschaft war einfach ein großes Glück. Sie wusste, dass sie sich immer darauf verlassen konnte, egal was passierte. Nur bei ihrem Buch konnte Antonia ihr leider nicht helfen. Einmal hatten sie darüber gesprochen, und ihre Freundin hatte aus ärztlicher Sicht erläutert, dass Glücksgefühle lediglich synaptische Impulse seien. Ein Orchester aus Neurotransmittern und Hormonen sorgte dafür, dass die Nervenzellen mitspielten. »Serotonin, Dopamin, Noradrenalin und Endorphine, das ist der Cocktail, aus dem unser Glück gemacht ist. Nicht mehr und nicht weniger«, hatte sie gesagt und hinzugefügt: »Joggen an der frischen Luft, gute Ernährung und schon bist du glücklich.«

Vergeblich hatte Anna versucht, ihr zu erklären, dass es Menschen gab, die kaum das Haus verließen und trotzdem glücklich waren. Doch davon wollte Antonia nichts wissen. Aus wissenschaftlicher Sicht war das Thema damit für sie durch.

Anna schloss die Haustür und betrat ihr neues Büro, das wie das Wohnzimmer zur Terrasse hin bodentiefe Fenster hatte, die sich wie Schiebetüren aufmachen ließen. Die Einrichtung war schlicht und elegant. Anna trat auf einen der Holzschränke zu und drückte sanft gegen die Tür, die sich geräuschlos öffnete. Sie setzte sich an den Schreibtisch, dessen nahtlos im Tisch versenkbare Schubladen sie begeisterten. Da passte viel hinein, und niemand würde ihr Chaos sehen. Sie strich über die Oberfläche des Schreibtisches und drehte sich übermütig mit dem Stuhl. Sie würde sich noch eine kleine Musikanlage kaufen müssen. Die alte hatte Philipp gehört, und ohne Sound ging bei ihr gar nichts. Alles, was dann noch fehlte, waren ein paar Grünpflanzen.

Anna schob die Fenster weit auf und genoss die frische Luft, die in den Raum strömte. Dann drehte sie sich um. Der Inhalt zweier Umzugskartons wartete noch darauf, eingeräumt zu werden. Doch zuerst schob sie den Schreibtisch in Richtung Fenster. Wunderbar! Jetzt würde sie beim Arbeiten den See sehen können. Sie stellte ihre antike Stiftablage und einige Sammelmappen auf den Tisch. Das Briefpapier bekam eine eigene Schublade. Anna schrieb gerne per Hand. Sie hatte eine schwungvolle Handschrift und genoss das Gefühl der Langsamkeit. Die emotionale Tiefe eines handgeschriebenen Briefes konnte man mit einem Computer niemals erreichen. Gelegentlich bedachte sie besonders treue Leserinnen oder Leser mit einem persönlichen Brief.

Deshalb hielt sie immer edles Briefpapier und einen Füller parat. Aber meistens schrieb sie auf ihrem Laptop, für den ebenfalls noch Platz auf dem Schreibtisch war.

Die letzten Ordner und Bücher verschwanden im Regal. Schließlich platzierte sie den Papierkorb in Wurfweite.

Dann setzte sich wieder auf den edlen Drehstuhl. Sie konnte es immer noch nicht fassen, dass sie hier war. Was war es für eine Freude gewesen, als Graf ihr vor einigen Wochen mitgeteilt hatte, dass der Künstler sie als Mieterin akzeptiert habe! Das brachte sie auf eine Idee. Man musste sich dem Glück dankbar erweisen.

Kurz entschlossen nahm sie einen Stift und einen cremefarbenen Briefbogen zur Hand und schrieb:

Lieber Vermieter,

leider kenne ich Ihren Namen nicht ...

Irritiert hielt Anna inne. Wieder einmal wurde ihr klar, wie ungewöhnlich das war. Doch dann schob sie den störenden Gedanken beiseite. Maximilian Graf hatte es ihr ja erklärt: Der Vermieter war ein Künstler, der seine Ruhe haben wollte. Ihr sollte es recht sein. Trotzdem wollte sie ihm danken. Gegen einen Brief würde er schon nichts einzuwenden haben. Doch der Anfang gefiel ihr noch nicht. Sie zerknüllte die erste Fassung, zielte auf den Papierkorb und traf auf Anhieb. Dann nahm sie einen neuen Bogen und begann von vorn:

Lieber Künstler,

neben Ihren faszinierenden Gemälden in der Galerie bin ich wirklich sehr begeistert von der Einrichtung der Wohnung. Sie haben einen glänzenden Geschmack, und ich freue mich sehr, dass ich hier wohnen darf.

Danke!

Mit den besten Grüßen aus dem Erdgeschoss

Ihre Mieterin
Anna Thalberg
(alias Julia Jupiter)

Nicht zu viel und nicht zu wenig, dachte Anna. Zufrieden steckte sie den Brief in ein Kuvert und stand auf, um ihn rasch einzuwerfen. Doch neben der Haustür, wo sich ihr eigener Briefkasten befand, schien es keinen für die obere Wohnung zu geben. Zögernd stieg sie die Stufen außen an der Hauswand hinauf, bis sie direkt vor der Wohnungstür ihres Vermieters stand. Auch dort: kein Briefkasten. Eigentlich logisch, überlegte sie. Schließlich will er ja nicht, dass jemand seinen Namen kennt. Kurz dachte sie daran, zu klopfen und ein paar persönliche Worte ... Doch dann kam ihr in den Sinn, was der Makler gesagt hatte: Der Mann wollte auf keinen Fall Kontakt zum Mieter haben. Schließlich legte Anna das Kuvert auf die Fußmatte und schlich die Treppe wieder hinunter.

Auf der Terrasse blieb sie einen Moment lang stehen. Ganz in der Nähe schimmerte der See verheißungsvoll in der Abendsonne. Anna konnte sich im Moment wirklich keinen schöneren Platz vorstellen.

Um diesen wichtigen Tag in ihrem neuen Leben gebührend abzuschließen, ging sie zum Steg, wo sie die letzten Sonnenstrahlen des Abends genießen wollte. Es war genau so, wie sie es sich immer gewünscht hatte: Das Wasser flüsterte ihr ins Ohr, ein sanfter Wind umspielte ihren Körper, während sie den Blick nach innen richtete. Und das erste Mal seit langer, langer Zeit fühlte sie sich angekommen. Morgen würde sie sich ihren Gemüsegarten ansehen. Ihr schwebte vor, sich wenigstens zum Teil aus ihrem Garten selbst zu versorgen. Schon sah sie leuchtend rote Tomaten vor sich. Sie würde vom Schreibtisch aufstehen und sie noch sonnenwarm pflücken können …

4. KAPITEL

Willkommen, du, mein erster Tag. Heute werde ich die neue Welt erkunden. Ich schnappe mir die Machete und bahne mir einen Weg nach Walderstadt. Oder vielleicht nehme ich auch nur Stift und Notizbuch mit und meine Lupe. Wer weiß, was es alles zu sehen gibt? Lach nicht. Die Entdeckerin will gewappnet sein.

Der Wind, der am nächsten Morgen durch das halb geöffnete Fenster hereinwehte, spielte mit den weißen Vorhängen ihres neuen Himmelbettes. Anna blinzelte und sah hinaus in lichtes Grün. Hätte sie dem Moment einen Namen geben müssen, hätte sie ihn *Zufriedenheit* genannt. Sie wusste, es war nur eine temporäre Zufriedenheit, sie würde verblassen, sobald sie sich an all das hier gewöhnt hatte. So war es bei den meisten Menschen. Es kam relativ selten vor, dass ihre Gesprächspartner von einer allumfassenden Zufriedenheit sprachen. Wenn sie es doch taten, dann hatten sie etwas erreicht, was nur den wenigsten gelang: Losgelöstheit von allen äußeren und inneren Umständen. Es war die Gabe, nicht ständig etwas Neuem hinterherzulaufen oder mit seinem Schicksal zu hadern. Anna konnte zufrieden sein mit diesem Augenblick, in dem sie im neuen Bett lag, ihre Füße warm unter der Decke. Sie zog die Schublade des Nachtkästchens auf und fand ihre Lupe, durch die sie das Blumenmuster ihrer Bettwäsche erforschte. In der Vergrößerung verloren die Blumen ihre

Form, wirkten wie ein Meer aus Farben und Linien. Sie löste ihren Blick vom bunten Gewirr und strich sanft über die runde Einfassung der alten Lupe. Die Lupe, mit der sie zusammen mit ihrem Vater auf Safari gegangen war. Ihre Wildnis war der Garten zu Hause gewesen. Sie legten sich gemeinsam auf den Bauch, ganz nahe an Gräsern, Blumen und Insekten, und schauten in eine andere Welt. Anna war überrascht, was sich dort abspielte. Alles war in Bewegung. Es war ein Auf-und-ab-Laufen. Kupferrote Ameisen zogen in dichten Kolonnen durch baumstammgroße Gräser. Sie hatte mit ihrem Finger Barrieren gebildet, die die Insekten aber nicht von ihrem Weg abbringen konnten.

»Eine schwarze Wegameise kann bis zu fünfzehn Jahre alt werden«, hatte ihr Vater gesagt. Für Anna damals ein ungeheures Alter. Sie selbst war fünf gewesen. Seit sie wusste, wie lange die Tiere zu leben hatten, achtete sie noch mehr darauf, nicht auf sie zu treten, um ihnen nicht etwas von ihrer Lebenszeit zu stehlen.

Anna war zehn, als ihr Vater starb. An einem sonnigen Freitag wie aus dem Bilderbuch. Der Himmel blau, keine Wolken. Als sie aus der Schule kam, schleuderte sie den Schulranzen wie immer in die Nische hinter der Tür und rief durch den Flur: »Ich bin da! Was gibt es zum Mittagessen?« Normalerweise kam die Antwort prompt und fröhlich, und Anna freute sich stets. Denn egal was ihre Mutter kochte, es war immer gut. Doch an diesem Tag war alles anders. Niemand antwortete, und Anna rief noch einmal, lauter. Vielleicht hatte ihre Mutter sie nicht gehört. Es durchzog sie bis heute eiskalt, wenn sie an jene Stille dachte. Anna hatte schon davor verschiedene Arten von Stille gekannt. Es gab die absolute Stille, bei der man sofort wusste, dass niemand zu Hause war. Es gab eine Stille, die sich den Mund zuhalten musste, um sich nicht zu verraten oder zu lachen. Aber von diesem Tag an gab es eine neue, entsetzliche Stille. Die, die voller zurückgehaltener Worte darauf lauerte, in Grauen auszubrechen.

Anna war damals mit klopfendem Herzen im Flur stehen geblieben und hatte auf die vertraute Antwort gewartet. Tränen waren ihr spontan über die Wangen gelaufen.

»In solchen Momenten können Menschen hellsichtig sein«, hatte ihr Antonia einmal gesagt.

Es musste etwas Schlimmes passiert sein, etwas sehr Schlimmes, das wusste Anna schlagartig. Sie ging langsam und leise in die Küche. Dort fand sie ihre Mutter, kerzengerade auf einem Stuhl sitzend, mit einem Tuch in der Hand, das sie sich auf den Mund presste, vermutlich um nicht laut zu schreien, um Beherrschung ringend und mit einem Gesicht, das Anna kaum wiedererkannte. Ihre Mutter hatte gewartet, hatte sie nicht aus der Schule abholen lassen, hatte nicht angerufen, hatte ihr den letzten unbeschwerten Schultag ihres Lebens geschenkt. Denn das Schicksal hatte mit aller Macht zugeschlagen: Ihr Vater war eineinhalb Stunden zuvor an einem Herzinfarkt gestorben. Er war nur siebenundvierzig geworden. Anna dachte an ihre erste, absurde Reaktion, daran, wie sie in ihr Zimmer gerannt war und die Lupe geholt hatte. Damit suchte sie in der Wohnung stundenlang nach Spuren ihres Vaters. Sie wollte und konnte nicht glauben, dass er einfach weg war. Obwohl sie schon zehn gewesen war und zwischen Märchen und Realität zu unterscheiden vermochte, war sie sich sicher gewesen, dass er sich ganz klein gemacht und an einem Ort versteckt hatte, den sie nur mit ihrer Lupe finden konnte.

Ein Windhauch holte Anna aus ihren Gedanken. Schwungvoll schob sie die Bettdecke zur Seite und wischte damit alle traurigen Gedanken fort. Als sie nach einem kleinen Frühstück die Haustür hinter sich schloss, fiel ihr Blick auf die Holztreppe, die zu ihrem Vermieter hinaufführte. Ob er den Brief schon gefunden hatte?

Annas Wohnung lag am äußersten Stadtrand. Sie hätte das Fahrrad nehmen können, doch das wartete noch darauf, aufgepumpt zu werden. Walderstadt war kein Dorf, sondern durfte sich Stadt nennen. Zwei kopfsteingepflasterte Hauptstraßen, in der Mitte unterbrochen durch einen breiten, baumbesetzten Streifen mit zahlreichen Bänken für die Walderstädter, führten den Verkehr durch das Zentrum. Langsam fuhr Anna durch die verkehrsberuhigte Zone und bewunderte die vielfarbigen Fassaden der Bürgerhäuser. Sie schätzte, dass die Stadt im 18. Jahrhundert entstanden war. Die restaurierten Giebelhäuser mit den hochgezogenen Vorschussmauern waren typisch für diese Zeit. Der untere Teil der imposanten Gebäude fügte sich zu einer Galerie aus weiten Bögen, in denen Geschäfte, Cafés und Restaurants Platz fanden. Anna sah Hausfrauen, die mit ihren Einkaufskörben unterwegs waren, Geschäftsleute im Anzug und Jugendliche, die sich selbst genug waren. Sie saßen auf den Lehnen der Bänke, lachten laut und gestikulierten wild. Einige Leute drehten sich nach ihnen um. Manche lächelten, andere schüttelten die Köpfe. So unterschiedlich wurde das Glück der Jugend wahrgenommen. Anna beobachtete einige Hunde, die ihre Besitzer ausführten. Fröhlich zogen sie ihre Lieblingsmenschen an Leinen hinter sich her, während ihnen Herrchen oder Frauchen langsam nachstolperten. Sie würden, wie Anna, ihren Schwung vielleicht erst nach einer Tasse Kaffee finden. Anna drehte sich um und erinnerte sich an das Café, das sie am Trödelmarkttag entdeckt hatte. Nun war es an der Zeit herauszufinden, was es zu bieten hatte.

Das kleine Café lag etwas zurückversetzt in einem zur Straße hin geöffneten Hof, der an den Marktplatz grenzte, auf dem gerade ein Wochenmarkt aufgebaut wurde. Eine gelb-weiß gestreifte Markise spannte sich über dem Schaufenster, auf dem Anna wie damals den Namen las, der in geschwungenen Buchstaben dort stand: Komet. Der Duft von frisch aufgebrühtem Kaffee und eine Pyramide aus Brioches im Schaufenster waren Grund genug, sich an einen der runden roten Tische unter den Platanen zu setzen, die den Hof beschatteten. Die Speisekarte machte Anna sofort neugierig, denn der Name des Cafés war offensichtlich Programm:

KOMET – SCHLAGEN SIE AUF!
1. FRÜHSTÜCK FÜR HIMMELSKÖRPER (VON ALLEM ETWAS)
2. FRÜHSTÜCK GÖTTERBOTE (BROT, SCHINKEN, KÄSE, EIER, OBSTSALAT UND PROSECCO)
3. FRÜHSTÜCK SONNENFINSTERNIS (KNUSPRIGES SCHWARZBROT TRIFFT AUF POCHIERTE EIER)
4. FRÜHSTÜCK UMLAUFBAHN (TAGESAKTUELLE EMPFEHLUNG DER CHEFIN)
5. BRIOCHE MIT ODER OHNE ERDBEEREINSCHLAG
6. ZWEI EIER IM SONNENWIND (IN GUTER BUTTER GEBRATEN)
7. CAPPUCCINO KORONA (MILCHSCHAUM MIT DUNKLER KAKAOUMRAHMUNG)
8. KAFFEE MILCHSTRAßE (GROß MIT VIEL MILCHSCHAUM)
9. KAFFEE MONDFINSTERNIS (SCHWARZ OHNE ALLES)
10. HEIßE SCHOKOLADE MIT EINEM SCHLAG SAHNE

Anna hatte kaum die Karte studiert, da eilte schon eine Frau etwa Anfang dreißig, also in ihrem Alter, mit einem Notizblock auf sie zu. Auf ihrer Schürze stürmte ein Komet mit einem langen Schweif von links oben nach rechts unten. Darunter stand: *Komet ... trifft jeden Geschmack!*

»Guten Morgen, was darf ich Ihnen bringen?«

»Ich glaube, ich nehme das Frühstück Himmelskörper und einen Kaffee Milchstraße.« Anna tippte auf die Karte und lächelte die Frau an. »Komet, ein ungewöhnlicher Name für ein Café!«

Die Frau grinste, und Sommersprossen tanzten wie winzige Sternschnuppen über ihr Gesicht.

»Sie sind neu hier, oder? Bestimmt, sonst würden Sie meine Geschichte sicher schon kennen. Nicht, dass ich mir etwas darauf einbilde, aber jeder fragt irgendwann, warum das Komet ›Komet‹ heißt.«

Am Nebentisch lachte jemand laut auf. »Genau so ist es!«

Anna grinste. »Halten Sie mich ruhig für neugierig, aber jetzt will ich es auch wissen.«

In der gut gelaunten Miene der Bedienung las Anna nur Offenheit. Mit ihr würde sie schnell ins Plaudern kommen. Mit den Jahren hatte Anna gelernt, in den Gesichtern zu lesen. Nach vielen Interviews wusste sie, ob jemand gerne über sich sprach oder nicht. Und hier war es offensichtlich: Vor ihr stand eine Frau, die aus ihrem Leben kein Geheimnis machte. Anna musste nichts weiter tun, als zuzuhören.

»Also, genau hier – unter dieser Platane – hat vor fünf Jahren mein Komet eingeschlagen. Der hat meine Welt auf den Kopf gestellt und mich mit dazu. Und daraus ist das Café entstanden. Ach, was rede ich? Wie immer zu viel.« Sie lächelte entschuldigend und eilte zu einem anderen Tisch, an dem ein Gast zum Zahlen gewinkt hatte. Kurz darauf kehrte sie zurück, und Anna nahm das Gespräch wieder auf.

»Ihr Komet? Das klingt ... nach einer großen Liebe.«

Die Frau lachte herzlich, und Anna verfolgte fasziniert das Treiben der Sommersprossen auf ihrem Gesicht. Schließlich schob sich eine Hand in Annas Blickfeld, an der ein goldener Ring glänzte. Stolz leuchtete in den Augen der Cafébetreiberin.

»Er heißt Georg und macht gerade oben die Buchhaltung. Man könnte auch sagen, er hat wie eine Bombe eingeschlagen, aber das klingt so negativ, finden Sie nicht? Während Bomben zerstören, bringen Kometen ja irgendwie was Neues mit sich, oder? Georg und ich haben uns auf diesem Platz kennengelernt.« Sie klopfte an den Stamm der Platane. »Genau an diesem Baum lehnte mein Fahrrad, ein Reifen war platt, und ich hatte keine Ahnung, wie ich ihn flicken sollte. Dann kam Georg. Wie in einem alten Film. Kennen Sie das? Wenn Sie glauben, der Blitz hätte eingeschlagen? Oder eben ein Komet von einem fernen Planeten? Wenn Sie das Gefühl haben, das ist genau der Mensch, auf den Sie immer gewartet haben? So war das mit mir und Georg.« Sie zögerte kurz, und ihre Gedanken schienen auf eine Reise zu gehen. »Und so ist es bis heute.« Sie deutete hinter sich: »Es war ein Wink des Schicksals, dass der Laden frei wurde, und da sind wir hier aufgeschlagen. Im wahrsten Sinne des Wortes. Unsere Geschichte wurde zum Konzept des Cafés. Georg kümmert sich um die Organisation und um das Kaufmännische, ich backe und bin für die Gäste da. Wir sind ein gutes Team.« Sie lächelte verlegen. »Entschuldigen Sie, jetzt habe ich mich wirklich verplaudert. Georg schimpft immer, ich sei zu schwatzhaft.«

Anna wehrte ab. »Ach was, ich habe Sie doch gefragt, und solche Geschichten interessieren mich.« Sie beschloss, sich zu outen. »Ich würde sogar gern darüber schreiben, wenn ich darf.« Anna stand auf und streckte ihre Hand aus: »Ich schreibe unter dem Namen Julia Jupiter für das Magazin *Early Bird* über ...«

»... das Glück. Ich weiß genau, wer Sie sind! Das ist aber ein Zufall.« Die Frau strahlte und drückte Annas Hand. »Die *Early Bird* kaufe ich oft. Ich heiße Melanie, aber eigentlich sagen alle nur Halley zu mir, so wie der Halleysche Komet.« Sie grinste. »Der Name bleibt mir vermutlich auf ewig, ich habe meine Liebesgeschichte wohl zu oft erzählt.« Wieder schaltete sich ein Gast ein, ihr Gespräch wurde offenbar interessiert belauscht. »Richtig, sie ist und bleibt unsere Halley!«

Halley verdrehte in gespielter Verzweiflung die Augen und

lachte Anna an. »Aber herrje, Sie verhungern ja! Jetzt bringe ich Ihnen erst einmal Ihre Bestellung.«

Sie verschwand im Café, um wenige Minuten später mit einem vollen Tablett zurückzukehren.

»So. Ich habe noch ein paar Spezialitäten mehr mitgebracht. Die meisten Gäste kommen ja wegen der Brioches mit Erdbeereinschlag. Der ›Einschlag‹ ist übrigens eine Erdbeerfüllung. Das Rezept stammt von meiner Großmutter. Die Füllung mache ich selbst, alles andere natürlich auch.« Sie stellte das Tablett auf den Tisch. »Georg meint, ich mache mir zu viel Arbeit, aber unter dem geht's bei mir einfach nicht. Ich bin da ein bisschen verrückt, und meine Gäste sind es mir wert.«

Anna, die erst jetzt merkte, wie hungrig sie war, nahm eine der warmen Brioches vom Teller und biss hinein, während Halley sie erwartungsvoll beobachtete.

»Und? Schmeckt sie Ihnen?«

»Und wie!« Anna hatte tatsächlich niemals zuvor eine so köstliche Brioche gegessen. »Ihre Großmutter muss eine begnadete Bäckerin gewesen sein.«

»O ja, das war sie. Und ich durfte immer mitmachen.«

Halley kam ins Schwärmen und erzählte Anna, sie habe noch immer einen Buttergeruch in der Nase, wenn sie an ihre Großmutter denke. Sie erinnerte sich an abgewetzte, verbogene Kochlöffel, Teigschaber und große Emailleschüsseln, in die sie sich als kleines Mädchen hineingesetzt hatte, um mit einem Kochlöffel als Paddel über die sieben Weltmeere zu schippern. Unter dem Küchentisch erforschte sie fremde Kulturen und fand manchmal sogar einen Schatz. Als Schatzkiste diente eine Plätzchendose, die ihre Oma mit vermeintlichen Köstlichkeiten fremder Völker gefüllt hatte. Sie würzte mit Kardamom, Ingwer oder Zimt, und so wehte stets ein exotischer Duft durch die Küche, wenn sie gebacken hatte.

»Wir haben uns die schönsten Geschichten ausgedacht und waren ganz nebenbei sehr produktiv.« Halley stemmte die Hände in die Hüften und seufzte. »Das war die glücklichste Zeit in meinem Leben. Damals musste ich noch nicht an die Miete, Steuer oder an den Umsatz denken. Tja, im Komet versuche ich, einen Teil dieser Erinnerungen zu bewahren.«

»Das gelingt Ihnen ganz offensichtlich.« Anna konnte das Glühen, das Halley umgab, fast greifen.

»Es ist nicht immer einfach, aber etwas anderes kann ich mir nicht vorstellen. Das ist so wie bei Ihnen als Glückskolumnistin, nicht wahr?« Halleys Blick fixierte Anna.

Einen Moment lang war Anna verdutzt. Es kam selten vor, dass *sie* gefragt wurde, ob sie glücklich sei, oder sich jemand dafür interessierte, was sie dachte. Die meisten ihrer Gesprächspartner redeten gern über sich selbst, über ihr Leben, über ihr Glück. Anna spürte, wie gut es ihr tat, dass es einmal andersherum war.

»Ja, ich gebe zu, ich bin sehr froh, eine gut beschäftigte Glückssucherin zu sein. Es … füllt mich aus.«

Halleys Blick war voller Verständnis. »Ich weiß genau, was Sie meinen. Mein Glück liegt in jedem Tupfen Erdbeerfüllung, den ich morgens in die warmen Brioches gebe.«

Essbares Glück, dachte Anna und hatte das Gefühl, Halley schon ewig zu kennen. »Ich sehe schon, wir beide sprechen die gleiche Sprache. Darf ich Ihre Geschichte für einen Beitrag verwenden?«

»Natürlich, es ist ja kein Geheimnis. Jeder in Walderstadt weiß, warum ich immer Teig- oder Erdbeerflecken auf der Schürze habe.«

Anna zog ihr Notizheft aus der Tasche und schrieb sich ein paar Stichpunkte auf, dann probierte sie alles, was Halley ihr vorsetzte, und erst, als sie glaubte zu platzen, schob sie den Teller auf dem kleinen Tischchen so weit wie möglich von sich.

»Ich bekomme wirklich keinen einzigen Bissen mehr runter.«

Halley hatte ein weiteres Tablett abgestellt und seufzte theatralisch: »Gut, gut, dann müssen Sie sich den Rest für das nächste Mal aufheben.« Sie wischte sich die Hände an ihrer Schürze ab, dann reichte sie Anna die Hand. »Aber sagen wir doch Du. Wer meine erste Verkostung überlebt und dabei noch lächelt, gehört zur Familie.«

»Gern. Ich heiße Anna. Bin gerade in die Nachbarschaft gezogen.«

»Na, dann herzlich willkommen bei uns, Anna, und ich freue mich, wenn du bald wiederkommst«, sagte Halley.

»Ganz bestimmt. Ich denke, ich werde sogar sehr oft kommen. Ich glaube, hier in deinem Café Komet finde ich auch einen reich gedeckten Tisch für meine Glücksgespräche. Hättest du etwas dagegen?«

Halleys Augen strahlten, als sie Annas Hand nahm.

»Natürlich nicht. Komm so oft, wie du willst. Ich freue mich!«

Anna folgte Halley in den Verkaufsraum, um zu bezahlen. Sie wollte sehen, wie es drinnen aussah. Jedes Stück in dem Café strahlte Liebe, Wärme und Zuversicht aus. Genau solche Orte brauchte sie, um zu schreiben und über das Glück nachzudenken, und hier würde sie sicher ganz leicht mit den Leuten ins Plaudern kommen. Das brauchte sie für ihre Arbeit genauso wie die ruhigen Momente. Es schien fast so, als wären ein paar ihrer sehnlichsten Wünsche wahr geworden. Walderstadt schien eine lebendige Stadt zu sein, perfekt für ihre Glücksinterviews, das Haus am See war ein Traum, und Halley könnte schon bald eine gute Freundin sein. In diesem Moment dachte Anna an den einsamen Künstler, der unter ihrem Dach wohnte. Ob er sich seine Einsamkeit ausgesucht hatte? Konnte man das wirklich aushalten, so lange allein zu Hause? Zugegeben, es gab solche, die sich wie Eremiten zurückzogen, auch das konnte Glück bedeuten. Aber warum sprachen seine Bilder dann von so viel Einsamkeit?

Als sie das Komet verlassen hatte, steuerte Anna den Wochenmarkt an. Sie genoss es, an den Verkaufsständen entlangzubummeln, kaufte ein wenig Käse und tauchte in das geschäftige Treiben ein. Die Marktleute priesen regionale Produkte an. Anna würde sich hier mit fast allem eindecken können, was sie brauchte. Gemüse, Obst, Milch und Brot fand sie auf Anhieb. Jaspers Eierland hatte die Seitentür seines VW-Bullis geöffnet und verkaufte Frisches vom Hof. Anna musste lächeln, als sie ein übergroßes Ei auf dem Dach des Wagens entdeckte. Es überragte alle anderen Stände und war auch von Weitem leicht auszumachen. An einem Marktstand für Gewürze, Küchenkräuter und Gemüse suchte sie ein paar Töpfchen aus, die sie später in ihren Garten pflanzen wollte. Sie hatte sich vorgenommen, den bereits vorhandenen Kräutergarten noch zu ergänzen. Ein paar Tomatenstauden, Pflücksalat, dazu Radieschen und Feldsalat zum Aussäen nahm sie ebenfalls mit. Platz war genug, der Küchengarten war größer, als es zunächst den Anschein gehabt hatte. Anna hatte sogar einen stattlichen Brombeerstrauch entdeckt.

Die Kräuterfrau nahm das Geld entgegen. »Da haben Sie sich ja feine Sachen ausgesucht.«

»Danke! Ich habe neuerdings einen Gemüsegarten und möchte dort noch mehr anpflanzen. Aber da ich leider keine Erfahrung damit habe, übe ich lieber noch ein bisschen.«

Die Marktfrau kam um ihren Stand herum und reichte Anna einen Karton mit ihren Errungenschaften.

»Ich heiße Wilma, so wie ›Will ma' schöne Pflanzen haben‹.« Sie lachte, als sie Annas verdutzten Gesichtsausdruck sah, und klopfte ihr auf die Schulter. »Wenn Sie Fragen haben, kommen Sie einfach her. Dann helfe ich Ihnen.«

»Kann gut sein, dass ich darauf zurückkomme«, sagte Anna lachend. Auf dem Weg zum Auto fragte sie sich, ob sie sich mit den vielen Pflanzen nicht übernommen hatte. Dort angekommen, balancierte sie den Karton auf einer Hand, während sie mit der anderen in ihren Taschen herumwühlte. Der Autoschlüssel ließ sich aber nicht finden, und so stellte sie den Karton genervt auf das Dach ihres Minis, um noch einmal sämtliche Taschen abzusuchen.

»Ich glaube, Sie haben etwas verloren.«

Anna wandte sich einer älteren Frau in einem auffälligen roten Mantel zu. Diese hatte ihren Einkaufskorb vor sich auf dem Boden abgestellt und wedelte mit ...

»Mein Autoschlüssel!«, rief Anna erstaunt und begeistert zugleich. »Sie haben mich gerettet.«

»Ach was«, sagte die Frau, »ich habe nur Ihren Schlüssel gefunden. Für eine Rettung bedarf es weit mehr.« Sie reichte Anna den Schlüssel.

»Da haben Sie wohl recht. Trotzdem vielen Dank. Kann ich auch etwas für Sie tun?« Sie wies auf den vollen Korb. »Der sieht schwer aus. Wo müssen Sie hin? Ich könnte Sie nach Hause bringen, und wenn Sie mögen, erzählen Sie mir bei der Gelegenheit, was Glück für Sie bedeutet.«

Die Frau zog die Augenbrauen hoch, und Anna ärgerte sich, dass sie so mit der Tür ins Haus gefallen war. Schließlich stand nicht auf ihrer Stirn, dass sie Glückstexte schrieb. Sie war manchmal einfach zu forsch. Die Frau überlegte jetzt bestimmt, ob sie Anna für verrückt oder nur für neugierig halten sollte.

»Wenn Sie mir den Korb nach Hause tragen könnten, dann wäre das tatsächlich mein größtes Glück heute. Aber ich warne Sie, da sind Kartoffeln drin.« Der verschmitzte Zug um ihren Mund ließ sie um Jahre jünger aussehen, als sie es vermutlich war. »Und um Ihre Frage zu beantworten: Ich glaube sogar, dass es viele Glücke gibt.«

»Ach ja, das interessiert mich. Wo wohnen Sie?«, wollte Anna wissen.

Die Frau wies auf die andere Seite des Marktes. »Gleich oberhalb der Kirche.«

»Gut, ich fahre Sie.« Anna griff nach dem Henkel des Korbes.

Doch die Frau hob abwehrend die Hände. »Auf gar keinen Fall setze ich mich in ein Auto!«

»Warum?«, fragte Anna erstaunt.

Die Frau streckte ihren Arm aus und zeigte ein modernes Fitnessarmband. »Ich muss heute noch mindestens tausendfünfhundert Schritte gehen. Sonst bekomme ich Ärger mit meinem Hausarzt. Also entweder Sie laufen mit mir da hoch, oder ich nehme meinen Korb und gehe allein.«

Anna griff nach dem Korb. »Nein, nein, mein Angebot gilt, also, gehen wir.« Sie trug der Frau, die sich wenig später als Hannelore Meier vorstellte, die Einkäufe gern auch zu Fuß nach Hause, denn ein Detail an ihrer Antwort hatte Anna neugierig gemacht. Sie hatte von »vielen Glücken« gesprochen, und das hatte sie noch nie jemanden sagen hören. Glück im Plural?

Sie ließen die Marktstände hinter sich und wandten sich Richtung Kirche. Ohne ihren Korb war Hannelore schnell unterwegs, und Anna musste sich beeilen, um hinterherzukommen. Doch langsam fand sie ihren Rhythmus. Sie schätzte ihre Begleitung jenseits der siebzig, und doch wirkte sie von innen heraus jung. Anna brannte darauf, mehr über sie zu erfahren.

»Wissen Sie, ich habe nicht einfach nur so nach dem Glück gefragt. Ich mache das beruflich.«

Frau Meier blieb stehen und betrachtete Anna forschend. »Wie kann man denn beruflich etwas mit dem Glück zu tun haben?«

»Ich schreibe Glückstexte. Ich spreche mit Menschen, wie gerade mit Ihnen, über das Glück. Manchmal sagen mir meine Leser, dass sie davon gute Laune bekommen.«

»Ach«, sagte Frau Meier und dann nichts mehr.

Doch Anna gab nicht auf. »Sie glauben an viele Glücke, was meinten Sie damit?«

Frau Meier schien die Frage zu amüsieren. Viele sprachen gern darüber, wenn man nach dem Glück fragte, und jeder hatte seine eigene Vorstellung davon.

»Damit will ich sagen, dass ich schon mehrmals im Leben das Glück hatte, Glück zu empfinden. Als mein Vater unversehrt aus dem Krieg zurückkehrte, das war ein unverschämtes Glück. Viele meiner Freunde hatten das nicht. Dass ich den Beruf erlernen durfte, den ich wollte ...«

»Was haben Sie denn gemacht?«, unterbrach Anna.

»Ich bin bis heute Schneiderin mit Leib und Seele und durfte dieses Handwerk von der Pike auf lernen. Meine Eltern haben mich immer unterstützt.«

»Ah, dann ist dieser schöne rote Mantel auch selbst genäht?«

»Das ist er. Wissen Sie, ich glaube, Glück ist für jeden etwas anderes. Ich bin nicht mehr die Jüngste, aber ich habe vieles erreicht. Natürlich nicht alles, was ich mir gewünscht habe, aber doch so einiges, und ich bin mit meinem Leben ja auch noch nicht fertig.« Wieder vollzog sich dieser erstaunliche Verjüngungsprozess in Frau Meiers Gesicht.

Als Anna nichts erwiderte, sprach die alte Dame weiter: »Ich habe ein kleines Nähatelier, von dem ich ganz gut leben kann. Außerdem nähe ich für Kinder aus sozial schwachen Verhältnissen und werde dafür von vielen Nachbarn mit abgelegten Kleidungsstücken versorgt.«

»Das klingt ja großartig.«

»Das ist es, und wenn ich die Kinder dann in den Sachen sehe, dann freue ich mich darüber. Ich habe selbst Zeiten erlebt, in denen ich kaum etwas zum Anziehen hatte. Damals träumte ich davon, dass eine Schneiderfee zu mir käme und mir all die

Kleider nähen würde, die ich mir wünschte. Ganz oben auf meiner Liste stand ein roter Mantel.« Hannelore Meiers Hände glitten gedankenverloren über den Stoff. »So einer wie dieser hier. Irgendwann habe ich herausgefunden, dass ich gar keine Fee brauche, sondern nur mich selbst und meine Fähigkeiten. Ein größeres Glück kann ich mir nicht vorstellen.« Sie blieb stehen. »Und jetzt haben Sie mir meine schweren Einkäufe wirklich bis nach Hause getragen.«

Anna merkte erst jetzt, dass sie vor der Tür eines Mehrfamilienhauses stehen geblieben waren.

»Den Rest schaffe ich allein. Vielen Dank!«

Anna reichte der Schneiderin den Korb. »Ich danke Ihnen, dass Sie so offen mit mir gesprochen haben. Falls es Sie interessiert: Ich schreibe unter dem Namen Julia Jupiter in der Zeitschrift *Early Bird* über das Glück.«

»Da haben Sie sich ein schönes Thema ausgesucht. All die schlechten Nachrichten können einem manchmal richtig auf die Nerven gehen.«

»Darf ich unser Gespräch in einem meiner Artikel verwenden?«

»Das dürfen Sie«, antwortete Hannelore Meier und war schon fast im Hausflur verschwunden, doch dann kam sie noch einmal zurück. »Ich wünsche Ihnen auch viel Glück!«

5. KAPITEL

Ein Unglück kommt selten allein, sagt man, aber wie ist das mit dem Glück? Unglück in der Mehrzahl, das kann ich mir gut vorstellen. Das Glück dagegen ist so kostbar wie eine Umarmung, aus der man sich nicht lösen möchte. Vielleicht erwarte ich zu viel?

Den Karton mit den Pflanzen stellte Anna auf die Holzbank draußen unter dem Küchenfenster. Wilma war eine überzeugende Verkäuferin gewesen. Ohne darüber nachzudenken, hatte Anna Saatgut und Pflanzen gekauft, die auch für die Grundversorgung einer Doppelhaushälfte gereicht hätten. Dabei hatte sie nicht einmal *einen* grünen Daumen. Mit aufkommenden Zweifeln besah sie sich ihre Ausbeute. Reichte es aus, einfach ein paar Löcher zu buddeln, die Pflanzen hineinzusetzen und hin und wieder zu gießen? Soweit sie sich erinnerte, war es immer ihre Mutter gewesen, die sich um den Garten und die Blumen gekümmert hatte. Anna dachte an die Orchideen am Wohnzimmerfenster ihrer Eltern. Große, lachende Gesichter. Mehr als einmal hatte sie sie mit der Lupe untersucht. Leuchtend entfalteten sich die grazilen Blüten vor ihren Kinderaugen. Doch so genau sie auch hinschaute, niemals fand Anna Hochmut in den zarten Antlitzen. Vielmehr schienen sie ihre Schönheit gleichmütig hinzunehmen. Wussten sie vielleicht gar nichts davon? Doch nach etlichen Studien mit ihrer Lupe glaubte Anna schließlich, dem Geheimnis der Orchideen auf die Spur gekommen zu sein: Die Blüten waren nicht allein. An jeder Dolde saßen unzählige der farbenprächtigen Blütenkelche. Sie wandten sich einander zu und wurden zum gegenseitigen Spiegel ihrer Pracht. Das Glück der Vielzahl. War es so einfach? Brauchte man zum Glücklichsein nur die anderen?

Einmal in der Woche half sie als Kind ihrer Mutter dabei, die Töpfe mit dem Substrat ins Wasser zu tauchen. Während die dunkle Rinde sich vollsog, hörte sie die schlürfenden Geräusche der Pflanzen und stellte sich vor, wie sie gierig tranken. Genau eine Stunde ließ ihre Mutter sie im Wasser stehen, jede Woche einmal. »Wie kann es nur sein, dass sie ohne Erde auskommen und trotzdem blühen?«, fragte Anna eines Tages.

Ihre Mutter hatte bei ihrer Frage nicht aufgesehen. So war es seit jenem schicksalhaften Nachmittag, an dem Anna aus der Schule gekommen war. Dem Tag, der alle folgenden Tage in seinen Schatten tauchte. Das helle Leben hatte sich verkrochen und ihre Mutter vertiefte sich fortan im Alltäglichen. Wenn sie arbeitete, dann arbeitete sie, wenn sie kochte, dann kochte sie, und wenn sie schlief, hatte Anna manchmal Angst, sie würde nicht mehr aufwachen. Ihre Mutter war eine stille Frau geworden und in ihrer Stille war sie laut. So fielen ihre Antworten bisweilen sehr knapp aus. Lange Erklärungen waren nicht ihre Sache. Sie überließ es ihrer Tochter, ihr Schweigen zu verstehen. Das Ungesagte nahm den größten Raum ein, und so achtete Anna schon als Kind sehr darauf, was ihre Mutter *nicht* sagte. Und in diesem Gleichklang des Schweigens fand Anna die Liebe – auch ohne Worte.

Das hatte sich erst und schlagartig durch einen ligurischen Olivenbauern namens Francesco geändert. Er brachte das Lachen von Andrea Thalberg zurück. Anna hatte sich darüber gefreut, aber mit der tiefen Verbundenheit und Nähe der vorausgegangenen stillen Jahre war es fortan zwischen Mutter und Tochter vorbei gewesen.

Anna seufzte, während sie sich das Sammelsurium besah, das sie heute eingekauft hatte. Diese Pflanzen brauchten jedenfalls Erde, und von der gab es in ihrem Garten mehr als genug. Doch als sie die vielen Pflanzen vor sich sah, wurde sie unsicher. Wo war der beste Platz? Und musste sie düngen? Es gab nur einen Ausweg: Sie würde ihre Mutter anrufen, und zwar am besten sofort.

»Hallo, Mama.«
»Ciao, Anna. Wie geht es dir?«
»Gut. Und den Oliven?«
»Francesco ist gerade draußen.«
»Francesco ist immer draußen«, bemerkte Anna.

Eine Pause entstand, und Anna hätte sich ohrfeigen können. Sie schaffte es einfach nicht, diesen Unterton aus ihrer Stimme zu verbannen, wenn es um den Lebensgefährten ihrer Mutter ging. Er hatte ihr nichts getan. Abgesehen davon, dass er ein paar Jahre nach dem Tod ihres Vaters aufgetaucht war. Er war plötzlich da gewesen, so impulsiv, so italienisch und so laut, und hatte damit die vertraute, tröstliche Stille verdrängt.

»Anna?«

Erst jetzt tauchte Anna wieder aus ihren Gedanken auf.

»Ja, entschuldige, eigentlich wollte ich nur deinen grünen Daumen anzapfen.«

Ihre Mutter ließ sich nicht lange bitten und gab ihrer Tochter kurze, klare Anweisungen zu Standort, Pflege und Ernte ihrer Zöglinge. Anna schrieb alles ausführlich mit, erstellte sogar eine Tabelle mit den wichtigsten Angaben und klappte am Ende des Telefonates das Buch zu. Kurz bevor sie auflegte, war ihre Mutter gedanklich schon wieder bei Francesco und den Taggiasca-Oliven, die auf den terrassierten ligurischen Hängen seit Jahrhunderten wuchsen. Sie glichen alten Matronen und forderten uneingeschränkte Aufmerksamkeit und Pflege.

Am nächsten Morgen zog Anna eine ihrer ältesten Hosen an, die an den Knien Löcher hatte, ging hinaus und pflanzte alles so ein, wie es ihr gerade in den Sinn kam. Kein einziges Mal sah sie dabei in ihre Aufzeichnungen. Am Ende war sie selbst ein Teil ihres Gartens geworden. Sie hätte sich hineinlegen können und wäre nicht aufgefallen. Die Erde war überall, in ihren dunklen Haaren, unter den Fingernägeln und in den Socken ... Sie kniete tief im Beet und konnte dem Impuls nicht widerstehen. Mit beiden Händen krallte sie sich in die Erde. Lehmig, ein bisschen kühl, aber nicht abweisend.

»Schön, dass sich jemand wieder um den Garten hier kümmert!«

Anna sah auf, sie hatte niemanden kommen sehen. Die Frau trug eine jener Kittelschürzen, von denen sie gedacht hatte, sie seien mit der Generation ihrer Oma ausgestorben. Große weiße Blumen auf dunkelblauem Grund. Etwas mühselig richtete Anna sich auf. Das lange Bücken hatte sie steif werden lassen. Der Blick der Frau glitt an ihr hinab und blieb schließlich an etwas hängen. Anna musste nicht hinsehen, sie wusste auch so, dass eine dicke Erdkruste an ihren Knien klebte. Es war sinnlos, trotzdem klopfte sie mit ihren Händen über die Hose.

»Ich fürchte, ich habe alles falsch gemacht. Vielleicht wächst trotzdem etwas ...«

»Ach, machen Sie sich keine Gedanken. Die Natur findet immer einen Weg und sie hat ihre eigenen Regeln. Da können Sie noch so viel machen. Es kommt doch, wie es soll.«

Die Worte der Frau hatten etwas Abschließendes, und Anna wusste nicht, was sie darauf sagen sollte. Sie ging einen Schritt auf sie zu. »Anna Thalberg. Ich wohne erst seit Kurzem hier.«

»Ich weiß.«

Eine Amsel füllte die entstandene Pause mit ihrem Zwitschern. Anna lächelte. »Und Sie?«

»Und ich?« Die Frau, die ihre Hände in den Taschen ihrer Schürze vergraben hatte, wirkte überrascht.

»Darf ich fragen, wie Sie heißen …?«

»… und was ich hier mache. Sie haben völlig recht, dass Sie fragen. Sagen Sie einfach Vroni zu mir. Ich … wir wohnen nicht weit weg. Wir werden uns sicher noch öfter begegnen.«

Sie drehte sich um, hob einen Arm zum Abschied und ging genauso leise, wie sie gekommen war. Und Anna dachte, dass sie sich an die Landbevölkerung wohl erst noch ein bisschen gewöhnen musste.

Doch eine ausgiebige Dusche vertrieb jeden Gedanken an eigentümliche Nachbarn und erinnerte Anna daran, dass sie sich ein Highlight ihres neuen Heims bisher aufgespart hatte.

Ihre »Hauskunstgalerie« empfing sie mit wohltuender Ruhe. Es war wirklich ein Glück, dass der Künstler den gemeinsamen Flur als Galerie nutzte. Anna trat ein und schloss die Tür. Nun stand sie im Dämmerlicht der Galerie, in die nur ein schmaler Lichtstreifen durch das kleine Fenster am Ende des Ganges fiel. Sie schaltete die indirekte Beleuchtung ein, um die Bilder so zu sehen, wie der Künstler es vorgesehen hatte. Kaum war das Licht an, stutzte Anna. Bei ihrem Einzug vor zwei Tagen hatte sie die Kunstwerke zwar wenig beachtet, aber sie war sich beinahe sicher, dass die Bäume auf den Bildern vorher Blätter gehabt hatten. Vermischten sich in ihrer Erinnerung Realität und Einbildung? Draußen explodierte die Natur und ließ alles wachsen. Aber auf diesen Bildern gab es keinen Funken Leben. Karge, knorrige Äste schoben sich in den Nachthimmel. Das Licht des Vollmondes war so meisterhaft eingesetzt, dass Anna sich sicher war, jeden einzelnen Ast mit den Händen berühren oder sich gegen einen der mächtigen Stämme lehnen zu können. Wieder nahm die Detailgenauigkeit der Darstellung sie gefangen. Langsam schritt sie von Bild zu Bild. Alle waren gleich groß, und alle zeigten dasselbe Grundmotiv: den Blick von ihrer Terrasse auf den See. Doch je öfter Anna die einzelnen Gemälde abschritt, desto mehr Unterschiede fielen ihr auf. Die Position des Mondes änderte sich. Das Licht fiel anders auf die Bäume. Die Schatten gruben sich mal schärfer, mal sanfter in die Landschaft, nur der See schien wie ein stetig schimmernder Spiegel. Lange blieb Anna so stehen, und je länger sie die Werke betrachtete, umso mehr hatte sie das Gefühl, dass sie ihr etwas sagen wollten. Doch sosehr sie sich auch bemühte, sie verstand die Bilder nicht. Sicher war nur: Die wahre Stimme der Kunstwerke wohnte nur ein Stockwerk über ihr. Es war zwecklos, sich etwas vorzumachen, ihre Neugier war schon seit der ersten Betrachtung eines dieser Bilder geweckt. Sie wollte mehr über den alten Maler erfahren.

Auch am nächsten Morgen dachte Anna sofort wieder an die Bilder in der Galerie. Sie hatte sie noch vor Augen gehabt, bevor sie eingeschlafen war. Es war verrückt. Sie war keine Kunstexpertin. Was machte diese Bilder nur so anziehend? Anna rutschte auf die andere Seite des Bettes, öffnete die Schublade des Nachtkästchens und zog ihre Lupe hervor. Im Pyjama trat sie auf den Flur.

Blattlose Bäume, der Mond, der See. Immer derselbe Blick. Alles schien so zu sein wie gestern. Sie suchte sich eines der Bilder aus und betrachtete es durch die Lupe. Ein wildes Gemenge von Schwarz, Weiß und Grau wurde vor ihrem Auge sichtbar. Ein marmoriertes Zusammenspiel von Ölfarbe auf Leinwand. Nichts weiter. Anna war fast ein bisschen enttäuscht. Irgendwie hatte sie erwartet, mehr zu entdecken. Sie schlurfte ins Schlafzimmer zurück, zog eine weite Hose und ein bequemes T-Shirt an und ging ins Badezimmer. In Gedanken plante sie den Tag: eine Runde Schwimmen, Frühstück auf der Terrasse und dann nach Walderstadt, um bei Halley Glücksimpressionen zu sammeln.

In der Küche entschied sie sich für Kaffee, Müsli mit Joghurt und Himbeeren, die sie immer im Eisfach hatte. Wenn sie vom Schwimmen zurückkam, wären die Himbeeren aufgetaut und der süße Saft in Müsli und Joghurt gesickert. Mit einem Handtuch über der Schulter trug sie ihr Frühstück auf die Terrasse. Dann machte sie sich auf den Weg zum See, der sich genau wie auf den Gemälden vor ihr ausbreitete. Anna rannte den Steg entlang und sprang ins Wasser. Traum wurde Wirklichkeit und Wirklichkeit wurde Traum.

Sie schwamm ein paar kräftige Züge auf den See hinaus. Eine Weile ließ sie sich auf dem Rücken treiben und schaute in die Wolken. Anna dachte an den Künstler, der auf ihren Brief noch nicht geantwortet hatte.

Zurück am Ufer trocknete sie sich ab und zog sich an. Ihre Haut prickelte unter dem dünnen Stoff, sie fühlte sich frisch und wollte eigentlich noch nicht zurück. Wie lange würde es wohl dauern, einmal um den ganzen See herumzugehen? Höchstens ein paar Minuten, schätzte sie und folgte dem Trampelpfad, der am Ufer entlang verlief.

Der alte Weg war an vielen Stellen zugewachsen, und Anna musste mehr als einmal durch dichtes Gras und Gestrüpp wandern. Zum Glück trug sie lange Hosen, sonst hätte sie sich ihre Beine völlig zerkratzt. Ihre Sinne waren nach dem Bad geschärft, und sie hörte das vielstimmige Zwitschern der Vögel in den Wipfeln der Bäume. Sie wurde zur Erforscherin einer neuen Welt. Dieser Weg hätte ihr als Kind Spaß gemacht. Sie hätte den Weg mit der Lupe erkundet. Auch wenn sie dem Pfad nun als erwachsene Frau folgte, das Gefühl war ähnlich. An einigen Stellen, die nicht von Bäumen und Sträuchern zugewuchert waren, schimmerte der See hindurch. Zauberhaft verfing sich das Leuchten der Morgensonne in Spinnennetzen. Die Luft war frisch. Anna genoss jede Minute ihres spontanen Spazierganges, und dann sah sie den Baum. Es war der Baum der Bäume, einer, der diesen Namen wirklich verdiente. Mächtig breitete er seine Äste aus, und er hing noch voll dunkelroter Früchte. Es musste also eine späte Sorte sein. Anna pflückte ein paar Kirschen und steckte sie in ihren Mund. Sie schmeckten nach glücklicher Kindheit. Sanft strich sie über die Rinde des Riesen. Schon wollte sie sich wieder auf den Rückweg machen, als ihr auffiel, dass der Stamm nicht unversehrt war. Jemand hatte ein Herz ins Holz geritzt. Anna fuhr die Linien nach und konnte auch ohne Lupe die Initialen *J + H* eindeutig lesen. Sie hätte gern gewusst, wer sich zum Zeichen seiner Liebe an dieser Stelle verewigt hatte. Gedankenverloren lief Anna auf dem kleinen Pfad weiter um den See herum und erreichte schon bald die Weiden, die sie von ihrem Fenster aus sehen konnte. Das Sonnenlicht tauchte die Blätter in helles Lindgrün, der weiche Boden federte unter ihren Füßen.

Die Staffeleien nahm sie zunächst gar nicht wahr. Sie erschrak, als sie fast mit dem Fuß dagegenstieß. Die Bilder zeigten eine ähnliche Szenerie wie die Gemälde im Flur, allerdings hatten die Bäume hier Blätter. Anna erschauderte, denn nun war sie sich ganz sicher: Es waren genau die Bilder, die sie erst in der Galerie gesehen hatte! Der Künstler hatte sie also doch ausgetauscht. Doch was sollten die Werke hier draußen unter den Bäumen? Nachdenklich schaute Anna zum Haus und hinauf zu dem kleinen Giebelfenster. Gemälde, die wie von Geisterhand auftauchten. Wollte der Mann sie erschrecken?

Aus ihrem Arbeitszimmer holte sie einen Bogen Papier und einen Füller, setzte sich auf die Terrasse und begann zu schreiben:

Verehrter vermietender Künstler,

nun ist es schon das zweite Mal, dass ich Ihnen schreibe, und noch immer kenne ich Ihren Namen nicht ...
Diesmal möchte ich allerdings dringend um Aufklärung bitten: Werden Sie die Galerie noch öfter umgestalten? Und darf ich mit weiteren Bildern auf den Staffeleien im Garten rechnen?
Verstehen Sie mich bitte nicht falsch, ich frage nur, weil es ein wenig irritierend ist, wenn geisterhaft plötzlich Kunstwerke an Orten auftauchen, wo vorher keine waren. Es wäre doch schade, wenn mein gutes Gefühl, mit Ihnen unter einem Dach zu wohnen, auf diese Weise getrübt würde. Ich weiß gern, woran ich bin. Sie nicht auch? Im Moment gehe ich aber einfach davon aus, dass Sie sich als Künstler ein wenig austoben wollen, mir aber als Mieterin wohlgesinnt sind, richtig? Wäre schön, wenn Sie dies bestätigen würden. Ein paar Worte reichen schon.

Es grüßt Sie herzlich
Ihre Mieterin
Anna Thalberg

PS: Ihre Bilder sind übrigens atemberaubend! Warum malen Sie nicht einmal ein anderes Motiv?

Anna steckte den Brief in ein Kuvert, schrieb in großen Buchstaben AN MEINEN VERMIETER darauf und überlegte, wo sie die Nachricht deponieren konnte. Schließlich steckte sie den Umschlag in eine Klarsichthülle und befestigte sie an einer der Staffeleien unter den Bäumen. Sobald der Mann die Bilder auswechseln oder wegbringen würde, musste er die Mitteilung finden. Was war das bloß für ein komischer Kauz, der Ölgemälde auf seinem Grundstück verteilte, ohne dass irgendjemand außer ihm selbst und Anna sie sehen würde? Lebte nicht jede Ausstellung von den Betrachtern? Oder plante er eine außergewöhnliche Verkaufsveranstaltung im Freien und dies war so etwas wie eine Probeaufstellung seiner Bilder? Eine Vernissage würde Anna sich jedenfalls nicht entgehen lassen. Wären die Gemälde erschwinglich, könnte sie eines kaufen. Sie würde eines wählen, auf dem die Bäume Blätter trugen, und sie wusste auch schon genau, wo sie es aufhängen würde. Der Platz über ihrem grünen Sofa schrie nach einem Bild ohne Farbe, dafür aber mit Tiefe. Sie fand es eigenartig, dass in der Wohnung kein einziges seiner Bilder hing. Offenbar stattete der Künstler nur die Galerie im Flur aus. Schade, aber das ließe sich vielleicht ändern.

6. KAPITEL

Was ist zuerst da? Wirklichkeit oder Traum? Heute im See bin ich jedenfalls in meinen Träumen angekommen. Für einen Moment lang wusste ich nicht mehr zu unterscheiden. War der See schon da, bevor ich davon träumte, oder andersherum? Ich denke auch darüber nach, warum ein Maler immer nur diesen See malt. Findet er in der Vertrautheit sein Glück?

Als Anna wenig später in Walderstadt ankam, fand sie einen Parkplatz unweit des Café Komet. Sie freute sich auf einen Kaffee Milchstraße unter einer Platane. Sie konnte sich gut vorstellen, dass das Café zum »Basiscamp« ihrer Gespräche werden würde. Das Komet war gut besucht und schon deshalb ein perfekter Ausgangspunkt.

Halley hatte sie offensichtlich schon durch das Schaufenster kommen sehen und stürmte ihr wie der Komet auf ihrer Schürze entgegen. Anna bestellte und hatte bei dem herzlichen Empfang das Gefühl, wirklich eine neue Freundin gefunden zu haben. Sie schmunzelte. Der Start in der neuen Stadt hätte schwerer sein können. Kurz stahl sich Philipp in ihre Gedanken. Es würde dauern, bis das aufhörte. Vielleicht hatte er sie schon vergessen. Sie war für ihn nicht wichtig gewesen. Anna hatte zu Anfang ihrer Beziehung einmal versucht, mit ihm über ihr Problem zu sprechen. Sie hatte versucht, ihm zu erklären, dass sie darunter litt, dass alles wichtiger zu sein schien als sie. Ihre Beziehung war Nebensache. Sein Beruf, seine Freunde, sein Sport, alles war bedeutender als Anna. An jenem Abend saßen sie auf seiner Couch, und Philipp hatte den Arm um sie gelegt. Ihr Kopf lag auf seiner Brust. Wenn sie sich konzentrierte, konnte sie seinen Herzschlag spüren, und Anna war sich absolut sicher gewesen, dass sein Herz im gleichen Takt mit dem ihren schlug. Sie hoffte, dass es in seinem Leben einen Platz für sie gab. Heute wusste sie, dass dem nicht so war.

Das Scheppern von Porzellan riss Anna aus ihren Gedanken. Halley balancierte ein gefülltes Tablett auf sie zu.

»Ups, das wäre fast schiefgegangen.« Schwungvoll stellte sie eine Tasse vor Anna auf dem Tisch ab.

»Bitte schön, einmal Milchstraße.« Sie blieb stehen und sah Anna an, als hätte sie gerade einen Stern für sie vom Himmel geholt.

Aus der Nähe bewunderte Anna den eleganten s-förmigen Henkel der Tasse.

»Tolle Tasse«, sagte sie und nahm sofort einen großen Schluck. »Hmm, gut.«

Halley grinste. »Der Kaffee kommt aus einer Familienrösterei in der Gegend. Wir haben eine eigene Röstung kreiert und sie *Himmelsstürmer* genannt. Die kannst du drinnen auch kaufen.«

»Davon kannst du mir gleich ein Pfund einpacken.«

»Mach ich. Das schöne Geschirr ist übrigens Georgs Sache. Der sucht immer wieder was Neues. Keine Ahnung, wo er das alles auftreibt.«

Anna deutete mit ihrer Tasse auf die anderen Tische. »Nicht viel los heute bei dir.«

»Ach, das wird noch, spätestens um zehn ist es hier rappelvoll.

Meine Walderstädter kommen ein bisschen später, aber sie kommen. Ich habe viele Stammgäste.«

»Gut, dann bleibe ich einfach hier sitzen und genieße noch eine zweite Milchstraße.«

»Kommt sofort«, antwortete Halley und flitzte schon los, um das Gewünschte zu bringen. Es dauerte nicht lange, und die umliegenden Tische füllten sich, wie von Halley vorausgesagt. Anna lehnte sich zurück, schloss die Augen und badete im vielstimmigen Gemurmel, das sie umgab. Sie vermochte das Glück zu hören, wenn die Tassen auf den feinen Porzellanuntertellern abgesetzt wurden, schnappte Wortfetzen auf, die wie Liebesperlen auf einer Schnur aufgereiht in der Luft hingen, und konnte das Glück des Augenblicks leuchten sehen. Sie ließ den Blick gerade über die Tische schweifen, als sie einen Mann aus dem Augenwinkel sah, der sie vielleicht schon eine Weile beobachtete. Er hatte eine Zeitung auf dem Tisch ausgebreitet, las aber nicht, daneben eine Tasse Kaffee. Vielleicht zwei, drei Wimpernschläge lang begegneten sich ihre Blicke.

»Der Mensch entscheidet innerhalb von Sekunden, ob er jemanden sympathisch findet oder nicht«, hatte ihre Freundin Antonia einmal gesagt.

Etwas Jungenhaftes ging von ihm aus. Anna ahnte es: Gleich würde er sie über die Tische hinweg ansprechen.

»Das erste Mal hier?«

Anna sah an sich hinunter. »Sieht man mir das an?«

Sie beobachtete ihn, wie er schmunzelnd seine Kaffeetasse einmal im Kreis herumdrehte, bevor er sie an die Lippen setzte.

»Wie Sie sich gerade zurückgelehnt und die Augen geschlossen haben, das ist mir aufgefallen.«

»Und Sie haben Ihre Tasse gedreht, bevor Sie den ersten Schluck nahmen.«

Er lachte. »Ertappt, eine Angewohnheit.«

»Und wieso machen Sie das?«

»Dafür, dass Sie das erste Mal hier sind, sind Sie ganz schön neugierig.«

Anna zuckte mit den Schultern. »Berufskrankheit. Sie müssen es mir nicht sagen.« Auf höchstens vierzig schätzte sie den Mann, dessen braune Augen sie nun forschend ansahen. Er trug Jeans und einen dünnen grauen Pullover. Wieder verrieten ihn seine Mundwinkel: Er nahm sie nicht ernst.

»Bevor wir uns weiter über Kaffeetassen unterhalten, verraten Sie mir doch lieber, was Sie hier machen.«

»Ich suche das Glück.«

Wenn Anna versucht hatte, ihn mit dieser Antwort zu überraschen, war ihr das offensichtlich nicht gelungen. Er reagierte gelassen. »Und das finden Sie mit geschlossenen Augen?«

»Manchmal. Manchmal stelle ich aber auch die richtigen Fragen.« Sie sah ihn herausfordernd an. »Was macht Sie glücklich?«

Die Antwort blieb ihr der Fremde schuldig, denn Halley war an seinen Tisch getreten, ohne dass Anna sie bemerkt hatte.

»Brauchst du noch was, Mark?«

Der war aufgestanden und zählte das Kleingeld passend auf den Tisch. »Nein danke, Halley. Ich muss los.« Dann wandte er sich an Anna: »Wir plaudern ein andermal über das Glück, in Ordnung?«

»Wann immer Sie wollen«, antwortete Anna und sah ihm nach, als er mit schnellen Schritten davonging. Seine Stimme war markant, dunkel, ein bisschen rau, so als wäre jemand mit einem Schmirgelpapier über die Stimmbänder gefahren. Diese Stimme hatte sie berührt, doch Anna versuchte, sich nichts anmerken zu lassen.

»Den kannst du gleich wieder vergessen.« Halley legte Anna die Hand auf die Schulter.

»Wie bitte?«

Halley verdrehte die Augen und lachte. »Vergiss ihn. Der interessiert sich nicht für Frauen. Die halbe Stadt ist hinter ihm her, aber ich glaube, der hat nur sein Business im Kopf.«

»Aha. Und was ist sein Business?«

Halley zuckte mit den Schultern. »Mir hat er mal gesagt, er verkauft Dinge, die niemand braucht.«

»Nicht gerade aussagekräftig.«

Halley machte erneut eine hilflose Geste. »Mehr weiß ich auch nicht. Wenn er kommt, trinkt er meistens einen Cappuccino und ist schnell wieder weg. Aber jetzt muss ich …« Halley nickte Anna entschuldigend zu und lief eilig zurück Richtung Laden, in dem inzwischen eine beträchtliche Menge an Kunden wartete, wie Anna durch das Schaufenster sehen konnte.

»Bring mir bei Gelegenheit bitte noch eine Brioche mit Einschlag zum Mitnehmen«, rief Anna ihr nach, und Halley hob die Hand zum Zeichen, dass sie sie gehört hatte.

Anna sah sich um. Am Nebentisch zog eine ältere Dame bedächtig Fotos aus einer Fotohülle und legte eines nach dem anderen auf den Tisch. Sie wirkte völlig in sich gekehrt beim Anblick der Fotografien. Anna beobachtete eine faszinierende Entwicklung im Gesicht der Frau. Mit jedem Foto, das sie betrachtete, schien sie jünger zu werden. Das Leben hatte mal mit feiner, mal mit stumpfer Spitze Linien in ihre Haut gegraben, und diese Linien glätteten sich jetzt.

Anna sah der Frau noch eine Weile diskret über den Rand ihrer Kaffeetasse hinweg zu. Jedes Foto, das diese auf dem Tisch ablegte, schien ein Feuer der Erinnerung in ihrem Geist anzuzünden und sie von innen heraus zum Strahlen zu bringen. Anna trank schweigend ihren Kaffee aus. Sie wollte die Frau nicht stören. Es gab Momente, da musste man das Glück einfach in Ruhe seine Arbeit machen lassen.

Schließlich kam Halley mit der Tüte mit der Brioche aus dem Laden. Beim Bezahlen fragte Anna: »Sag mal, gibt es eigentlich eine Buchhandlung in der Nähe?«

Halley gab ihr das Wechselgeld. »Klar. Genau genommen sind es sogar zwei, die eine ist eine richtige, in der anderen gibt es auch Saft.« Sie grinste. »Du findest beide auf der großen Hauptstraße.«

»Du meinst auf der Marktstraße?«, fragte Anna.

»Genau. Auf der rechten Seite stadtauswärts liegt die Buchhandlung Herzog, die ist schon immer da. Fast direkt gegenüber – nur getrennt durch den Grünstreifen in der Mitte – ist Maries Bücherbar. Da werden Bücher zur schönsten Nebensache. Dort gibt es tolle Smoothies.«

»Klingt gut, die schaue ich mir beide an.«

Anna stand auf. Der Einfall, sich in einer Buchhandlung umzusehen, war ihr nicht zufällig gekommen. Mit ihrem Buch über das Glück hatte sie noch gar nicht richtig angefangen. Klar, sie war ja gerade erst umgezogen, und gern hätte sie es noch ein paar Tage schleifen lassen, aber das schlechte Gewissen saß ihr im Nacken. Wenn sie schon einmal hier in der Stadt war, wollte sie die Zeit nutzen. Für ihre Beiträge in den Magazinen näherte sie sich dem Thema Glück normalerweise sehr intuitiv. Sie fragte sich, wie andere Autoren damit umgingen. Sie winkte Halley zum Abschied und folgte der Wegbeschreibung.

Anna schlenderte an jener Häuserzeile entlang, die ihr schon beim ersten Durchfahren so gut gefallen hatte. Die hohen Bürgerhäuser, die sich zu einem harmonischen Ensemble zusammenfügten, erinnerten an italienische Palazzi. Einige der Fassaden waren mit Erkern und Stuck aufwendig verziert, die Fenster mit zahlreichen Ornamenten versehen. Die untersten Stockwerke bildete eine Art Laubengang, durch den Anna nun spazierte. Eine

Boutique zeigte die aktuelle Sommerkollektion, dann folgten ein italienisches Restaurant, ein Blumengeschäft, ein Drogeriemarkt, eine Eisdiele und ein Immobilienmakler. Anna blieb vor dem Fenster stehen, und erst jetzt erkannte sie, dass es sich um das Büro von Graf & Graf handelte. Sie spähte über den Milchglasstreifen mit dem eingravierten Namenszug in den Raum und entdeckte Maximilian Graf. Dieser beugte sich gerade über seinen Schreibtisch und sichtete offenbar konzentriert einige Unterlagen. Sie wollte nicht einfach so vorbeigehen und klopfte an die Scheibe. Graf sah auf, und als er sie erkannte, gab er ihr ein Zeichen zu warten. Eine Minute später war er draußen bei ihr.

»Frau Thalberg, wie schön, Sie wiederzusehen. Wie gefällt es Ihnen in Ihrer neuen Wohnung? Haben Sie sich schon ein bisschen eingelebt?«

»Das habe ich, danke.« Sie blinzelte Graf verschwörerisch an. »Auch wenn ich wahnsinnig gern mehr über diesen Künstler erfahren würde.«

Graf hob in gespielter Verzweiflung die Arme. »Ich kann Ihnen leider nichts sagen.«

»Schon gut, schon gut. Ich weiß ja, Sie müssen sein Inkognito wahren.« Anna ließ sich auf sein Spiel ein und blickte vermeintlich enttäuscht auf den Boden.

Graf winkte ab. »Ich verstehe schon. Es muss schwer für Sie sein, nicht *alles* erfahren zu dürfen, nicht wahr?«

»Es geht gegen meine Berufsehre«, antwortete Anna.

Graf rieb sich das Kinn. »Also gut, was halten Sie davon, wenn ich Sie zur Entschädigung zum Essen einlade?«

»Damit wollen Sie mich vom Fragen abhalten?«

Graf lachte. »Nein, ich möchte nur mit Ihnen essen gehen. Wir haben ein paar nette Restaurants in Walderstadt.«

Anna verfing sich in seinen blauen Augen. »Okay, warum nicht?«

»Dann hole ich Sie morgen Abend ab, gegen acht?«

»Sie wissen ja, wo ich wohne«, antwortete Anna, drehte ihm den Rücken zu und setzte ihren Bummel ohne Hast fort. Noch eine ganze Weile glaubte sie, Grafs Blick im Rücken zu spüren. Doch erst als sie die Buchhandlung Herzog erreicht hatte, erlaubte sie sich einen Blick zurück. Von dem Immobilienmakler war nichts mehr zu sehen.

Eine Traube von Glöckchen klingelte, als Anna die Tür aufdrückte. Ihre Augen brauchten eine Weile, bis sie sich an die neue Umgebung gewöhnten. Draußen war heller Sonnenschein. Doch dieser Raum lag in einem seltsamen Dämmerlicht, und Anna hatte den Eindruck, auf geheimnisvolle Weise in einer anderen Zeit gelandet zu sein. Die Buchhandlung glich in ihrer Erhabenheit einer in die Jahre gekommenen Majestät. Nichts lenkte hier von den Büchern ab, die in dunklen Teakholz-Regalen sorgsam angeordnet waren. Bekannte und weniger bekannte Werke der Literatur reihten sich Rücken an Rücken, und Anna überlegte, wie viel Wissen, wie viele Gefühle und Gedankenwelten sich in all diesen Büchern versammelten. Zigtausend beschriebener Seiten, mit den Ideen und Träumen der Autoren. Buchstaben, Worte und Sätze, die blieben. Freunde in den stillen Stunden. Anna sah sich um.

Sie war sicher, an diesem Ort regierte ein Mensch mit einem Herz aus Papierseiten. Kein einziger Tisch war mit jener Non-Book-Ware bestückt, mit der Buchhändler andernorts teilweise ihre Tische beluden. Keine Kugelschreiber, Leselampen, keine Taschen aus Fahrradschlauch, nicht einmal Radiergummis. An diesem Ort gab es bis zum letzten Winkel der hohen Decke ausschließlich Bücher. Drei an die Regale gelehnte Leitern verrieten, wie der Ladeninhaber seine Schätze ganz oben erreichen konnte. Auf Anhieb fielen Anna einige Klassiker auf, dazu die starken Stimmen der zeitgenössischen Literatur.

»Was kann ich für Sie tun?«

Der Mann musste aus einem verborgenen Nebenraum gekommen sein. Anna war nicht überrascht. Er sah aus wie der Prototyp eines Buchhändlers. Gab es diese halben Brillen tatsächlich noch? Der Mann war auffallend groß, hatte graue Haare und strahlte eine würdige Herablassung aus. Ein Original. Ein belesener Hüter der Literatur. Jemand, der vermutlich von der Jugend behaupte, sie lese zu wenig, und wenn, dann das Falsche.

»Ich suche ein Buch.«

Der Mann hob die Augenbrauen. »Tatsächlich?«

Sie öffnete den Mund, schloss ihn wieder. Was hätte er auch sagen sollen? Natürlich suchte sie ein Buch. Dies war eine Buchhandlung. Schon auf den ersten Blick glaubte sie, hier nur Hardcover-Bücher gesehen zu haben, gewichtige, wichtige Werke, die etwas zu sagen hatten. Bücher, die die Welt verändert hatten oder es wenigstens versuchten. Anna kam sich ein wenig klein vor. Ihre Texte schienen ihr dagegen oberflächlich und nicht zum langen Atem dieser Bücher zu passen. Der Buchhändler blickte seine einzige Kundin eindringlich durch seine Brillengläser an. »Könnten Sie mir vielleicht noch einen winzigen weiteren Hinweis geben, *was genau* für ein Buch Sie suchen?«

Anna ärgerte sich über den Ton des Mannes, der sich sein Urteil über sie schon gebildet zu haben schien. Doch sie ließ es sich nicht anmerken.

»Ich interessiere mich für Bücher über das Glück«, sagte sie mit fester Stimme.

»Über das Glück«, wiederholte der Mann, und Anna nickte.

Der Buchhändler schob seine Brille zurück auf die Nase. »Gut, gut. Was halten Sie von *Hans im Glück?* Ein Klassiker.«

Anna schüttelte den Kopf. »Ich dachte nicht unbedingt an ein Märchen.«

Nun war es an Herzog, entschieden den Kopf zu schütteln. »Unterschätzen Sie die Märchen nicht! In ihnen steckt gelegentlich mehr Wahrheit, als die moderne Welt ihnen zugestehen will. Bedenken Sie, dass Hans, der mit einem Klumpen Gold loszieht, am Ende erst glücklich wird, als er all seinen vermeintlichen Reichtum wieder losgeworden ist. Wenn das kein Lehrstück für das Leben ist, dann weiß ich es nicht!«

»Da haben Sie recht, darüber habe ich noch gar nicht nachgedacht. ›Weniger ist mehr‹, das sagt man ja auch heute noch.«

»Wir verstehen uns«, sagte der Buchhändler. »Aber ich sehe es Ihnen an der Nasenspitze an. Das ist trotzdem nicht das, wonach Sie suchen, nicht wahr? Lassen Sie mich sehen, was haben wir denn sonst noch?«

Anna beobachtete den Mann, der für sein Alter unerwartet leichtfüßig auf die Leiter stieg und mit der Hand an den Regalen entlangfuhr. Sie ahnte, dass er den Platz jedes einzelnen Buches blind fand.

»Aha!«, rief er aus, und Anna wusste, er war wieder fündig geworden.

»Hier. Hermann Hesse, *Über das Glück.*«

Erneut schüttelte Anna den Kopf. »Hermann Hesse macht mich immer traurig.« Ihr Vater hatte Hesse gemocht. Sie schob den Gedanken daran beiseite. Herzog stieg die Leiter hinunter.

»Dann sind Sie noch nicht zum Kern seiner Worte vorgedrungen. Sie sind voller Licht«, flüsterte der Buchhändler, strich liebevoll über den Umschlag und machte, nachdem sie nicht reagierte, Anstalten, das Buch zurückzustellen. Annas Herz schmolz dahin, als sie das sah. Dieser Mann liebte seine Bücher.

»Ach, geben Sie mir bitte doch den Hesse.«

Ein Leuchten huschte über das Gesicht des Buchhändlers. »Sehr gern. Er wird Ihnen guttun.« Er reichte ihr das Buch, als wäre es ein atmendes Wesen, und wandte sich noch einmal dem

Regal zu. »Dann könnte ich noch mit dem guten alten Goethe dienen: *Kleine Philosophie des Glücks?*«

»Lieber nicht«, sagte Anna.

»Sie machen es mir nicht leicht«, grummelte Herzog, stieg erneut auf die Leiter und befand sich nun etwa auf halber Höhe seiner vollgestopften Bücherwände. »Aber es wird sich doch etwas ... Ah, hier. *Die Pflicht, glücklich zu sein.* Kennen Sie Alain?«

»Noch nie gehört, ich meine gelesen.«

»Er wird Ihnen gefallen. Der Autor, ein Franzose aus der Normandie, hieß eigentlich Émile Chartier und war der Meinung, der Mensch habe auf der Welt keinen schlimmeren Feind als sich selbst. Er würde Ihnen vielleicht den Rat gegeben haben, öfter einmal zu gähnen, um glücklich zu sein.«

»Zu gähnen?«, fragte Anna überrascht.

»Jawohl, das entkrampft, und wir sind alle viel zu verkrampft. Finden Sie nicht?«

Anna musste lachen. Gähnen zum Glücklichsein. Das gefiel ihr. »Gut, das nehme ich auch.«

Mit beiden Büchern folgte sie Herzog. Der Buchhändler tippte den Betrag in eine altertümliche Registrierkasse. »Hier, den Hesse schenke ich Ihnen.«

Anna wollte ablehnen, doch Herzog ließ sich nicht beirren. »Jeder sollte einmal im Leben einen Hesse verschenken«, sagte er, »und das habe ich hiermit erledigt.« Dann gab er Anna das Wechselgeld und verschwand in jenem Winkel seines Buchpalastes, aus dem sie ihn bei ihrem Eintreten wohl herausgelockt hatte. In der Hand das geschenkte Buch wartete Anna noch eine Weile, ob er nicht doch noch einmal zurückkäme. Doch es blieb still, und so verließ sie die Buchhandlung Herzog. Die Bücher steckte sie in ihre Tasche. Es war bestimmt kein Zufall gewesen, dass Herzog ihr den Hesse geschenkt hatte. Sie würde ihn lesen, auch wenn es ihr davor graute, dem Schmerz dabei zu begegnen.

Draußen schien immer noch die Sonne. Die Luft in der Buchhandlung war trocken gewesen, und Anna hatte Durst, deshalb überquerte sie die Straße und betrat kurz darauf Maries Bücherbar. Und sofort war klar: Das moderne Leben hatte sie wieder. Anna bekam eine *Verzehrliste* ausgehändigt, in die mit einem Stempel ihre Bestellungen eingetragen wurden. Bevor man ging, bezahlte man an der Kasse. Das Publikum war jung, die Stimmung ausgelassen und lebhaft, wie auf einer Party. Schnell kam sie mit ein paar Jugendlichen ins Gespräch, die ihr erzählten, dass das Maries ein beliebter Treffpunkt war. Es gab kostenloses WLAN, und viele Gäste tippten fleißig Nachrichten in ihr Handy. Die Safttheke nahm die größere Hälfte des Geschäfts ein. Anna bestellte einen Himbeer-Limetten-Smoothie. In der Mitte des Geschäfts befanden sich gemütliche Leseinseln mit kleinen Tischen. Anna schob sich mit ihrem Smoothie durch das Gedränge und stellte ihn ab. Die Bücher standen auf der gegenüberliegenden Seite der Theke in modernen, hellen Regalbausystemen und waren – anders als in der Buchhandlung Herzog – nach Themen geordnet. In der Rubrik *Leben und Glück* fand Anna ein *Glückstagebuch*, ein Buch des Dalai Lama mit dem Titel *So einfach ist das Glück*, einen *Glückskalender für alle Tage*, *Yoga-Glück* und gemischte Glücksdrops für jeden Tag in einer Blister-Verpackung. Anna nahm ein paar andere Bücher mit zu ihrem Tisch und blätterte darin. Es handelte sich zum großen Teil um Foto-, Koch- oder Lifestylebücher, in denen die Bilder den meisten Platz einnahmen. Die Chefin des Ladens, Marie, die in einem weiß gepunkteten Kleid hinter der Saftbar stand und bediente, überließ ihren Kunden das Bücherregal und kümmerte sich um den Saft. Genau das wollte Anna auch gerade tun, als sie Graf hereinkommen sah. Schnell griff sie nach einem großformatigen Bildband mit Rezepten und versteckte sich dahinter. Irgendwie wollte sie ihm jetzt nicht noch einmal begegnen. Wenn sie ehrlich war, hatte Graf sie mit der Verabredung ein bisschen überrumpelt. Sie wusste noch nicht, was sie von ihm halten sollte. Hier schien er jedenfalls jedes weibliche Wesen zu kennen, und auch Marie flirtete ungeniert mit ihm, als sie ihm einen Smoothie to go über die Theke reichte. Graf nahm einen großen Schluck, während er sich umsah. Anna verkroch sich tiefer hinter ihrem Buch, und Graf übersah sie glücklicherweise. Als er das Geschäft samt Smoothie verließ, atmete Anna hörbar aus und rutschte in ihrem Sessel wieder nach oben.

»Ja, ja, ein Buch kann ein Zufluchtsort sein!«

Anna spähte über die Kante des Buches und blickte direkt in einen amüsierten Gesichtsausdruck. Sie war so darauf bedacht gewesen, für Graf unsichtbar zu sein, dass sie die Frau im Plüschsessel gegenüber glatt übersehen hatte. Anna lächelte. »Sie haben mich ertappt. Normalerweise bin ich nicht so schüchtern, aber in diesem Fall …«

Die Frau winkte ab. »Ach, denken Sie sich nichts. Es spricht absolut nichts dagegen, Männer erst einmal aus sicherer Entfernung zu beobachten.«

Sie fühlte, wie sie rot wurde, und ärgerte sich. Schließlich war sie kein Teenager mehr. Doch die Frau sprach weiter und brachte damit ihre Gedanken zum Schweigen.

»Nein, wirklich. Ich meine das ganz ernst! Ich hätte es mit den Männern genauso machen sollen wie Sie gerade eben, dann wäre mir vielleicht einiges erspart geblieben.« Sie zwinkerte. »Aber bei unserem Maximilian müssen Sie keine Sorge haben, meine Liebe. Das ist zwar ein ausgemachter Charmeur, aber im Grunde ein anständiger Kerl.«

Die Frau war witzig. Anna lud sie zu sich an den Tisch ein und erfuhr, dass es sich um die hiesige Bibliothekarin Charlotte Schäfer handelte. Man sah es ihr nicht unbedingt an, denn Charlotte, die schnell einen vertraulichen Ton anschlug, vereinte die Anmut einer Tänzerin mit dem Outfit eines Hippies. Der Saum des langen bunten Rockes streifte den Boden, während sie sich mit elegant übereinandergeschlagenen Beinen setzte. Sie fiel auf, aber nicht nur optisch. Eine Unmenge von Ketten und Armbändern klimperte bei jeder Bewegung ihrer lebhaften Gestik. Der Button auf ihrer Brust vermochte schließlich auch einen Hinweis auf ihre Berufung zu geben: *Lesen macht glücklich,* las Anna. Sie deutete darauf. »Das finde ich auch.«

Charlotte freute sich sichtlich über Annas Bemerkung. »Also, wenn ich meine Bücher nicht hätte, dann wäre ich wirklich einsam. Und ob du es glaubst oder nicht, manchmal kostet es mich regelrecht Überwindung, sie aus den Händen zu geben.« Sie mimte einen gequälten Gesichtsausdruck. »Das muss man als Bibliothekarin natürlich aushalten. Egal wer kommt, ich gebe meine Lieblinge aus der Hand. Dabei ist mir völlig klar, dass sie nicht selten in unvorsichtige oder sogar klebrige Kinderhände geraten.« Sie senkte die Stimme. »Dabei sollte man mit Büchern doch sorgfältig umgehen, nicht wahr?«

»Stimmt, vor allem wenn man – wie ich – gerade selbst ein Buch schreibt. Es handelt vom Glück.«

»Vom Glück? Da hast du dir aber ein großes Thema ausgesucht. Daran haben sich schon viele versucht, und nicht immer ist es ihnen gelungen. Schon allein die Frage, was Glück überhaupt ist, dürfte schwer zu beantworten sein …«

Resigniert sackte Anna in sich zusammen, denn sie spürte, wie sich das Gewicht von Charlottes Worten auf ihre Schultern legte. Was hatte sie sich da nur aufgeladen? Bisher bestand ihr Manuskript nur aus leeren Seiten, und es war nur eine Frage der Zeit, bis die Lektorin sich bei ihr melden würde, um nach ihren Fortschritten zu fragen. Charlotte sprach indes einfach weiter und bemerkte Annas aufkommende Panik nicht. »Ach, weißt du was, komm doch einfach mal bei mir vorbei, dann sehen wir, was wir für dich finden können.«

Mit dem Versprechen, die Bibliothek bald zu besuchen, verabschiedeten sie sich voneinander. Anna zahlte ihren Smoothie bei Marie und verließ die Bücherbar.

Den Weg nach Hause legte Anna aufgewühlt und ganz in Gedanken zurück. Mehr und mehr breitete sich Angst in ihr aus, dass sie an dem Buch über das Glück scheitern könnte. Auch dieser Mark hatte sie offenbar nicht ernst genommen. Seine Bemerkung »Wir plaudern ein andermal über das Glück« lag ihr schwer im Magen. Das Freche in seinem Gesicht, das ihr vorher noch gefallen hatte, empfand sie rückblickend als hochmütig. Doch was machte das schon aus? Vermutlich würde sie ihm nicht allzu oft begegnen. Schade eigentlich, denn seine braunen Augen hatten sie mit ihrer Tiefe fasziniert, und auch seine etwas strubbeligen Haare mochte Anna. Eigentlich war er genau ihr Typ. Fast augenblicklich schob sich die Stimme ihrer Freundin Antonia in ihr Gedächtnis: »Kaum bist du den einen los, interessierst du dich schon für den Nächsten, Anna. Jetzt genieß doch erst mal deine Freiheit und schreib dein Buch, damit hast du genug zu tun.«

Und obwohl Antonia gar nicht neben ihr saß und mit ihr sprach, musste Anna zugeben, dass da etwas Wahres dran war. Sie sollte sich auf anderes konzentrieren als auf Männer. Momentan war sie eh nicht an einer Romanze interessiert, versicherte sie sich. Trotzdem hatte sie ohne großes Zögern die Einladung von Maximilian Graf angenommen. Anna verbot sich, darüber weiter nachzudenken.

Zu Hause verfasste sie einen Beitrag für die *Early Bird*. Darin schrieb sie sich, angelehnt an Alain, einiges von der Seele. Konnte es tatsächlich eine Pflicht geben, glücklich zu sein? Anna bezweifelte das. Würde aus einer Verpflichtung am Ende nur Zwang entstehen? Man hatte erfolgreich zu sein und glücklich, man durfte nicht zu lange trauern ... Aber das Glück ließ sich nicht erzwingen. Es unterlag dem Leben und damit dem Wechsel von Licht und Schatten. Am Ende des Artikels stellte sie ihren Lesern die Frage, was für sie Glück war. Als Dank für ihre Antworten versprach sie, in einer der nächsten Ausgaben ein Glücksrezept zu verraten.

Anna schob den Laptop ein Stück zur Seite und sah zum Fenster hinaus.

Sie selbst hatte sich ver*pflichtet,* ein Buch zu schreiben – über das Glück. Diese Aufgabe erschien ihr in diesem Moment wieder einmal unerfüllbar. Aber der Vertrag war unterschrieben und der Vorschuss kassiert. Sie musste dieses Buch schreiben. Immerhin war der Artikel fertig. Anna schrieb noch ein paar begleitende Zeilen an den Redakteur, dann schickte sie die E-Mail ab.

Mit dem Gefühl, den Tag doch ganz gut genutzt zu haben, schlenderte sie zu den Staffeleien, die immer noch unter den Bäumen standen. Ihre Nachricht an den Künstler hing noch an Ort und Stelle. Anna war ein bisschen enttäuscht, doch dann nutzte sie die Chance, gleich noch eine weitere Notiz dazuzuheften. Auf einen Zettel mehr oder weniger kam es schließlich nicht an, und der Maler würde das schon verkraften. Ohne weitere Anrede schrieb sie eine Fortsetzung ihres ersten Briefes:

Sollten Sie eine öffentliche Vernissage planen, hätte ich großes Interesse an einem der Bilder. Natürlich nur, wenn es für mich erschwinglich ist. Die Wand über dem grünen Sofa ist perfekt. Ein Gemälde von Ihnen würde sich dort gut machen. Was meinen Sie?

Anna zögerte. War sie zu weit gegangen? Maximilian Graf hatte sie beschworen, dem Mann seine Ruhe zu lassen. Doch dann wischte sie ihre Sorgen beiseite. Es waren nur Worte auf einem Stück Papier, und er konnte die Nachricht lesen, wann immer er wollte. Es war nur eine harmlose Anfrage, mehr nicht. Gegen einen kurzen Plausch unter Nachbarn war sicher auch nichts einzuwenden. Sie schob die zweite Nachricht zu der ersten in die Plastikhülle und ging zurück in die Wohnung, um den Abend ruhig ausklingen zu lassen.

7. KAPITEL

Hesse schreibt, das Glück sei golden, eine unendliche Musik, eine glänzende Ewigkeit und vollkommen. Na großartig! Auch Charlotte nannte es ein großes Thema. Als wenn ich das nicht selber wüsste. Fast kommt es mir vor, als könnte das Buch über das Glück mein Unglück sein. Warum fehlen mir die Worte? Meine lieben buchstabigen Freunde, auf die ich mich sonst so sicher verlassen kann, warum versagen sie mir den Dienst?

Das Telefon klingelte. Anna hob ab und überlegte noch, wer es sein konnte. Ihre Mutter, Antonia, die Lektorin oder gar der Verleger? Mit ihm hatte sie einen persönlichen Kontakt. Der Verlag gehörte nicht gerade zu den großen, und er versprach sich viel von dem Glücksbuch der bekannten Julia Jupiter. Viele kannten ihre neue Telefonnummer noch nicht, und vor ihren Lesern hielt sie die Nummer natürlich geheim.

»Hatte ich Sie nicht gebeten, ihn in Ruhe zu lassen?«

»Wie bitte?« Anna verstand gar nichts.

»Den Maler. Sie sollten ihn doch nicht stören!« Jetzt erkannte Anna Maximilian Grafs Stimme.

»Natürlich, aber ich habe doch gar nichts gemacht.«

»Wenn Sie Briefe, die Sie an seine Bilder hängen, als nichts bezeichnen, haben wir beide eine sehr unterschiedliche Auffassung davon.«

Anna seufzte. Graf schien wirklich sauer zu sein.

»Ach, das meinen Sie. Ich wollte doch nur …«

»So geht das nicht, liebe Frau Thalberg. Der Vermieter will keinen Kontakt. Das heißt auch, dass er keine Briefe von Ihnen bekommen will. Könnten wir uns darauf einigen?«

»Ja, ja, ist ja schon gut. Ich werde mich daran halten, versprochen.«

»Ich verlasse mich auf Sie.«

Es entstand eine unangenehme Pause, und während Anna noch grübelte, was sie sagen sollte, wurde Graf versöhnlicher. »Bitte verstehen Sie mich. Der Mann ist ein wichtiger Kunde, und …«

Anna unterbrach ihn. »Schon in Ordnung. Ich verstehe Sie.«

»Gut, dann bin ich froh und wir sehen uns heute Abend und reden über angenehmere Dinge, ja? Also dann, bis um acht.«

»Alles klar«, antwortete Anna und legte auf. Sie schnaubte, wie sie es als Kind manchmal getan hatte, wenn sie unzufrieden gewesen war. Der alte Künstler da oben hatte sie doch tatsächlich bei Maximilian Graf verpetzt. Immerhin ein Lebenszeichen, und eins war sicher: Je mehr er sich verschanzte, umso neugieriger wurde sie. Warum zog er sich so zurück? Was hatte er gegen diese Welt? Sie schaute durch die großen Panoramafenster nach draußen in Richtung See, und ihr Gedankenstrom geriet ins Stocken. Schimmerte da nicht etwas durch die Bäume? Es gab neue Bilder! Sie konnte sie schemenhaft erkennen. Ihr Herz klopfte, als sie in ihre Schuhe schlüpfte. Dann rannte sie nach draußen.

Kaum trat sie in den Schatten der Bäume, strömten die Eindrücke auf sie ein. Die Bilder waren wirklich ausgetauscht worden, und mehr waren es auch geworden! Zehn schwarz gestrichene Staffeleien verschmolzen mit Schatten und Geäst, und die Gemälde darauf schienen zu schweben. Die Ausrichtung und Anordnung erinnerte Anna an ein Daumenkino. Ging man zügig daran vorüber, vermochte man einen Film zu erkennen. Wie gewohnt zeugten die Bilder von großem künstlerischem Können. Es war dunkel auf den Bildern, tiefe Nacht. Der Wind peitschte über den See. Im Fokus der Serie stand ein Baum, dessen Geäst sich wie ein Scherenschnitt von der Landschaft abhob. Der Baum krümmte sich, tiefschwarze Äste griffen in den Nachthimmel, ragten dem Betrachter entgegen. Anna schluckte schwer. Denn sie konnte die Emotion fühlen, die die Bilder ihr stumm entgegenschleuderten: Wut!

Die Eindrücke schnürten Anna die Kehle zu, sie schämte sich, denn sie hatte diese Wut heraufbeschworen, weil sie dem Künstler geschrieben hatte. Das hatte sie nicht gewollt! Vorsichtig strich sie mit den Fingerkuppen über die Leinwände. Sie spürte den heftigen Pinselstrich, hingeschmissenes Schwarz, sich aufbäumendes Grau, zähes Weiß. Die Farbe erhob sich in wilden Wellen. Die unruhigen Bilder verursachten ihr Gänsehaut. Anna atmete ein paar Mal tief ein. Dann trat sie einen Schritt zurück. Aus der Distanz konnte sie die lebendige Schönheit der Bilder wieder wahrnehmen. Dann fiel ihr etwas auf. Wieso hatte sie nicht schon früher daran gedacht? In der rechten unteren Ecke entzifferte sie die Initialen des Künstlers: J.L.

Die Buchstaben beruhigten sie. Der Künstler hatte damit immerhin einen Teil seiner Identität preisgegeben. Hinter der Abkürzung steckte also ein atmender, lebendiger Mensch. Es sollte sich doch herausfinden lassen, wessen Signatur das war, schließlich war Anna eine erfahrene Journalistin.

Punkt acht hupte es. Anna sah aus dem Küchenfenster. Maximilian Graf fuhr also auch noch einen Geländewagen. Klar, was sonst? Er war neben seinem Job als Immobilienmakler ein Naturmensch, das hatte sie ja bei ihrer ersten Begegnung in seinem Büro schon vermutet. Darüber konnte auch sein Businesslook im Immobilienbüro nicht hinwegtäuschen. Noch eine halbe Stunde zuvor hatte Anna sich den Kopf zerbrochen. Da Maximilian ihr nicht gesagt hatte, wohin sie ausgingen, war sie unsicher gewesen, was sie anziehen sollte. Anna vermutete, er würde sie in ein italienisches Restaurant ausführen. Oder vielleicht doch asiatisch? Nach einigem Hin und Her hatte sie eine matt glänzende silbergraue Satinhose und dazu eine schlichte, fließende Bluse gewählt. Eine Lederjacke und Sneakers. Damit sollte sie für fast alles gerüstet sein. Sie verließ die Wohnung. Maximilian Graf war ausgestiegen und hielt ihr die Wagentür auf.

»Sie sehen großartig aus.«

Anna freute sich über das Kompliment und stieg ein. Maximilian ließ sich auf den Fahrersitz fallen, startete den Wagen und fragte: »Sind Sie gern draußen?«

»Kommt drauf an.«

Er schmunzelte. »Ich habe mir etwas Besonderes ausgedacht.«

»Brauche ich Wanderschuhe?«, fragte Anna.

»Eher Gummistiefel. Und Sie sollten Fisch mögen«, antwortete Graf und fuhr los.

»Fisch finde ich gut, Gummistiefel besitze ich nicht. Muss ich angeln?«, fragte Anna spöttisch.

»Lassen Sie sich überraschen, auch wenn Sie das nicht mögen, wie ich inzwischen weiß.« Er zwinkerte ihr zu.

»Also, wenn Sie damit den Künstler meinen …«

»Ich meine, dass es manchmal besser ist, die Dinge so zu lassen, wie sie sind.«

Maximilian sah Anna von der Seite an, und sie fand in seinem Gesichtsausdruck überraschenderweise keine Provokation, sondern nur Besonnenheit.

»Sie wissen, was mit ihm los ist, oder?«

»Ich weiß genug, um Sie zu bitten, Ihre Neugier im Zaum zu halten.«

»Ist er gefährlich?«

Anna sah schon einen cholerischen Nachbarn vor ihrem inneren Auge. Maximilian Graf lachte und trommelte mit den Fingern auf das Lenkrad. »Nein, das kann ich Ihnen versichern. Er ist nicht gefährlich, oder glauben Sie, sonst hätte ich Sie dort einziehen lassen?« Sein Blick ruhte länger als nötig auf ihr.

Nachdem sie eine Weile über die Landstraße gefahren waren, bog Maximilian scharf in einen Schotterweg ein, und wenig später hielten sie auf einem unbefestigten Parkplatz. Im Stillen gratulierte sich Anna dafür, dass sie sich für Sneakers entschieden hatte. Maximilian Graf kam an ihre Seite, öffnete die Tür und reichte ihr die Hand zum Aussteigen.

»Ich gebe zu, der Weg ist nicht der beste. Aber ich verspreche Ihnen, es lohnt sich.«

»Wenn Sie das sagen ...«

»Wenn Ihr kleiner See vor dem Haus einen großen Bruder hat, dann ist es dieser hier«, erklärte Maximilian, als sie sich ein paar Minuten später durch eine Barriere aus Büschen geschlagen hatten. »Die beiden sind sogar über einen kleinen Wasserlauf miteinander verbunden.«

Anna staunte. Der See war geschätzt dreimal so groß wie der des Künstlers, aber nicht weniger zauberhaft. Das Schilf wogte im Takt der abendlichen Sommerbrise und gab dem See eine natürliche Grenze. Entgegen dem Wildwuchs an ihrem Seeufer gab es hier angelegte Wiesen, auf denen an einigen Stellen üppig blühende Sträucher wuchsen. Die hohen Bäume würden auch an hochsommerlichen Tagen herrlichen Schatten spenden, und der Steg lud zum Sonnenbaden ein. Auf der gegenüberliegenden Seite erspähte Anna ein mit Lampions geschmücktes und erleuchtetes Holzhaus auf Stelzen.

»Es ist wunderschön hier«, hauchte sie und konnte sich einer aufkommenden Romantik nicht erwehren.

»Das Beste an diesem See ist Jakob.«

»Jakob?«

Statt einer Antwort nahm Maximilian ihre Hand und führte sie am Ufer entlang, bis sie einen weiteren Steg erreichten, der auf das Holzhaus zuführte. Anna staunte. Das Haus war tatsächlich in den See gebaut. Auf einer umlaufenden Terrasse versammelten sich einige wenige Tische und Stühle. Sie blieben stehen. Das Licht vieler Fackeln und bunter Lampions spiegelte sich auf dem inzwischen dunklen Wasser. »Was für ein traumhafter Ort.«

»Meine Worte. Nur nicht leicht zu finden. Ich habe Jakob schon hundertmal gesagt, er soll die Büsche schneiden und ein Schild aufstellen lassen. Wissen Sie, was er geantwortet hat?«

»Was?«, fragte Anna.

»Er sagte, er *wolle* es den Leuten schwer machen, schließlich sei er kein Schnellimbiss, bei dem man mit dem Auto vorfahren und seine Bestellung in die Sprechanlage quaken könne. Jakob ist ein Original, und einiges, was wir heute auf den Teller bekommen, stammt aus seinem eigenen Garten oder aus diesem See.«

»Das hört sich vielversprechend an. Gehen wir hinein?«

Graf grinste. »Nein, hier ist alles etwas anders. Im Haus befindet sich nur die Küche. Die Gäste sitzen draußen.«

Bevor Anna sich wundern konnte, ging er voraus und sie folgte ihm. An einem der wenigen Tische entdeckte Anna Hannelore Meier, die sie fröhlich begrüßte. »Hallo, meine Liebe, für heute habe ich meine Pflichtschritte getan, jetzt kann ich genießen. Jakob ist ein Küchengott, aber das werden Sie selbst merken.« Maximilian drückte die Hand der alten Dame herzlich, und Anna bewunderte seine natürliche Freundlichkeit, mit der er auch andere Gäste auf der Terrasse begrüßte.

»Sie scheinen ja wirklich jeden hier zu kennen.«

Behutsam führte Maximilian sie zu einem Tisch und schob ihr den Stuhl zurecht, bevor er sich selbst setzte.

»Nicht jeden, aber viele. Allerdings habe ich das eher meinem Vater zu verdanken. Er hat vielen Walderstädtern zu einem Zuhause verholfen. Ich scheitere regelmäßig an dem Versuch, seine viel zu großen Fußstapfen auszufüllen.« Er zögerte, bevor er weitersprach. »Er hatte Schuhgröße 47!«

Anna fiel sofort auf, dass Graf über seinen Vater in der Vergangenheit sprach, doch sie verkniff sich diesmal nachzufragen. Der Abend versprach angenehm zu werden, und sie wollte ihren Tischherrn nicht mit den falschen Fragen verärgern. Stattdessen genoss sie den Blick über den See und den lauwarmen Sommerwind, der ihre Wange streifte. Jetzt, wo ihre Augen sich an die Dunkelheit gewöhnt hatten, und umgeben vom Fackelschein, konnte sie sich kaum einen schöneren Platz vorstellen. Sie saßen praktisch mitten im Wasser. Als sie Maximilians Blick auffing, wandte sie sich schnell wieder ab.

»Ich mag, wie das Licht auf den Wellen tanzt«, sagte sie, um irgendetwas zu sagen.

»Sie haben Poesie in Ihren Worten. Ich fürchte, das ist eine Begabung, dir mir völlig fehlt.«

»Sie haben sicher andere Begabungen«, antwortete Anna.

»Einen guten Abend wünsche ich«, unterbrach plötzlich jemand ihre Plauderei. Der Mann, der an ihren Tisch getreten war, wäre in seiner grauen, verschlissenen Jacke und seinen fein gestreiften Leinenhosen als Fischer durchgegangen. Doch dies musste wohl Jakob der Koch sein. Auf freundliche Art ruppig ließ er Äußerlichkeiten schnell vergessen. Er klopfte Maximilian auf die Schulter. »Na, mein Junge, was darf ich euch bringen?«

»Das fragst du nicht wirklich, Jakob, oder?«

»Du hast recht, mein Freund. Ich sage euch einfach, was ich heute habe.«

Maximilian wandte sich an Anna. »Es gibt nämlich immer nur ein Menü und übrigens auch nur eine Sorte Weiß- und Rotwein«, klärte er sie auf.

»Aber dieser Wein passt immer perfekt zum Gericht«, fügte Jakob hinzu. »Also, dann mal los: In Jakobs Kombüse gibt es heute als Vorspeise ein Rote-Beete-Carpaccio mit Walnussöl und Pecorino. Für das Hauptgericht sind mir ein paar Forellen ins Netz geraten. Ich serviere sie nach Jakobs Art in einem Kräutermantel mit Estragon, Sahne und Parmesan, kurz überbacken. Zum Nachtisch habe ich eine Himbeertarte für euch.«

Anna war einigermaßen überrascht über das erlesene Menü. Sie hatte etwas Rustikaleres erwartet, aber Jakob verstand sein Fach offenbar. »Das hört sich alles wunderbar an!«, rief sie begeistert.

»Dann nehmen wir das zweimal, und bring uns zum Wein auch eine Flasche Wasser, bitte«, bestellte Maximilian Graf. Anna registrierte leises Gemurmel, die anderen Tische hatten sich inzwischen ebenfalls gefüllt. Ein paar Gesichter kannte sie schon: Neben Hannelore Meier bemerkte sie den Buchhändler Herzog, der es sich offenbar mit seiner Frau gemütlich gemacht hatte. Die beiden stießen gerade an.

Wenig später servierte Jakob auch ihre Getränke.

Maximilian erhob sein Glas. »Auf einen schönen Abend!«

»Auf einen schönen Abend!«, gab Anna zurück. »Erzählen Sie mir etwas über sich. Bisher weiß ich nur, dass Sie Immobilien verkaufen und gerne draußen sind.«

»Es gibt nicht so viel zu erzählen. Vermutlich stellen Sie sich mein Leben interessanter vor, als es ist. Mein Vater hat das Immobiliengeschäft aufgebaut, ich bin irgendwann mit eingestiegen. Bevor er starb ...« Graf sah Anna an, und in diesem Augenblick verstanden sie sich, ohne dass es weiterer Worte bedurfte. In seinen Augen fand Anna jenen Schmerz, den sie selber so gut

kannte und den sie in den ganzen vergangenen Jahren niemals hatte abschütteln können. »Ja, jedenfalls bin ich mit eingestiegen, und seit Vater nicht mehr da ist, mache ich das Beste daraus.«
Anna erfuhr, dass Maximilian Graf gern angelte. Manchmal paddelte er mit Jakob auf den See hinaus.

»Jakob war so eine Art Ersatzvater für mich. Auch weil mein eigener Vater viel unterwegs war. Er hatte immer viele Termine mit seinen Kunden. Jakob hat mich schon als Kind zum Angeln mitgenommen, schnitzte kleine Fische aus Holz für mich und zeigte mir, wie man in der Wildnis überleben kann.«

»In der Wildnis?«

Graf hatte seine gute Laune wiedergefunden. »Sie ahnen ja nicht, wie wild Walderstadt sein kann!«

»Nur der Wilde selbst erkennt die Wildnis als solche«, tönte es unvermittelt vom Nachbartisch. Die Bemerkung stammte vom Buchhändler Herzog, den Anna schon fast vergessen hatte. Doch dessen Frau schien nicht begeistert.

»Konrad, was musst du dich wieder bei den jungen Leuten einmischen!«

»Jugend entschuldigt nicht für alles«, antwortete er, und Frau Herzog seufzte hörbar auf. Anna ignorierte den Nebentisch und wandte sich Maximilian zu.

»Und wenn Sie Walderstadt mit wenigen Worten beschreiben sollten, was würde Ihnen dann spontan einfallen?«

»Ach, es gibt schon ein paar kreative Köpfe in Walderstadt. Halley zum Beispiel, Marie, auch Jakob oder unsere Bibliothekarin und auch die Bürgermeisterin ... aber an vielem haftet einfach noch der Staub der Vergangenheit.« Vom Nachbartisch kam ein Schnauben, aber Anna ließ sich nicht ablenken.

»Und Sie?«, fragte sie.

»Ich? Ich lasse mich einfach auf dem Eiler Bach ein bisschen mittreiben.«

Jakob servierte nun das Essen, und Anna gab sich diesem Genuss ganz und gar hin. Als sie fertig war, lehnte sie sich zurück.

»Also von Essen versteht ihr jedenfalls etwas hier in Walderstadt, das ist mal sicher.«

Maximilian nahm sein Glas und hielt es hoch. »Nicht nur davon, liebe Anna. Ich darf doch Anna sagen, oder?«

Sie erhob ihr Glas. »Sehr gern, Maximilian, und vielen Dank für diese wunderschöne Einladung.«

Sie stießen an, und der Klang der Gläser wurde weit über den dunklen See hinausgetragen.

Sie waren die letzten Gäste auf der Terrasse, als Jakob sie schließlich rausschmiss. »Ihr habt genug gegessen und getrunken. Meine Kombüse ist leer, und morgen muss ich angeln, also seht zu, dass ihr Land gewinnt, ja?«

Auf dem Heimweg im Auto herrschte eine wohltuende Stille, und Anna lehnte den Kopf zurück und schloss die Augen. Sie genoss es, dass Maximilian die Ruhe nicht störte. Kurz bevor sie ankamen, war sie es, die die Stille durchbrach.

»Mein Vater ist gestorben, als ich zehn Jahre alt war«, sagte sie leise. »Es gibt keinen einzigen Tag, an dem ich ihn nicht vermisse.«

Sie wunderte sich selbst über ihre Worte. Aber der Wein hatte sie wohl leicht und melancholisch werden lassen. Maximilian sah sie an, und in seinem Blick lag mehr Verständnis, als Anna jemals von einem Fremden erfahren hatte.

8. KAPITEL

Ich mag dich, du Wort, du Glück. So kurz und bündig stehst du da, so stark, so voll. Das Ü glänzt in der Mitte und verbindet Anfang und Ende. Warum wiegst du kurzes Wort so schwer in meinen Gedanken? Ich versuche zu begreifen, aber bekomme die fünf Buchstaben einfach nicht richtig zu fassen …

Anna spürte die Sonne auf ihren Schultern, klappte ihren Laptop auf und schrieb: *Das Wort Glück fand erst spät Einzug in die deutsche Sprache. Es bildete sich aus dem mittelhochdeutschen Wort »g(e)lücke« oder mittelniederdeutsch »gelucke« heraus. Daraus ergab sich auch der englische Ausdruck »luck«. Gemeint war, dass etwas positiv zu Ende geht oder abgeschlossen wird …*

Sie war an diesem Morgen der erste Gast im Komet gewesen, und nachdem Halley sie versorgt hatte, war sie eine Weile ganz allein geblieben. Nur die Spatzen hatten ihr Gesellschaft geleistet, in der Hoffnung, sich einen dicken Krümel Brioche zu ergaunern. Anna hatte ihr Schreibprogramm gestartet und mit dem Naheliegendsten angefangen, der Herkunft und Bedeutung des Wortes. Doch zufrieden war sie nicht. Viel besser gefiel ihr da schon der Ansatz von Hesse, der sagte, Glück bedeute in jedem Fall etwas Schönes. Es erinnere ihn an Gold und es sei glänzend.

Ein Zitat von Hesse hatte sie sogar in ihr Notizbuch geschrieben: *Ich fand, dieses Wort habe trotz seiner Kürze etwas erstaunlich*

Schweres und Volles, etwas, was an Gold erinnerte, und richtig war ihm außer der Fülle und Vollwichtigkeit auch der Glanz zu eigen, wie der Blitz in der Wolke wohnte er in der kurzen Silbe, die so schmelzend und lächelnd mit dem Gl begann, im Ü so lachend ruhte und so kurz, und im ck so entschlossen und knapp endete. Die Worte des Schriftstellers waren so treffend, so voller Poesie, dass sie Anna neben aller Faszination einschüchterten. Wie lange brauchte man, um so schreiben zu können? Hatte er, wie sie, um jedes Wort gerungen? Sie stützte den Kopf auf ihre Hände. Sie brauchte etwas Eigenes. Mit dem Verlag war vereinbart, dass das Buch ein moderner Wegweiser zum Glück sein sollte, verbunden mit ihren persönlichen Erfahrungen als Glückskolumnistin. Eine unterhaltsame, aber durchaus sachliche Auseinandersetzung mit dem Thema. So weit der Plan, nur an der Ausführung haperte es noch.

»Nichts einfacher als das«, rief sie und vermochte die Ironie in ihrer Stimme nicht zu verbergen. Erst jetzt bemerkte sie, dass sich die Tische um sie herum gefüllt hatten. Einige der Gäste blickten verwundert zu ihr hinüber. Eine Mutter hatte sich mit ihrem Kinderwagen einen Platz gesichert und fütterte ihr Baby aus einem Gläschen, während sie selbst immer wieder an ihrem Kaffee nippte. Ein Geschäftsmann las Zeitung und trank einen Espresso. Daneben zwei Freundinnen, ganz vertraut und die Köpfe zusammengesteckt. Anna zog ihr Handy aus der Tasche und schrieb eine Nachricht an Antonia: *Hey, Süße, wir sollten uns mal wieder auf einen Kaffee treffen. Ich habe dir überhaupt noch nicht das schönste Café in Walderstadt gezeigt. Schau mal in deinen Kalender, ja?*

Während Anna die Nachricht abschickte, fühlte sie sich ein bisschen einsam. Nun sah sie den Buchhändler Herzog auf das Café zueilen. Er war allein. Anna winkte ihn zu sich. »Kommen Sie, Herr Herzog, hier ist noch ein Platz frei.«

Der Buchhändler sah auf die Uhr, überlegte kurz, dann kam er an ihren Tisch. »Ich habe wenig Zeit, aber wie ich sehe, haben Sie sich mit Herrn Hesse schon angefreundet?«

»Ja, Sie hatten recht, seine Worte leuchten – im Gegensatz zu meinen.« Den verzweifelten Gesichtsausdruck musste Anna nicht spielen.

»Nicht doch, Sie sollten Hesse nicht als Konkurrenz sehen, sondern als Bereicherung.«

Halley kam, diesmal trug sie eine Schürze mit einem ganzen Planetensystem. Anna bestellte einen weiteren Kaffee Milchstraße, Herzog nahm eine Mondfinsternis. Diese Gelegenheit nutzte Anna und befragte den Buchhändler nach seiner Definition von Glück. Herzog schob seine Brille zurecht. »Nun, genau gesagt sprechen wir ja von zwei Dingen: *Glück haben* und *Glück fühlen*. Das Erste scheint mir durch Zufall bedingt: Man hat Glück im Lotto, man hat Glück im Spiel, man hat das Glück, ein verloren gegangenes Stück wiederzufinden. Das andere, das *gefühlte Glück*, ist *ein Zustand*, und damit sind wir schon bei Hesse. Denn es geht um das subjektive Empfinden. Hesse hat das Glück oft in der Natur gesehen. Aber er hat es sehen wollen, verstehen Sie? Ein sonniger Morgen oder eine schöne Aussicht auf das Gebirge. Auch ein Lächeln kann dieses Gefühl in uns auslösen oder einfach ein schmackhaftes Mahl.«

Anna lächelte. »Sie meinen also, das empfundene Glück entsteht im Moment und aufgrund der eigenen Wahrnehmung?«

»Richtig. Schauen Sie, schon dieser Augenblick, da wir beide hier zusammensitzen, ist Glück! Fühlen Sie die Sonne, riechen Sie den Frühling, der in der Luft liegt? Oder der Duft von Halleys Brioches, der zu uns herüberweht? Es liegt an Ihnen, was Sie daraus machen, Anna.«

Anna nickte bedächtig. »Ich glaube, ich weiß, was Sie meinen. Im Gegensatz zum allgemeinen Glück, beispielsweise dem eines

Lottogewinns, kann ich mein subjektiv gefühltes Glück selbst beeinflussen.«

»Genau so ist es. Sie können es sogar trainieren, indem Sie sich der Momente bewusst werden.«

»Stimmt, das sage ich meinen Lesern auch immer.«

Herzog stand auf. »Sehen Sie, dann sind Sie doch schon ganz nahe dran. Aber jetzt muss ich in den Laden. Die Bücher sortieren sich nicht von alleine ein.«

Anna stand auf und reichte dem Buchhändler die Hand. »Vielen Dank, Sie haben mir sehr geholfen.«

Er erwiderte ihren Händedruck. »Tja, wenn ich mir selber nur auch so gut helfen könnte, wie ich es bei anderen …« Er brach mitten im Satz ab und ließ sie los, zahlte, schob die Brille zurecht und ging, ohne sich noch einmal umzusehen. Anna sah ihm nach und hätte zu gern gewusst, was ihn bedrückte.

Sie hatte versucht, die Erkenntnisse, zu denen ihr der Buchhändler und Hesse verholfen hatten, mit an den Schreibtisch zu nehmen. Doch obwohl sie sich fest vorgenommen hatte, daran anzuknüpfen und direkt weiterzuschreiben, scheiterte sie. Alle Gedanken hatten sich verflüchtigt, all die Tiefe, die sie vor Kurzem im Café noch empfunden hatte, hatte sich aufgelöst. Sie öffnete ihr E-Mail-Postfach und las die Nachrichten, die die Leser an Gluckspost@Julia-Jupiter.de geschrieben hatten. Es gab auch schon ein paar Antworten auf die Frage, was Glück für ihre Leser bedeutete.

Glück, gibt es so etwas überhaupt noch?, schrieb einer, und Anna las, dass er das Gefühl hatte, das Glück hätten andere für sich gepachtet. Für ihn bleibe nur der tägliche Kampf ums Überleben. Eine weitere Leserin, Jenny, sie gab ihr Alter mit achtundzwanzig an, schrieb, dass sie das große Glück gefunden hatte. Sein Name sei Joachim und sie würden gerade ihre gemeinsame Wohnung einrichten. Einige berichteten von Urlauben und Gehaltserhöhungen, viele von der Liebe und andere davon, wie gut es war, Single zu sein. Eine Nachricht berührte Anna. Eine Mittfünfzigerin aus Berlin schrieb, sie sei Schuhmacherin und es würde sie jeden Tag mit Glück erfüllen, wenn sie ihren Kunden ihre Schuhe repariert zurückgeben könne. *Liebe Frau Jupiter, Sie können sich kaum vorstellen, wie sehr sich die Leute darüber freuen, ihre Lieblingsschuhe zurückzubekommen. Schuhe sind etwas sehr Intimes. Man läuft ständig darin herum, bestenfalls ohne sich darüber Gedanken zu machen. Gutes Schuhwerk passt sich im Laufe der Zeit der Fußform und den Bewegungen seines Trägers an, es schmiegt sich gewissermaßen an die Füße (die übrigens oft ungleich groß sind!). Viele wollen sich nicht davon trennen. Meine Aufgabe ist es, das abgetragene Material zu entfernen und zu erneuern, ohne dem Schuh seine Seele zu nehmen. Das erscheint mir gerade in der heutigen Zeit sinnvoll.*

Anna schrieb ein paar Antworten, freundliche, aufmunternde, und eine an die Schuhfrau, die sie so berührt hatte. Danach schaltete sie den Computer ab. Sie ging in den Garten und freute sich darüber, dass die Pflanzen offenbar gut angegangen waren. Die Staffeleien waren wieder abgeräumt. Der Künstler musste das getan haben, während sie in der Stadt gewesen war. Ihre Koexistenz war eigenartig. Anna wusste, dass er da war, aber sie begegnete ihm nicht. Mehr und mehr fragte sie sich, was der Mann da oben den ganzen Tag machte. Gelegentlich hörte sie leise Schritte aus der Wohnung im ersten Stock. Er war einer, der sich selbst nicht hören wollte, der jedes Geräusch prüfte, bevor er es verursachte. Anders als Anna. Als Kind war sie immer absichtlich mehrmals auf die knarzenden Dielen im Wohnzimmer ihres Elternhauses getreten. Ihr Quietschkonzert hatte ihre Eltern in den Wahnsinn getrieben. Anna wollte gehört und gesehen werden, ganz anders als der Künstler über ihr.

Ihr Fahrrad lehnte noch an der Hauswand, wo sie es bei ihrem Einzug abgestellt hatte, doch es ließ sich nicht aufpumpen. Ein Loch! Das erste Mal in ihrem Leben flickte sie selbst einen Fahrradschlauch. Anna montierte den Reifen ab, tauchte den Schlauch in einen Wassereimer, suchte die Luftblasen, fand die Stelle und verschloss sie mit dem Flicken, den ihr der Händler beim Kauf des Fahrrades mitgegeben hatte. Am Ende stülpte sie den Reifen über den Schlauch und pumpte ihn auf. Da sie mit dem Schreiben heute vermutlich nicht weiterkommen würde, hatte sie beschlossen, einen kleinen Ausflug zu machen, um die Gegend ein wenig zu erkunden. Sie schwang sich auf den Sattel und fuhr los. Die Umgebung war fast ländlich, es gab vereinzelt einige Häuser, wie hingestreut an den Rand der Straße. Große Anwesen, durch Hecken vor den Blicken anderer verborgen. Hier legte man offenbar Wert darauf, nicht gestört zu werden, und Anna verspürte keine Lust, über die Büsche zu gucken. Sie war noch nicht lange gefahren, da stieß sie auf einen Feldweg, der sie neugierig machte. Denn es gab keine Hecke und auch keine Schranke. Hier durfte man also hindurchfahren. Tiefe Spurrillen hatten sich in den unbefestigten Weg gegraben. Spontan bog sie ab und erkannte bald, dass er auf einen schlichten Hof zuführte, dem man sein Alter ansehen konnte. Das Haupthaus war in die Jahre gekommen und hätte ein bisschen Farbe gebrauchen können. Um das Haus herum erhoben sich einige mächtige Bäume, die das Gebäude noch kleiner aussehen ließen. Anna rollte langsam über den Hof, der ihr wie der Schauplatz eines Heimatfilms vorkam. Das Herzstück war ein weitläufiger Hühnerstall, aus dem es vielstimmig gackerte. Dann erkannte sie den grauen Bulli vom Wochenmarkt mit dem großen Ei auf dem Dach. Jaspers Eierland. Der Eiermann wohnte also in ihrer Nachbarschaft.

Ein großer schwarzer Labrador hastete auf sie zu und bellte wie verrückt, flankiert von einer Menge aufgescheuchter Hühner.

»Was wollen Sie?«

Anna hatte den Mann nicht kommen sehen. Sie schätzte ihn auf Anfang sechzig. Er trug eine Latzhose und hatte die Arme vor der Brust verschränkt. Er sah sie nicht gerade freundlich an, doch Anna lächelte tapfer. Die Hühner hatten sich inzwischen beruhigt und scharrten zwischen ihren Füßen herum. Der Hund saß neben seinem Herrn und behielt sie scharf im Auge. Anna löste ihren Blick von ihm und lächelte so freundlich, wie ihr das unter dem Blick des Hundes möglich war.

»Ich dachte, ich könnte bei Ihnen ein paar frische Eier kaufen und mich bei der Gelegenheit gleich vorstellen.« Sie machte einen Schritt auf den Mann zu und streckte ihm die Hand entgegen. »Anna Thalberg. Ich wohne gar nicht weit weg, am See.«

Der Mann rührte sich nicht, wollte ihr offenbar nicht einmal die Hand geben. Überrascht sah Anna ihn an. Sie ließ die Hand sinken. In diesem Moment nahm sie eine Bewegung hinter einem Fenster des Hauses wahr. Wurde sie beobachtet?

Anna deutete auf den Hühnerstall. »So sehen also glückliche Hühner aus, was?«

»Was interessiert Sie das? Gehen Sie jetzt.«

»Ich würde vorher gerne ein paar Eier kaufen. Auf dem Markt hatte ich keine Chance, ich …«

»Ich habe keine Eier.«

Verblüfft sah sie den Bauern an, der beide Hände in der Tasche hatte. Für ihn war das Gespräch beendet, daran gab es keinen Zweifel. Die Hühner schlugen heftig mit den Flügeln und hüpften zur Seite, als Anna sich mit ihrem Fahrrad einen Weg zurück bahnte. Nette Begrüßung, dachte sie. Aber bei aller Wortkargheit war ihr eines dennoch aufgefallen, und sie täuschte sich nicht: Über das Gesicht des Mannes war ein Schatten gehuscht, als er gehört hatte, wo sie wohnte. Als sie sich noch einmal umblickte, sah sie den Bauern wie versteinert auf seinem Hof stehen.

Später fuhr sie noch mal mit dem Auto nach Walderstadt, vor allem, um mit Halley zu sprechen und zu erfahren, was sie falsch gemacht hatte.

»Sind hier alle so freundlich zu Fremden?«, fragte Anna Halley, die ihr wie immer gut gelaunt eine Milchstraße servierte und der sie von ihrer unerfreulichen Begegnung auf dem Hühnerhof erzählt hatte.

»Ach, das darfst du nicht so ernst nehmen. Jasper lebt mit seiner Frau seit Jahren sehr zurückgezogen. Sie haben nur noch ihre Hühner und den Hund.« In dem Café war es gerade etwas ruhiger, und Halley setzte sich für einen Moment zu Anna an den Tisch. »Im Grunde sind sie gar nicht so übel, aber sie mögen vermutlich keine Überraschungsbesuche. Am besten bleibst du einfach hier sitzen, Anna, dann lernst du irgendwann jeden aus der Umgebung kennen.«

»Dann bekomme ich aber irgendwann einen Koffeinschock.«

»Es gibt schlimmere Arten zu sterben«, erwiderte Halley lachend. »Aber noch was anderes: Warst du bei Marie und in der Buchhandlung Herzog?«

»War ich, danke noch mal für den Tipp. Es stimmt, sie könnten unterschiedlicher nicht sein.«

»Ja, nicht wahr? Kaum zu glauben, dass sie Vater und Tochter sind.«

»Wie bitte?« Anna hätte fast ihre Tasse fallen lassen.

»Hatte ich dir das nicht gesagt?«

Energisch schüttelte Anna den Kopf. Sie wäre niemals daraufgekommen, dass die beiden etwas miteinander zu tun haben könnten. »Ich dachte, sie seien so etwas wie Konkurrenten.«

Halley lachte laut auf. »Na ja, irgendwie sind sie das ja auch.

Dabei sagen Georg und ich immer, ein Mix aus beiden Läden wäre perfekt.«

»Könnte sein, aber ich mag die Buchhandlung und die Bücherbar eigentlich auch so, wie sie sind.«

»Ich glaube, sie sind beide einsam«, Halley seufzte, »aber eben auch unglaublich starrsinnig. Am meisten leidet Maries Mutter unter der Situation. Frau Herzog rennt jeden Tag von der einen Straßenseite auf die andere, nur um es ihrem Mann und ihrer Tochter recht zu machen.«

»Das hört sich ja fürchterlich an.«

Halley stand auf. »Ja, manche machen es sich eben besonders schwer. So, ich muss wieder rein.«

Anna nippte nachdenklich an ihrem Kaffee. Der Buchhändler und seine Tochter taten ihr leid. Sie standen sich offenbar selbst im Weg. Was hatte Herzog über das Buch von Alain gesagt? Das größte Problem für das Glück der Menschen sind die Menschen selbst.

»Sie sitzen ja immer noch da!«

Erschrocken drehte Anna sich um und blickte in ein vertrautes Gesicht.

»Genau, ich habe die ganze Zeit auf Sie gewartet«, erwiderte sie. »Sie wollten mir ja noch verraten, was Sie glücklich macht, Mark.«

»Wollte ich das?«

»Jedenfalls wollten Sie noch einmal mit mir über das Glück plaudern«, gab Anna zurück.

Ohne zu fragen setzte er sich an ihren Tisch und gab Halley durch das Schaufenster ein Zeichen, die kurz darauf mit einer Tasse Korona nach draußen huschte. Sie stellte die Tasse ab, und Anna tat so, als würde sie den durchdringenden Blick nicht bemerken, mit dem Halley sie durchbohrte.

»Ich glaube, dass man sich Glück erarbeiten muss«, sagte Mark überraschend ernst und schaute in seine Tasse, als läse er aus seinem Kaffeesatz. »Ich glaube an Leistung und die Ergebnisse dieser Leistung, alles andere ist Einbildung. Wussten Sie, dass Menschen, bei denen der linke Stirnlappen aktiver ist, glücklicher sind als die, bei denen der rechte Stirnlappen aktiver ist? Glück ist nichts anderes als eine subjektive Wahrnehmung.«

»Oh, ich habe heute gelernt, dass gerade diese subjektive Wahrnehmung ein Geschenk ist«, konterte Anna, die Mark aufmerksam beobachtete.

»Nicht für mich.«

»Sie müssen es nur wollen.« Anna wunderte sich über sich selbst. So tief wirkten Hesse und der Buchhändler also in ihr nach.

»Sie sind eine Träumerin.«

»Das nehme ich als Kompliment.«

Er blickte von seiner Tasse auf. »Und Sie verstehen mich nicht.«

»Erklären Sie's mir.«

Mark stellte die Tasse ab, und ein Lächeln schob sich in sein Gesicht. »Schlagfertig sind Sie ja.«

»Was für ein Glück«, antwortete Anna.

Dann schwiegen sie. Anna hielt es aus, bis er ihren Blick suchte. »Früher habe ich anders gedacht. Da hat mich das Glück angelacht, und ich hielt es für selbstverständlich.« Er stand auf. »Das war ein Fehler. Heute weiß ich es besser.«

Er legte das Geld für den Kaffee abgezählt auf den Tisch, tippte sich zum Abschied kurz an die Stirn. Anna sah ihm nach. Die Männer in dieser Gegend waren eine Herausforderung, schoss es ihr durch den Kopf.

Sie ließ den Blick über die leeren Tische und Stühle schweifen. Da entdeckte sie einen roten Seidenschal. Er lag auf dem Boden, dort, wo Mark gerade noch gesessen hatte. Hatte er ihn vergessen? Anna ließ das fließende Material durch ihre Hände gleiten. Es war eindeutig ein Damenschal. Sie sah sich um, aber niemand schien ihn zu vermissen.

»Du hast mit ihm geredet!« Halley war mit einem Tablett angeschossen gekommen und hatte es auf ihrem Tisch abgestellt.

»Ja. Warum?«

Die Chefin des Café Komet verdrehte die Augen. »Weil ich glaube, der hat noch nie mit jemandem so lange gesprochen!«

»Es war ja gar kein richtiges Gespräch, Halley. Es waren nur ein paar Worte.«

»Und, was hat er gesagt?«

»Eigentlich nichts«, antwortete Anna. Um Halley von ihrer Fragerei abzulenken, streckte sie ihr den Schal entgegen. »Den hat anscheinend jemand vergessen.«

Der Schal landete auf Halleys Schulter. »Ich kümmere mich darum, aber jetzt reden wir noch mal über Mark, ja?«

Anna lachte. »Da gibt es wirklich nichts zu reden.«

Halley tat beleidigt und verschränkte die Arme vor der Brust. »Ja, ja, behalt es nur für dich. Wir hätten Freundinnen werden können, aber so ...«

Anna wollte gerade etwas Besänftigendes erwidern, als sich von hinten jemand an Halley heranpirschte und ihr mit seinen großen Händen die Augen zuhielt.

»Wer bin ich?«, piepste er mit verstellter Stimme.

»Der, der eigentlich die Buchhaltung fertig machen sollte.« Halley schob die Hände beiseite. Dann zog sie den bärenhaften Kerl zu sich heran. »Darf ich vorstellen: Das ist Georg, mein Komet, Buchhalter, Rechengenie, Vorkoster und Wasweißichnochalles.« Sie hob theatralisch die Arme. »Ich bin nichts ohne ihn. Mein Leben liegt in seinen Händen.«

Anna schmunzelte und reichte Georg die Hand. »Der erste normale Mann heute.«

Georg lachte ein tiefes, volles Lachen.

Er wirkt wie eine Eiche, dachte Anna. Sie mochte ihn sofort. Sie sah auf die Uhr.

»Oje, hier vergeht die Zeit offenbar schneller als anderswo. Ich muss nach Hause und noch ein Glücksrezept schreiben.«

Es war schon dunkel, trotzdem hatte Anna die Terrassentür weit geöffnet. Ein sanfter Abendwind spielte mit den Vorhängen. Anna hatte ein paar Teelichter angezündet und die Schreibtischlampe gedimmt. Sie wollte ihr Versprechen einlösen und ein Glücksrezept schreiben. Ihre Leser hatten ihr so offen aus ihrem Leben erzählt. Es sollte ein Gute-Laune-Rezept werden.

Julias Glücksrezept

Zutaten
500 g subjektive Wahrnehmung
250 g Toleranz (unbehandelt)
100 g Menschenliebe
125 g Traumsand
25 g Mut (bei Vollmond pflücken!)
½ Liter Freude am Leben
eine Handvoll zerriebene Neugier
1 Bund Ich-weiß-nichts
3 Tl Selbsterkenntnis
1 Hauch Realis-Mus (nicht zu viel!)

Anmerkungen der Autorin
Eventuell finden Sie die subjektive Wahrnehmung nicht sofort. Aber die Suche lohnt sich und stellt die Grundlage für dieses Glücksrezept dar. Mit der Toleranz sollte es dagegen ein bisschen

einfacher sein. Sie erkennen die Anbaugebiete an den fehlenden Umzäunungen. Menschenliebe wächst wie Unkraut überall da, wo Kinder sind, und den Traumsand kratzen Sie am besten von Ihrem Kopfkissen ab. Mut und Freude am Leben sollten ebenfalls keine Probleme bereiten, ebenso wenig wie die Neugier. Sie hält sich gerne in der Zukunft auf. Einen Bund Ich-weiß-nichts hat jeder zu Hause, und die Selbsterkenntnis können Sie selbst in kleinen Töpfen auf der Fensterbank ziehen. Mit dem Realis-Mus müssen Sie vorsichtig sein, denn erwischen Sie zu viel davon, wird das Glück leicht bitter!

Zubereitung
Subjektive Wahrnehmung, Toleranz und Menschenliebe in einer Schüssel mit den Händen gut vermischen, danach Traumsand und Mut hinzufügen. Lassen Sie nun vorsichtig und in kleinen Schlucken Freude am Leben einfließen, und achten Sie darauf, dass der Teig nicht über den Rand tritt. Die Mischung darf aufgehen, soll aber nicht schäumen!
Die Neugier muss sehr fein gerieben sein. Von dem Bund Ich-weiß-nichts zupfen Sie bitte nur die feinen Blättchen ab und geben sie zu den übrigen Zutaten. Bei der Selbsterkenntnis können Sie großzügiger sein. Ich habe mit einer Menge von drei Teelöffeln sehr gute Erfahrungen gemacht. Zum Schluss noch einen Hauch (!) Realis-Mus unterheben und alles mit Bedacht verrühren.
Formen Sie ein großes rundes Glück und legen Sie es an einen gut belüfteten Ort zum Trocknen. Nach einigen Tagen können Sie es in kleinen Portionen genießen. Nehmen Sie aber nicht zu viel davon, sonst wird es gewöhnlich.

Gutes Gelingen!
Ihre Julia Jupiter

PS: Übrigens: Versuchen Sie gar nicht erst, das Glück zu backen, weil das wie bei Traummännern und Traumfrauen absolut unmöglich ist!

9. KAPITEL

Mach dein Glück und lege es gut verpackt an einen sicheren Ort, damit es dir nicht abhandenkommt ... und lass es nicht zu lange dort liegen. Glück ist verderblich!

Es klingelte. Anna, die nicht mit Besuch rechnete, ging zur Tür und öffnete.

»Entschuldigen Sie bitte, dass ich Sie störe, Frau Thalberg.«

Anna erkannte die Frau, die kürzlich in ihrem Garten gewesen war.

»Ja?«

»Vroni, Veronika Neuhauser, Jaspers Ehefrau. Ich war schon mal bei Ihnen, erinnern Sie sich?« Sie wartete Annas Antwort nicht ab, bevor sie weitersprach. »Ich habe Sie gesehen, als Sie bei uns auf dem Hof waren.« Sie knetete ihre Hände. »Ich wollte nur sagen, es tut mir leid, dass Jasper da so unfreundlich zu Ihnen war. Eigentlich ist er nicht so.«

Jetzt ging Anna ein Licht auf. Sie hatte vermutlich hinter der Gardine gestanden, als Jasper sie kürzlich so grob abserviert hatte. Anna schob die Tür ein Stück weiter auf.

»Es freut mich, dass Sie vorbeischauen, Vroni. Kommen Sie herein. Ich mache uns einen Kaffee und ...«

Die Frau machte einen Schritt zurück, als hätte sie mit einem Gartenhandschuh nach ihr geworfen. »Nein, nein, machen Sie sich keine Umstände. Ich wollte Ihnen das nur sagen, und wenn

Sie Eier brauchen, kommen Sie gern wieder. Jasper wird netter sein, das wollte ich Ihnen nur sagen.«

Sie ging ein paar Schritte rückwärts, und Anna überlegte fieberhaft, wie sie sie doch noch in ein Gespräch verwickeln konnte.

»Gut, dann komme ich gern zum Eierkaufen vorbei. Jeder hat ja mal einen schlechten Tag. Und wir Nachbarn müssen zusammenhalten.«

Veronika Neuhauser schüttelte den Kopf und antwortete: »Na ja, viele Nachbarn haben Sie eigentlich nicht. Es gibt noch ein paar unbebaute Grundstücke, die der Stadt gehören, und dann den großen See, unseren Hof und …«

Anna beobachtete erstaunt, wie die Frau mit ihrer Fassung rang. »… zu diesem Haus gehört ja ein großes Grundstück.«

Sie winkte ab. »Ich hatte leider noch gar keine Zeit, alles genau zu erkunden.«

»Es gibt sogar einen direkten Weg zu unserem Hof. Wenn Sie am See entlanggehen, stoßen Sie darauf. Er ist … er wird nicht so oft genutzt, deshalb ist er etwas überwuchert, aber wenn Sie darauf achten, werden Sie den Pfad finden und können sich die Straße sparen.«

»Das ist ein guter Tipp, vielen Dank.« Anna versuchte noch einmal, Vroni zu sich ins Haus einzuladen. Doch diese mied ihre Türschwelle wie Teufelsfeuer. So schnell wie sie gekommen war, verließ sie den Hof auf einem alten Motorroller.

Anna kehrte nachdenklich ins Haus zurück und versuchte, sich einen Reim auf diesen Besuch zu machen. Ihr Handy piepste. Es war eine Nachricht von Antonia: *Ich habe dir gerade eine E-Mail geschrieben. Lass dich überraschen. Das Café will ich sehen!*

Anna betrat das Büro und öffnete ihr Postfach.

Liebe Anna,

das mit dem Café hört sich toll an, aber diese Woche schaffe ich es nicht mehr. Irgendwie kommen gerade besonders viele Babys und die Praxis ist voll, voll, voll!
Damit dir nicht langweilig wird, habe ich mich auch mal mit »deinem Glück« befasst. Aus ärztlicher Sicht, versteht sich. Vielleicht kannst du ja etwas damit anfangen:
Glück ist zum Teil genetisch bedingt. Das bedeutet, es verhält sich wie schlechtes oder gutes Bindegewebe. Jeder Mensch hat eine gewisse Veranlagung, mit der er leben muss. Es gibt Studien mit Zwillingen, die das einwandfrei belegen. Egal wie unterschiedlich die beiden aufgewachsen sind, sie ähneln einander in ihrem Glücksempfinden. Einen Teil davon kann aber doch jeder selbst beeinflussen. So wie eine Bürstenmassage gegen Cellulitis hilft, kommt es eben auch darauf an, wie man mit seinem Leben umgeht. Offene, extrovertierte Typen werden auch dem Glück offen gegenüberstehen. Sie werden es deshalb möglicherweise bewusster wahrnehmen. Menschen, die in sich gekehrt sind, brauchen vermutlich etwas länger, um Glück zu empfinden ...
Dies nur der bescheidene Beitrag deiner besten Freundin!

Liebe Grüße
Antonia

Anna lehnte sich zurück und schloss die Augen. Sie hatte Antonias Stimme hören können, als sie ihre Nachricht gelesen hatte. Sie bewunderte sie für ihre Begeisterung, ihren Mut und ihre Klugheit. Vielleicht sollte sie sich ein Beispiel nehmen und doch etwas sachlicher vorgehen:

Bausteine des Glücks
Das Glück in der Literatur
Das Glück der Menschheit
Das Glück des Einzelnen
Methoden zur Glücksfindung
Kleine Glücksmomente erkennen
Glück durch Veränderung ...

Wieder stoppte der Gedankenstrom. Was war Glück? Was würde sie – abgesehen von den kleinen Glücksmomenten, denen sie in ihren Beiträgen ihre Aufmerksamkeit widmete – als Glück bezeichnen? Als großes Glück, so groß, dass es ihr Buch füllen konnte? Anna hatte nicht den leisesten Schimmer.

Vielleicht reichte doch eine Anhäufung vieler Glücksmomente? Oder, so fragte sie sich, entstand das Glück, wenn sich Dinge im Leben veränderten?

Anna hörte ein scharrendes Geräusch über sich. Sie hätte zu gern gewusst, was er da oben trieb. Wie konnte man leben, ohne Kontakt zu anderen Menschen zu haben? Waren seine Kunstwerke so etwas wie Freunde für ihn? Sprach er vielleicht sogar mit ihnen? Was machte er sonst den ganzen Tag? Anna schob die Panoramafester auf und trat auf die Terrasse. Schon von Weitem sah sie die Staffeleien.

Es waren nur drei, und sie erzählten von Leere. Anna blieb stehen und betrachtete die Szenen, die diesmal aber nicht makellos waren. Wie üblich zeigten sie den Blick auf den See, die Bäume, das Gras, Licht und Schatten, doch es gab weiße, unbemalte Lücken dazwischen. Alle drei Bilder waren ähnlich, doch schien sich die Leere vor den Augen quasi zu verschieben und den Betrachter in die Sehnsucht nach Vollständigkeit einbeziehen zu wollen. Anna versank in dem Gefühl, dass etwas ausgelassen worden war. Was hätte man in die leeren Stellen alles hineinmalen können? Es fehlte das Leben. Es gab keine Tiere, keine Vögel. Anna wünschte sich ein Fahrrad, an den Baum gelehnt, einen Gartentisch, gedeckt mit Tellern voll Oliven und Käse. Wo waren die anderen Menschen? Wo waren die Freunde?

Anna drehte sich um, sah zum Haus. Da oben wohnte vermutlich ein einsamer alter Maler, der seine Bilder sprechen ließ. Stellte er die Bilder auf, um mit ihr auf seine Art ins Gespräch zu kommen?

Kurze Zeit später hatte Anna für ihre Gefühle Worte gefunden und aufgeschrieben. Es waren nur ein paar Zeilen, gerichtet an einen Menschen, der sich aus einem Teil seines eigenen Lebens zurückgezogen hatte. Las sie seine Bilder richtig und er war einsam, oder täuschte sie sich? Sie hätte ihn so gern gefragt. Doch damit würde sie ihn und Maximilian wieder verärgern. Sie suchte im Internet einen Anbieter, der Texte auf Leinwand druckte, und schickte die Bestellung ab. Dann beschlich sie doch ein mulmiges Gefühl, denn sie wusste, sie übertrat damit ganz eindeutig die Grenze, die der Künstler ihr gesetzt hatte. Und wie würde Maximilian reagieren, wenn er davon erfuhr?

Das Telefon klingelte und unterbrach ihre Gedanken. Sie erkannte Halleys Stimme sofort.

»Hey, du willst doch Leute kennenlernen, oder?«

»Ja, das wäre nicht schlecht.«

»Dann komm doch morgen Abend um sieben ins Komet. Wir veranstalten unser alljährliches Grillfest, und sicher wird sich im Laufe des Abends die ganze Prominenz von Walderstadt blicken lassen.«

»Das hört sich toll an.«

»Dachte ich mir, dass es dir gefällt. Also, du kommst?«

Anna sah Halleys lächelndes Sommersprossengesicht regelrecht vor sich.

»Klar. Soll ich etwas mitbringen?«

»Jeder bringt mit, was er möchte, und am Ende haben wir immer ein riesengroßes Büfett.«

»Nudelsalat mit hausgemachtem Pesto und Tomatensalat mit geröstetem Brot?«, überlegte Anna.

»Hört sich gut an.«

»Gut, abgemacht. Ich freue mich.«

Als sie sich wieder in ihren Drehstuhl setzte, bewegte sie sich langsam hin und her. Schließlich nahm sie ein weißes Blatt Papier und legte es vor sich auf die Schreibtischunterlage, schrieb in Großbuchstaben GLÜCK in die Mitte, fixierte die fünf Buchstaben. Nichts. Sie erkannte das Wort, sie las die Buchstaben, aber sonst passierte rein gar nichts. Keine Eingebung, kein Gedanke, keine Idee.

Genervt stand sie auf, irgendwo in der Küche musste noch eine Flasche Châteauneuf-du-Pape stehen. Vielleicht half ihr ein Glas auf die Sprünge. Sie fand die Flasche auf der Anrichte zwischen Olivenöl und Essig. Ein wenig davon fehlte, es war kürzlich in einem Gulasch gelandet. Sonst trank sie nicht viel. Antonia hatte ihr den edlen Tropfen geschenkt, als Anna endlich unter das Thema Philipp einen Schlussstrich gezogen hatte. Sie schnappte sich die Flasche und ein Glas und verzog sich damit wieder ins Arbeitszimmer. Draußen dämmerte es bereits. Die Landschaft veränderte sich, wurde diffuser, verschmolz mit den Schatten. Anna knipste die Schreibtischlampe an und füllte das Glas. Wuchtig traf der Wein auf ihre Zunge, doch schon nach wenigen Schlucken konnte sie das reife Beerenaroma genießen. Antonia hatte einen guten Geschmack. Anna vermisste ihre Freundin in diesem Moment besonders. Es würde mehr Spaß machen, den Wein mit ihr zusammen zu trinken. Beim dritten Glas strahlte das Papier immer noch in unschuldigem Weiß. Sie zerriss es und ließ die

Schnipsel wie Schneeflocken durch den Raum segeln, was sie ausgesprochen amüsant fand. Sie war nichts gewohnt. Schon drei Gläser Wein beschwingten sie. Sie leerte das Glas in einem Zug, goss noch einmal nach, tanzte ans Fenster und prostete in die Dunkelheit. Als sie das Glas erneut an die Lippen setzte, erschrak sie. Etwas Helles hatte sich in ihr Sichtfeld geschoben und war sogleich wieder verschwunden. Annas Herz raste. Wie gelähmt stand sie am Fenster und stierte hinaus. Wenn sie sich nicht getäuscht hatte, hatte sie gerade zwischen den Bäumen ein Gesicht gesehen. Es dauerte einige Minuten, bis sie sich etwas beruhigt hatte. Schwindelig vom Wein stellte sie das Glas ab und verließ das Büro. Wie auf Watte ging sie zum Telefon und wählte Antonias Nummer.

»Anna? Was gibt's?«

Anna flüsterte. »Da ist jemand im Garten!«

»Bei dir, oder was?«

»Ja, natürlich, was meinst du, warum ich dich anrufe!«

»Vielleicht war es ein Tier.«

»Ich werde doch wohl ein menschliches Gesicht von einem Tier unterscheiden können, oder?«

Anna hörte, wie Antonia laut einatmete. »Na klar …«, sie machte eine Pause, »aber du hörst dich irgendwie komisch an. Sag mal, hast du was getrunken?«

»Châteauneuf-du-Pape.«

»Die ganze Flasche? Du, der hat verdammt viel Alkohol.«

»Ja. Nein. Ich weiß. Ich meine, ich weiß, was ich gesehen habe.«

»Bist du dir sicher?«

»Du glaubst mir nicht, oder?«, schnaubte Anna.

Antonia sprach jetzt betont langsam »Also, ich glaube, dass es gut wäre, wenn du jetzt schlafen gehen würdest. Nimm ein Aspirin und leg dich hin. Vermutlich stellt dein Künstler einfach wieder ein paar Bilder auf.«

»Das könnte natürlich auch sein.«

»Eben, also ab ins Bett mit dir. Das ist eine ärztliche Anordnung. Wir telefonieren morgen, okay?«

Anna legte auf und blickte noch einmal auf die undurchdringliche Schwärze vor der Glasfront ihres Wohnzimmerfensters. Antonia hatte recht, bestimmt hatte sie recht. Entschlossen zog Anna die Vorhänge zu, löschte das Licht und huschte ins Schlafzimmer.

10. KAPITEL

Werde ich heute in ein knuspriges Stück Glück beißen? Ich bin sehr gespannt, wen ich auf Halleys Party treffe. Ich freue mich auf, ja, auf was eigentlich? Das Glück der Ungewissheit …

Anna dankte den Winzern des Châteauneuf-du-Pape von ganzem Herzen, dass sie am nächsten Tag keine Kopfschmerzen hatte. Sie öffnete die Vorhänge im Wohnzimmer und konnte draußen nichts Ungewöhnliches entdecken. Mit einem klaren Kopf war sie sich sicher, dass sie sich getäuscht hatte. Wer sollte schon nachts in ihrem Garten herumgeistern? Wenn überhaupt war es ihr Künstler gewesen, der wieder etwas mit seinen Bildern angestellt hatte. Sie würde ihm einen Hinweis geben, dass sie erschrak, wenn er vor ihrem Fenster herumschlich. Nicht nur sie musste sich an Regeln halten.

Sie ging hinaus in den Garten und stellte voller Begeisterung fest, dass die Pflanzen sich gut entwickelten. Die Tomaten waren schon hoch gewachsen. Sie beugte sich über das Beet und begann, Unkraut zu zupfen, das leider ebenso freudig gewachsen war.

»Arbeit tut dem Menschen gut.« Das hatte ihre Mutter oft gesagt. Ohne Garten in der Stadt waren sie zwar auf ihren Balkon beschränkt gewesen, doch Anna hatte sich als Kind manchmal wie im Paradies gefühlt, wenn sie Erdbeeren, Himbeeren und kleine sonnenwarme Tomaten aus den großen Balkonkästen hatte ernten können. In Ligurien hatte ihre Mutter jetzt Natur pur. Mit Francesco an ihrer Seite und wegen der Oliven war sie nur noch draußen. Bei ihrem letzten Besuch war Anna die sonnengebräunte Haut ihrer Mutter aufgefallen. Sie hatte glücklich ausgesehen. Und abends hatte sie ihrer Tochter die für Ligurien typischen kleinen, dunklen Taggiasca-Oliven in einem Tontopf serviert. Dazu gab es das Öl der Oliven. Anna erinnerte sich noch genau daran, wie sie das erste Mal Weißbrot in das leuchtend gelbe Öl tauchte und hineinbiss. Es schmeckte samtig, mit einer herrlich nussigen Note, und Anna würde den Geschmack nie mehr vergessen. Erhitzte man das Olivenöl vorsichtig, entfaltete sich das Aroma und verbreitete in den italienischen Gassen den typischen Duft des Südens.

Am späten Nachmittag ging Anna in die Küche und bereitete ihren Beitrag für Halleys Büfett zu. Der Nudelsalat mit Pesto war schnell gemacht. Anna hatte immer einen Vorrat ligurischen Olivenöls im Haus, das bestens mit Basilikum und Pinienkernen harmonierte. Für das zweite Gericht schnitt sie mit geübten Handgriffen die Tomaten, mixte das Dressing, vermischte die Zutaten in einer Tonschale, gab zum Schluss das Brot dazu und deckte alles mit einer Folie ab.

Als Anna eine halbe Stunde später im Komet eintraf, wehte ihr ein für diesen Ort ungewohnter Geruch nach gebratenem Fleisch und Kräutern entgegen. Sie hätte den Schwenkgrill, dem Georg selbstbewusst vorstand, blind gefunden. Georg winkte mit der Grillzange.

»Hallo, Anna. Die beiden Schüsseln kannst du drüben bei Halley loswerden.«

Anna folgte der Richtung, in die er wies, und stellte ihre Schüsseln zu vielen anderen auf einen langen Tisch unter einer Platane. Inzwischen hatte Halley Anna gesehen und kam auf sie zu.

»Oh, ich freue mich, dass du da bist, Anna. Hast du schon was zu trinken? Es gibt Bowle, Wein, Saft, Wasser oder Bier. Nimm dir, was du magst. Die Getränke und das Fleisch spendieren Georg und ich. Das Büfett wird gleich eröffnet.« Halley nickte in Richtung des großen Tisches, um den sich der gesamte Ort versammelt zu haben schien. Jeder bewunderte die große Auswahl an mitgebrachten Speisen. Bunte Salate, Obstspieße, Kuchen und köstliche Häppchen für jeden Geschmack buhlten um die Aufmerksamkeit der Gäste. Anna ließ die Stimmung auf sich wirken. Sie winkte Hannelore Meier, die sie sofort an ihrem raffinierten und sicher selbst genähten Kleid erkannte. Die Schneiderin kam auf sie zu.

»Na, sind Sie wieder auf der Suche nach dem Glück?«, fragte sie gut gelaunt.

»Immer«, antwortete Anna.

»Man kann seine Zeit schlechter verbringen«, antwortete Frau Meier lachend und schob sich an ihr vorbei. Sie hatte offenbar ein weiteres bekanntes Gesicht entdeckt.

Das fröhliche Geplauder machte gute Laune, Anna fühlte sich wohl inmitten der Menschen, die alle eines gemeinsam hatten: Sie gehörten zu Walderstadt, wohnten hier oder in der Nähe und schätzten dieses außergewöhnliche Café am Platz. Anna erkannte die Mutter mit dem Baby, der sie schon begegnet war. Diesmal hatte sie ihren Nachwuchs in einer Babytrage, mit der sie sich vorsichtig durch die Menge schob. Mehrmals wurde Anna begrüßt, ohne zu wissen, von wem. Sie entdeckte Buchhändler Herzog samt Frau und auch Jakob, der sich für diesen Tag schick gemacht hatte. Statt seiner Kochkluft trug er einen Cordanzug, der zwar etwas aus der Mode war, ihm aber gut stand. Charlotte winkte ihr, und die Kräuterfrau Wilma zeigte mit beiden Daumen nach oben, als sie Anna erkannte. Alle nahmen sie ganz selbstverständlich in die Mitte der fröhlichen Gesellschaft auf. Ein tief empfundenes Glücksgefühl durchströmte Anna.

Zwei Hände legten sich auf ihre Schultern, und als sie sich umdrehte, sah sie in die erstaunlich blauen Augen von Maximilian Graf.

»Ich muss immer an unseren Abend denken«, flüsterte er ihr ins Ohr. Er zog sie mit sich weiter nach vorn. Dort hatte sich Halley gerade in Position gebracht. Anna spürte Maximilians Hände auf ihren Schultern und versuchte, sich auf ihre Freundin zu konzentrieren. Doch das fiel ihr schwer, sie konnte ihre Gefühle zu Maximilian nicht einordnen. Oder doch: Es war ein schöner Abend gewesen, nicht mehr und nicht weniger.

»Ihr Lieben, darf ich kurz um eure Aufmerksamkeit bitten?«

Hand in Hand hatten sich Halley und Georg vor dem Büfett aufgebaut. Anna grinste, sie erinnerten sie aufgeregt und mit roten Wangen an Grundschulkinder bei der Einschulung. Jetzt hob Halley die Hand. Das Gemurmel verstummte, und alle Augen richteten sich auf die beiden.

»Georg und ich freuen uns sehr, dass ihr auch in diesem Jahr wieder alle gekommen seid und so viel zu unserem Büfett beigetragen habt. Wir werden nicht verhungern!« Einige der Umstehenden klatschten.

Halley zwinkerte Georg zu. »Doch bevor wir loslegen, möchte ich euch eine neue Freundin vorstellen.« Sie wies in Annas Richtung. »Anna Thalberg wohnt seit Neuestem hier in Walderstadt und ist schon eine richtig gute Freundin geworden. Ich darf euch verraten, dass sie einen wirklich außergewöhnlichen Beruf hat. Welchen, das dürft ihr selbst herausfinden.«

Im ersten Moment war es Anna peinlich, dass Halley sie hier so auf dem Silbertablett präsentierte. Doch wahrscheinlich dachte die Freundin, das sei der einfachste Weg, um die Leute auf sie aufmerksam zu machen.

»So, und jetzt eröffne ich das Büfett und wehe, es bleibt etwas übrig!«

Halleys Ansprache folgte ein begeisterter Applaus, und alle drängten in Richtung Büfett und Grill. Nur eine Frau löste sich aus der Menge und ging genau in die entgegengesetzte Richtung, direkt auf Anna zu. Über ihren beigen Hosenanzug hatte sie ein buntes Tuch geworfen. Damit nahm sie ihrem Businesslook die Strenge. »Sie sind also unser prominenter Neuzugang, liebe Frau Jupiter.«

»So unterschreibe ich aber nur meine Glückstexte, im normalen Leben heiße ich Anna Thalberg.«

»Ein bisschen Glück kann jede Stadt gebrauchen. Schön, dass ich Sie so schnell persönlich kennenlerne, liebe Frau Thalberg. Ich bin die Bürgermeisterin von Walderstadt, Ilona Berger. Ich hoffe, es gefällt Ihnen bei uns?«

»Ja, sehr. Ich kenne natürlich noch nicht so viel, aber ...«

»Lassen Sie sich Zeit, und wenn Sie sich ein bisschen eingelebt haben, dann veranstalten wir einen Glückstag mit Ihnen, was halten Sie davon?«

»Das würde mich freuen. Geben Sie mir noch ein paar Wochen. Momentan stecke ich ziemlich tief in einem Buchprojekt. Aber ich komme gut voran.«

Wie ich lüge, dachte Anna. Die Bürgermeisterin merkte davon nichts, sie verabschiedete sich, wandte sich ab und drängte sich durch die Menge.

»Man muss schon jemand sein, wenn unsere geschätzte Bürgermeisterin einen gleich persönlich begrüßt«, sagte Maximilian, den Anna schon fast vergessen hatte.

»Ich bin eben eine Glückskolumnistin, die trifft man nicht alle Tage.«

Maximilian grinste und meinte, er werde sein Glück jetzt mal auf dem Grill suchen.

Anna beobachtete Georg, der wie ein Dirigent mit seiner Grillzange hantierte, und so landeten Bratwürstchen und Fleischstücke schwungvoll auf den bereitgestellten Tellern.

Ein bisschen wollte Anna noch warten, bis sich der erste Ansturm am Grill gelegt hatte.

»Keinen Hunger?«

Sie brauchte sich nicht einmal umzudrehen, um zu wissen, wer sie angesprochen hatte. Die Stimme war unverwechselbar, und ein Schauer lief ihr über den Rücken. Aus irgendeinem Grund löste er immer wieder heftige Reaktionen in ihr aus.

»Schleichen Sie sich immer von hinten an?«

Mark, der seine Hände in den Taschen seiner Jeans vergraben hatte, zuckte mit den Schultern. »Wenn Sie mir so beharrlich den Rücken zudrehen.«

»Was treibt Sie hierher?«, fragte Anna, ohne auf seine Bemerkung einzugehen.

»Der Hunger. Haben Sie etwas Essbares gesehen?«, fragte Mark, und seine markante Art sich auszudrücken berührte Anna auf eigenartige Weise. Aus den Augenwinkeln beobachtete sie, wie einige Frauen in Hörweite den Atem anzuhalten schienen. Sie war sich sicher, dass sie jedes Wort belauschten. Halley hatte angedeutet, dass Mark in Walderstadt einige Verehrerinnen hatte. Sie hakte sich bei ihm unter. »Dann helfe ich Ihnen mal, etwas zu essen zu finden. In Ordnung?«

Sie achtete weder auf seinen Gesichtsausdruck noch auf den der umstehenden Frauen. Mehrmals glaubte sie, ein scharfes Einatmen zu vernehmen, während sie sich ihren Weg durch die Menge bahnten. Anna zog Mark zum Büfett, dort ließ sie ihn los und gab ihm einen Teller in die Hand.

»Erraten Sie, was von mir ist?«

Sein Blick glitt hilflos über das überbordende Büfett. »Das ist unmöglich.« Er sah ihr in die Augen, und Anna spürte, wie sie den Boden unter den Füßen verlor. Schnell fasste sie sich wieder.

»Dann müssen Sie eben alles probieren. Meins schmeckt nach Glück. Ich frage Sie später noch mal, ja?«

»Sind wir etwa in einer Ratestunde?«

Die Bemerkung traf sie. Sie hatte gehofft, ein normales Gespräch mit diesem Mann führen zu können. Es schien unmöglich.

Anna mied seinen Blick und schob sich an ihm vorbei. Sie schnappte sich einen Teller und knallte Löffel um Löffel aus den Schüsseln darauf. Georg balancierte eine große Silberplatte mit Grillgut an ihr vorbei und platzierte sie auf dem Tisch.

»Na, Anna, großen Hunger?«

Verstört schaute sie auf ihren Teller und erschrak, denn darauf türmte sich ein riesiger Salatberg, der oben in einem Fleischklops gipfelte. Anna wagte nicht, sich umzusehen. Ihre Wangen brannten heiß. Sie fühlte sich wie ein Teenager, der beim ersten Kuss erwischt worden war. Doch da eilte Halley an ihre Seite, legte ihr den Arm um die Schulter und sagte leichthin: »Tja, das passiert, wenn man sich nicht entscheiden kann.« Sie klopfte Anna freundschaftlich auf den Rücken.

Halley führte Anna an einen freien Tisch und setzte sich zu ihr. »Was ist denn los? Bist du sauer? Hat Mark etwas Dummes zu dir gesagt?«

»Das kann man sagen, danke, dass du mich aus dieser peinlichen Situation gerettet hast.«

»Ach was«, winkte Halley ab, »ist mir auch schon passiert. Wo warst du denn mit deinen Gedanken?« Sie zwinkerte verschwörerisch. »Bei Mark?«

»Höre ich da etwa meinen Namen?«

Wie aus dem Nichts war er aufgetaucht. Halley nuschelte etwas von Georg und Grillablösung und verschwand. Anna beschloss, dass Angriff jetzt die beste Verteidigung war, setzte sich aufrecht hin und blitzte ihn an.

»Sie sind ja ziemlich von sich eingenommen.«

»Ist hier noch Platz?« Ohne eine Antwort abzuwarten, ließ er sich neben sie auf die Bank fallen und seufzte. »Da täuschen Sie sich«, gab er zurück. Ihre Blicke trafen sich erneut, und zu ihrer Überraschung las Anna darin nicht einmal einen Anflug von Überheblichkeit. In den warmen braunen Augen schimmerte eine Spur Bernstein.

Mark zuckte mit den Schultern. »Tut mir leid, wenn ich Sie nicht ganz ernst genommen habe. Es fällt mir einfach schwer, an so etwas Abstraktes wie Glück zu glauben.«

»Ist mir auch schon aufgefallen.«

»Ich bin nur hier, weil Halley mich darum gebeten hat.«

Abwesend stocherte Anna in ihrem Essen herum. »Ja, Halley ist einfach unwiderstehlich.« Sie wandte sich erneut ihrem Teller zu und machte sich daran, Schicht für Schicht abzutragen. Mark aß schweigend und sah erst auf, als Anna vergnügt quietschte. Sie hatte ein Käseherz in ihrem Salat gefunden, spießte es auf die Gabel und hielt es triumphierend in die Luft.

»Das bringt Glück«, sagte der junge Kerl ihr gegenüber, und Mark stöhnte vernehmbar auf.

Anna ignorierte ihn und hielt dem jungen Typen das Herz unter die Nase. »Und du sagst, es bringt Glück?«

»Nur, wenn man es auf dem Kopf stehend isst«, kam die schlagfertige Antwort.

»Das machst du mir aber vor«, erwiderte Anna lachend.

»Passen Sie auf, der macht das wirklich«, mischte sich nun die Kräuterfrau vom Marktplatz ein.

Schon täuschte der Junge an, sich der Herausforderung zu stellen, setzte sich aber gleich wieder und prostete in die Runde: »Auf das Glück der Käseherzen!«

Auch Anna hob ihr Glas.

»Mach, dass du hier wegkommst!«

Anna erschrak. Direkt vor ihrem Tisch hatte sich Jasper aufgebaut, der Hühnerbauer. Sie erkannte ihn sofort. Wieder trug er eine Latzhose, wieder hatte er die Arme vor der Brust verschränkt, und wieder war er wütend. Noch wütender als bei ihrer letzten Begegnung. Sie wollte aufspringen, doch dann verriet ihr etwas in seinem Blick, dass diesmal gar nicht sie gemeint war. Sie hielt in der Bewegung inne und spürte, dass Mark ebenfalls aufgestanden war. Anna setzte sich wieder und beobachtete, so wie alle anderen am Tisch, die beiden Männer. Mark kreidebleich und Jasper wutrot. Er schoss seine Worte wie Pfeile auf Mark.

»Hau bloß ab, oder ich vergesse mich!«

Alle Gespräche am Tisch waren verstummt, und Anna war sicher, gleich würde Mark sich wehren, doch er blickte Jasper nur an, dann senkte er den Blick und verließ den Tisch, ohne sich zu verabschieden oder sich noch einmal umzusehen. Anna verstand die Welt nicht mehr. Der Hühnerbauer war stocksteif stehen geblieben, und alle am Tisch waren erstarrt, niemand wagte zu sprechen. So musste es sein, wenn jemand die Zeit anhielt. Sie fixierte Jasper, wollte in seinem Gesicht lesen, wollte verstehen, mit welcher Berechtigung er Mark einfach so wegschicken konnte, wollte der Wut begegnen. Doch Jaspers Miene war ausdruckslos geworden. Mechanisch drehte er sich um und verließ mit schweren Schritten das Fest. Hörbar atmete Anna aus und bemerkte bei ihren Tischnachbarn ebenfalls Erleichterung.

Die Bibliothekarin tauchte auf und sprach aus, was wohl viele dachten: »Männer. Führen sich auf, als wären sie allein auf der Welt.«

Im Gegensatz zu allen anderen um sie herum schien Charlotte nicht sehr beeindruckt zu sein, deshalb fragte Anna: »Weißt du, warum Jasper so ausgeflippt ist?«

Sichtlich ratlos schüttelte Charlotte den Kopf und sah Jasper nach. »Ach, was weiß ich. Der wird schnell wütend.«

Das konnte Anna bestätigen, sie erinnerte sich noch zu gut an die Begegnung mit ihm auf seinem Hof. Die Bibliothekarin stieß sie freundschaftlich mit dem Ellenbogen an. »Aber wir lassen uns die Stimmung deshalb nicht verderben, oder?« Sie hob ihr Weinglas, und jeder am Tisch stießt mit an. Schnell war Jaspers Auftritt vergessen. Für den Bruchteil einer Sekunde sah Anna noch einmal den bestürzten Ausdruck auf Marks Gesicht vor sich. So hatte sie ihn noch nie gesehen. Doch als Charlotte nach ihrem Buchprojekt fragte, war sie abgelenkt und log. Es gehe gut und die Seiten füllten sich. Schließlich wollten alle am Tisch wissen, wie sie zur Glücksschreiberin geworden war. Anna war dankbar für den Themenwechsel.

»Das Magazin *Early Bird* suchte damals kurze Beiträge, die sich zwischen anderen, wichtigeren Themen platzieren ließen. Etwas Positives hatte sich der Redakteur vorgestellt und mir, seiner damaligen Volontärin, eine Chance gegeben.« Sie erinnerte sich, wie ihr Lebensthema zum Inhalt der Texte geworden war. Die Suche nach dem Glück. »Danach ging alles ganz schnell«, schloss Anna.

»Journalistin auf der Suche nach Glücksmomenten und Buchautorin«, meinte Charlotte beeindruckt. »Das ist doch mal was. Ich sitz ja eher auf der anderen Seite. Vielleicht kannst du mir ein bisschen Glück abgeben?«

Anna schüttelte den Kopf. Diese Frage kannte sie schon aus vielen Zuschriften ihrer Leser. »Leider gibt es kein Glück in Tüten«, sagte Anna scherzend. »Jeder muss sein ganz persönliches finden, und was für den einen Glück bedeutet, kann für den anderen ein großes Unglück sein.«

Als Charlotte auf den Tisch schlug, klimperten ihre Armbänder im Takt dazu. »Ach, dann verstehe ich, was ich bei meinem verstorbenen Mann falsch gemacht habe. Ich habe mich immer nur um *sein* Glück gekümmert und meines dabei ganz vergessen.« Charlotte lachte bitter auf, und Anna beschloss, nicht weiter nachzufragen. Sie wollte gern noch mal auf die Sache mit Mark zurückkommen, aber all ihr Nachfragen nützte nichts. Niemand wusste etwas oder wollte etwas wissen. Mark galt als zurückhaltend, Jasper war dagegen für seinen Jähzorn bekannt, der wie ein Vulkan aus ihm herausbrechen konnte.

Ein paar Gläser Wein später schien niemand mehr an die unangenehme Szene zu denken. Halley und Georg hatten von dem Zwischenfall gar nichts mitbekommen. Sie unterhielten sich, wild gestikulierend, mit einigen Gästen am Grill. Georg hatte alles gegeben, der Rost war fast leer, nur ein paar Würstchen warteten noch auf die letzten Abnehmer. Er sah geschafft, aber zufrieden aus. Viele Gäste waren nicht mehr übrig geblieben, als Anna ihre Schüsseln vom Büfett abräumte. Sie waren leer, und die farbenfrohe Sammlung auf dem Tisch war schon auf wenige restliche Exemplare zusammengeschrumpft.

Auf dem Nachhauseweg dachte sie, dass in dem kleinen Städtchen ganz schön was los war. Sie würde noch lange brauchen, um hinter all die Geheimnisse und Schicksale von Walderstadt zu kommen.

11. KAPITEL

Ich verstehe gar nichts mehr. Haben die den Verstand verloren - oder nur ihr Glück? Was verbindet Jasper und Mark? Mehr und mehr entwickelt sich Walderstadt zu einem großen Fragezeichen.

Auch in den folgenden Tagen konnte Anna die Szene zwischen Jasper und Mark nicht vergessen. Immer wieder schob sich das Bild der beiden Männer vor ihr inneres Auge, und sie hatte größte Mühe, sich auf ihre Arbeit zu konzentrieren. Die Konfrontation der beiden war einer jener Momente gewesen, in denen Anna tatsächlich so etwas wie das völlige Fehlen von Glück gespürt hatte.

Verbissen versuchte sie, sich ihren Aufgaben zu widmen. Sie musste ein Buch schreiben. Diesmal hatte ihr der Verleger sogar persönlich eine Nachricht geschickt. Er wollte wissen, wie sie vorankam. Was sollte sie ihm sagen? Sie hatte kaum mehr als ein paar Fragmente, Gedanken, ein bisschen Recherche und das, was sie aus ihren Interviews übernahm. Ein Buch war das noch lange nicht.

Was war Glück? Je länger sie darüber nachdachte, desto mehr gelangte sie zu der Überzeugung, dass man das Fehlen von Glück schnell erkannte, die Glücksmomente dagegen schienen einem immer erst bewusst zu werden, wenn sie schon der Vergangenheit angehörten. Wie erloschene Sterne, dachte Anna. Ihr größtes

Glück war ebenfalls vergangen. Nicht einmal mit der Lupe würde sie es wiederfinden können. Sie dachte an ihren Vater und zog seinen Brief aus der Tasche: *Glück besteht in der Kunst, sich nicht zu ärgern, dass der Rosenstrauch Dornen trägt, sondern sich zu freuen, dass der Dornenbusch Rosen trägt.*

Die winzige Schrift wollte nicht recht zu seiner Erscheinung passen. Er war 1,93 Meter groß gewesen. Wenn sie neben ihm gestanden hatte, war sie sich klein vorgekommen. Dann hatte er sich immer zu ihr hinuntergebeugt, auf die Höhe ihrer Kinderwelt. Wenn sie gemeinsam irgendwo bäuchlings auf dem Boden gelegen hatten, mit ihren Lupen bewaffnet, das war glasklares Glück gewesen. Anna wischte sich eine Träne von der Wange. Sie wollte nicht weinen, sie wollte seinen Auftrag erfüllen und die Rosen sehen. Sie war seine Glückssucherin.

Obwohl es in Strömen regnete, lief sie barfuß in Richtung See. Der Regen tat gut nach dem warmen Tag. Im Vorübergehen sah sie die leeren Staffeleien, die einen trostlosen Anblick boten. Anna vermisste die Bilder. Auf dem Steg blieb sie stehen und nahm den Blickwinkel des Künstlers ein. Dicke Regentropfen schlugen auf die Wasseroberfläche, malten konzentrische Kreise auf den sprudelnden See. Sie konnte den Blick nicht von der schäumenden Mitte des Sees abwenden. Was war zuerst da gewesen? Der See oder das Bild? Das Bild oder der See?

Erst ihr eigenes Zittern weckte Anna aus ihren Gedanken. Bebend rannte sie ins Haus zurück. Eine heiße Dusche brachte sie wieder zur Besinnung. Sie kuschelte sich in einen Bademantel und machte es sich mit einer Tasse Tee auf dem Sofa gemütlich. Gerade wollte sie ihre letzten Notizen zur Hand nehmen, als es an der Tür klingelte. Sie zog den Gürtel fester um ihre Taille und öffnete die Tür. Ein Paketbote überreichte ihr ein großes Paket. Anna wusste, was es enthielt. Im Wohnzimmer riss sie ungeduldig Pappe und Luftpolsterfolie herunter. Zum Vorschein kam eine Leinwand. Nicht ganz weiß, denn darauf stand in schwungvollen Buchstaben:

Wenn Wort und Bild einander treffen,
dann im Gedankenstrich –
er liegt auf der Zeile wie ein See
und verbirgt ein Meer aus ungesagten Worten!

Das Bild wirkte. Es war genau das, was es sein sollte: ein Wortgemälde. Nur Worte, Buchstaben gedruckt auf eine schlichte Leinwand. Sie stand auf, nahm das Wortbild mit.

Das Licht in der Galerie erhellte den Raum. Anna sah die Bilder, neue Bilder, auf denen der Künstler den Regen eingefangen hatte und die Kreise auf dem See. Er musste ein unglaubliches Archiv an Gemälden in seiner Wohnung haben! Die tropfenden Blätter der Bäume, die sich der Nässe ergaben und sich weit nach unten beugten. So weit Anna auf den ersten Blick sehen konnte, waren diesmal alle Bilder nahezu identisch.

Sie schluckte trocken. Mit dem, was sie vorhatte, verletzte sie aufs Neue ihre Vereinbarung. Sie hatte einen Vertrag unterschrieben und Maximilian ihr Wort gegeben. Diese Wohnung, die ihr schon nach kurzer Zeit so viel bedeutete, sie wollte sie nicht verlieren. Wie würde der Künstler reagieren? Einen Moment lang zögerte sie. Dann dachte sie an die Einsamkeit, die ihr stumm aus seinen Bildern entgegenschrie. Das konnte sie als Glückssucherin einfach nicht ignorieren. Entschlossen trat Anna an die Wand, nahm eines seiner Bilder ab und füllte die leere Stelle mit ihrem Wortgemälde. Das Ölbild lehnte sie behutsam an die Wand und besah sich das Ergebnis. Alles hatte sich verändert. Vorsichtshalber schrieb sie noch eine Nachricht dazu, die sie unter das Bild heftete:

Lieber J. L.,

ich weiß nicht, wie Sie das machen, oder besser gesagt Ihre Bilder. Aber ich kann nicht schweigen. Ich lese in Ihren Gemälden. Sie flüstern mir etwas von Einsamkeit in mein Herz. Vielleicht täusche ich mich. Sagen Sie es mir! Ich kann nicht malen. Ich kann nur Worte geben.
Bitte. Nehmen Sie sie an!

Anna

Leise, als könnte sie jemanden stören, löschte sie die Beleuchtung und zog sich ins Wohnzimmer zurück. Lange Zeit saß sie auf ihrem grünen Sofa und lauschte in die Stille. Wie ein Kind wartete sie darauf, ertappt zu werden. Wie hatte sie nur auf diese Idee kommen können? Sollte sie das Wortbild doch lieber wieder abhängen?

Anna zuckte zusammen. Sie hörte den Künstler über sich, vernahm seine Schritte, sah ihn vor sich, ohne ihn jemals gesehen zu haben. In ihrer Vorstellung trug er eine graue Strickjacke, übersät mit schwarz-weißen Farbflecken. Seine Augen waren grau, grau wie der See im Nebel. Das Drahtgestell seiner Brille war verbogen, und an seinen Fingerkuppen klebten getrocknete Farbreste. Jeden Abend würde er mit Terpentin versuchen, seine Hände zu reinigen, würde mit einer Bürste nachhelfen, und trotz aller Bemühungen doch niemals alles wegbekommen. Er war ein Teil seiner Gemälde. Mit den Jahren war er mit ihnen verschmolzen. Irgendwann würde er seine Finger vielleicht nicht mehr schrubben. Bis dahin würde er Bild um Bild malen und seinen Gefühlen Ausdruck verleihen. Gefühle, die ihn einschlossen wie ein Kokon. Gefühle, die ihn beschützten, aber auch von der Außenwelt abschotteten. Anna hatte ein schlechtes Gewissen, fühlte sich hin- und hergerissen. Abhängen oder lassen? Sie widerstand dem Drang und ließ damit den Dingen ihren Lauf. Ihr Wortgemälde hing in der Galerie in ängstlicher Erwartung und störte die anderen.

Es war noch dunkel, als Anna erwachte. Sie hatte unruhig geschlafen, und Fetzen ihrer Träume waberten noch durch ihren Kopf, verstörende Bilder: Die Gemälde von J.L. trieben im See, ölige Farbe vermischte sich mit dem Wasser, verwandelte den See selbst in ein großes Gemälde. Sie war Bestandteil des Bildes gewesen, sah sich mit den Strichen des Malers gezeichnet am Ufer stehen. Schattenbäume hatten die Äste nach ihr ausgestreckt. Es fiel Anna schwer, sich aus ihrem Traum zu lösen. Auf dem Nachttisch lag das Buch von Hesse. Sie nahm es zur Hand und schlug es auf einer beliebigen Seite auf. *Überseht doch die kleinen Freuden nicht!*, las sie. Langsam verstand sie, warum ihr Vater ihn so gemocht hatte. Dieser Satz hätte von ihm selbst stammen können. Anna entspannte sich, genoss die Wärme ihres Bettes. Liegen bleiben, eine süße, kleine Ewigkeit lang.

Später in ihrem Arbeitszimmer hielt sie ihre Empfindungen in einem Glücksbeitrag über das Aufwachen für die *Early Bird* fest. Die Glückskolumnistin empfahl ihren Lesern, sich den Wecker gelegentlich ein paar Minuten früher zu stellen, um Zeit zu haben, das Nachgefühl des Schlafs zu genießen. Sie nahm sich selbst vor, dies zu einem neuen Morgenritual werden zu lassen. Und wer hatte sie daraufgebracht? Hesse.

Halley packte die Brioches in eine große Papiertüte.
»Und du willst wirklich nicht wenigstens auf eine Milchstraße bleiben?«
»Heute nicht. Ich möchte jemanden besuchen.«
»Und wen, wenn ich fragen darf?«, erkundigte sich Halley neugierig und kassierte.

Anna lachte. »Du darfst fragen, aber ich sage es dir nicht. Glücksschreiberinnen haben ihre Geheimnisse.«

»Aha«, antwortete Halley, und Anna wusste, sie platzte vor Neugier.

»Okay, ich gebe dir einen Hinweis: Ich besuche jemanden, dessen Herz aus Papier ist.«

Wenn Halley verwirrt war, dann jetzt noch mehr. »Du sprichst in Rätseln.«

»Genau, das macht mir Spaß«, entgegnete Anna. »Ich verrate es dir später, ja?« Sie warf ihr eine Kusshand zu und verließ die verdutzte Cafébetreiberin. Anna konnte sich ein Schmunzeln nicht verkneifen. Vielleicht dachte Halley, sie würde sich mit Maximilian oder sogar mit Mark treffen, dabei führte ihr Weg ganz woandershin.

Wieder bimmelten die Glöckchen an der Tür beim Eintreten und wieder fühlte sich Anna, als wäre sie in einer Zeitmaschine angereist. Doch nun war sie darauf vorbereitet. Es war wunderbar still. Das Glück der Stille, darüber hatte sie auch schon einmal geschrieben. Das Licht fiel durch die quadratischen Kassettenfenster und tauchte den Raum in dunkles Gold. Und dann sah Anna es: Ein Bücherregal schob sich nahezu geräuschlos zur Seite, und hinter dieser Tür aus Büchern tauchte der Buchhändler auf. »Na, wen haben wir denn da?«

Anna hob die Tüte in die Luft. »Mögen Sie Brioches?«

»Liebe Frau Thalberg, wer könnte Halleys Brioches nicht mögen? Aber womit habe ich diese Aufmerksamkeit verdient?«

»Ich möchte Ihnen danken, für den Hesse und ...«, sie zögerte, »und für diesen Ort.«

Der Buchhändler schob die Brille auf der Nase nach oben, eine Geste, die Anna inzwischen schon vertraut war. »Na, wenn das so ist, dann lade ich Sie gern ein, in die unheiligen Hallen dieser Buchhandlung.«

Mit einer Handbewegung wies er den Weg hinter die Bücherwand. Anna ging voraus, er folgte ihr. Der Raum verstärkte das Gefühl, durch die Zeit gereist zu sein. Das Zimmer war zweigeteilt. Ein Tisch mit einer gemusterten Wachstuchtischdecke, drei Holzstühle, eine Kochnische. An der Wand befand sich eine Liege mit Kissen und einer abgenutzten Wolldecke. Der andere Teil des Raumes war eine Werkstatt. Ein großer Tisch, wie ihn auch Schreiner benutzten, war vor den bodentiefen Fenstern aufgestellt. Darauf entdeckte Anna einige in Leder gebundene Bücher.

Während sie sich umsah und den Raum auf sich wirken ließ, machte Herzog sich daran, Kaffee zu kochen. Schon tröpfelte Wasser in den Filter einer Kaffeemaschine. Wenn Gemütlichkeit einen Geruch hatte, dann war er hier zu finden. Der Buchhändler deckte den Tisch mit zwei Tellern und Kaffeetassen. Anna legte ihre Brioches dazu. Mit einem Schmunzeln schob Herzog ihr eine Tasse zu, auf der stand: *Bücher sind ein großer Teil des Glücks.* Auf der anderen las sie: *Ein Haus ohne Bücher ist arm.*

Herzog fegte mit der Handfläche noch einige Krümel auf den Boden. »Sie müssen entschuldigen, aber normalerweise kommen keine Kunden hierher.«

»Ich wusste nicht, dass Sie hier auch eine Werkstatt haben!«

Der Buchhändler folgte ihrem Blick Richtung Fenster. »Ja, das mache ich so nebenbei. Gerade die alten brauchen ein bisschen Fürsorge und Pflege. Wenn die Bindung sich auflöst, repariere ich sie, so gut es geht.«

»Sie verkaufen also auch antiquarische Titel?«

Herzog seufzte. »Gezwungenermaßen. Einige der Bücher sind zusammen mit mir alt geworden. Ich habe es nicht übers Herz gebracht, sie zur rechten Zeit an den Verlag zurückzuschicken. Manchmal kaufe ich auch welche auf Flohmärkten, wenn ich Mitleid mit ihnen habe.« Er goss Anna Kaffee in die Tasse, stellte Milch und Zucker daneben.

»Dieser Ort hat eine Seele«, flüsterte Anna. Sie hatte, ohne nachzudenken, ausgesprochen, was ihr durch den Kopf ging.

Herzog setzte sich zu ihr. »Da mögen Sie recht haben, wenngleich diese Seele von manchen nicht erkannt wird, fürchte ich.«

Fragend sah Anna den Buchhändler an und nippte an ihrem Kaffee. »Was meinen Sie damit?«

»Sie wissen, dass Marie meine Tochter ist, oder?«

Anna nickte.

»Sie kommt niemals hierher.«

»Und Ihre Frau?« Anna dachte an die gepflegte blonde Dame, die sie zusammen mit Herzog in Jakobs Kombüse gesehen hatte.

»Doch, doch, meine Frau kommt schon. Sie bringt mir jeden Tag das Mittagessen.«

Anna spürte das Ungesagte in den Worten des Buchhändlers. »Und Ihre Tochter kommt nie?«

»Nie«, antwortete Herzog.

»Oh, das tut mir leid.«

Herzog stand auf, füllte ein Glas mit Wasser. »Ach, ich sehe sie jeden Tag drüben in ihrem Saftladen ...« Der Spott in seiner Stimme war nicht zu überhören, doch dann wischte er mit einer Geste durch die Luft. »Aber lassen Sie uns über etwas anderes reden. Wie läuft es mit Ihrer Recherche über das Glück? Sind Sie mit Ihren Überlegungen weitergekommen?«

»Das bin ich, und trotzdem habe ich das Gefühl, noch ganz am Anfang zu sein. Ich glaube, ich lasse mich einfach zu schnell ablenken ... Darf ich Sie etwas fragen?«

»Tun Sie das nicht bereits mit dieser Frage?«, meinte der Buchhändler.

Der amüsierte Ausdruck in seinem Gesicht machte Anna Mut. »Ich bin kürzlich auf das Bild eines Künstlers hier aus der

Gegend gestoßen. Es gefällt mir, und ich würde gern mehr über ihn herausfinden. Er signiert seine Werke mit J.L. Wissen Sie etwas über ihn?«

Herzog hatte in der Bewegung innegehalten und überraschte Anna mit einem Blick, den sie nicht deuten konnte. Wenn sie sich nicht täuschte, dann war es eine Mischung aus Bestürzung und Erstaunen. »Wo haben Sie das Bild gesehen?«

»Ich fand es auf dem Trödelmarkt.« Sie erzählte auch Herzog nicht, dass sie mit dem Künstler unter einem Dach wohnte. Insofern hielt sich sie sich an seinen, beziehungsweise Maximilians, Wunsch, seine Zurückgezogenheit zu respektieren. Sie würde es überhaupt niemandem aus Walderstadt auf die Nase binden.

»Das ist erstaunlich ... Soweit ich weiß, malt er schon lange nicht mehr.«

Stimmt nicht, dachte Anna.

Herzog nahm die beiden leeren Tassen, spülte sie ab und drehte ihr den Rücken zu. »Leider kann ich Ihnen nicht weiterhelfen.«

»Wie schade. Ich dachte, wenn jemand etwas weiß, dann Sie. Kennen Sie den vollständigen Namen des Künstlers? Ich würde ...«

»Ich erinnere mich nicht«, kam es von der Spüle. »Und Sie sollten jetzt auch gehen, ich habe noch einiges zu tun.«

Anna stand auf, sie fühlte sich wie vor den Kopf gestoßen. Der Buchhändler nickte ihr zu und begleitete sie in den Verkaufsraum. Dort gab er ihr die Hand. »Schön, dass Sie mich besucht haben, liebe Frau Thalberg.« Dann drehte er sich um und verschwand durch die Bücherwand.

Anna schloss die Haustür auf, schaltete das Licht ein und blieb stehen. Bei der ganzen Aufregung hatte sie ihr Wortbild völlig vergessen. Aber es befand sich auch noch genau dort, wo sie es hingehängt hatte, inmitten der Bilder des Künstlers. Sie wusste nicht, was sie davon halten sollte. Hatte er es noch nicht bemerkt?

Plötzlich erkannte sie, dass sich doch etwas verändert hatte, denn die Gemälde rund um das Wortbild waren ausgetauscht worden. Die neuen Werke waren zwar nicht gerade fröhlich, aber da lag ein Hauch von Licht auf den Blättern der Bäume und es regnete nicht mehr. Fasziniert erkannte Anna Licht- und Schattenräume, die der Maler geschaffen hatte. Langsam schritt sie an den Bildern entlang, die sich nur in den Lichtverhältnissen minimal unterschieden. Erst als sie das Ende der Galerie erreichte, entdeckte sie einen Umschlag, der hinter die obere Kante eines Bildes gesteckt worden war. Aufgeregt und mit zitternden Fingern zog sie ihn heraus. Sie nahm den Brief an sich und ging damit in ihr Arbeitszimmer. An ihrem Schreibtisch befühlte sie den Umschlag und versuchte zu ergründen, was er enthielt. Es gab keinen Zweifel, es war ein Brief, von ihrem Maler höchstpersönlich, darauf deuteten jedenfalls die Initialen auf dem Umschlag hin: J.L. Anna öffnete das Kuvert und rechnete schon damit, dass er sie beschimpfen würde. Doch der handgeschriebene Brief enthielt eine Überraschung:

Verehrte Wortmalerin,

was müssen Sie nur von mir denken? Vermutlich schwebt Ihnen ein durchgeknallter Irrer vor. Ich kann Sie beruhigen, dem ist nicht so. Ich lebe nur gern zurückgezogen. Aber wer könnte Ihren Worten widerstehen?
Doch Sie sind auf dem Holzweg, wenn Sie glauben, selbst gewählte Einsamkeit müsse zwangsläufig Mitleid erregen. Trotzdem haben Sie mich neugierig gemacht: Was lesen Sie denn in meinen Bildern?

*Es grüßt
J. L.*

PS: Bitte erwarten Sie jetzt aber nicht von mir, dass ich zum Kaffeekränzchen vorbeikomme!

Anna starrte auf den Brief. J. L. hatte ihr eine konkrete Frage gestellt. Er erwartete also eine Antwort. Sie hatte erreicht, was sie wollte. War es nicht so, dass sie jetzt Gelegenheit bekam, ihn kennenzulernen und sein Geheimnis zu lüften?

12. KAPITEL

Kopf hoch, liebe Anna! Schreib. das. Buch!

Das war einfacher gesagt als getan, wenn einem die Sonne und dazu eintausend Gedanken auf das Gemüt drückten. Die Luft glich einem Backofen, und für Mitte Juli war es zu warm. Anna musste ihre Pflanzen jeden Tag kräftig gießen, damit sie nicht eingingen. Mit schnellen Schritten versuchte sie, sich dem Tempo ihrer Gedanken anzugleichen. Das Gespräch mit dem Buchhändler hing ihr nach. Es war offensichtlich gewesen, dass er mehr wusste, als er ihr sagen wollte. Er kannte den Künstler, daran gab es gar keinen Zweifel. J.L. hatte ihr geschrieben, und sie musste überlegen, was sie ihm antworten wollte. Außerdem hatte sich die Lektorin gemeldet. Sie käme gut voran, hatte Anna ihr vorgelogen. Aber als sie konkrete Fragen gestellt hatte, war sie ins Trudeln geraten. Wie viele Seiten sie plane? Wie die Struktur des Buches ausstehen werde und welchen Werbetext sie sich für die Vorschau vorstelle? All das hatte sie von ihr wissen wollen. Anna hatte sich gewunden, hatte von der aufwendigen Recherche erzählt und gehofft, sie würde es nicht merken. Sie waren so verblieben, dass sie in drei Wochen mal ein paar Seiten schicken würde.

»Nur damit ich sehe, dass Sie auf einem guten Weg sind«, hatte sie gesagt, und Anna hatte nichts zu erwidern gewusst.

Den kleinen Pfad rund um den See kannte sie inzwischen

schon ganz gut. Diesmal folgte sie der Abzweigung, von der ihr Vroni, die Frau des Hühnerbauern, erzählt hatte. Inzwischen war sie in einen leichten Lauf gefallen, was an der Geschwindigkeit ihrer Gedanken lag. Zum Glück hatte sie feste Schuhe an, sonst hätten ihr die langen Grashalme, die den Weg überwucherten, vielleicht in die Waden geschnitten. Es war ganz offensichtlich, dass dieser Weg schon lange nicht mehr benutzt worden war. Er schlängelte sich über Wiesen und zwischen Feldern hindurch, und es dauerte nicht lange, bis Anna den Hof des Hühnerbauern sehen konnte. Sie erkannte seinen Bus mit dem Ei auf dem Dach und blieb stehen. Weiter wollte sie sich nicht vorwagen, zu oft hatte Jasper seinen Jähzorn nun schon bewiesen, und Anna hatte keine Lust auf eine weitere Konfrontation. Deshalb drehte sie wieder um und folgte dem Weg zurück, den sie gekommen war. Der flotte Spaziergang hatte ihren Kopf freigepustet.

Zu Hause setzte sie sich an den Computer und fand heraus, dass es in einigen Sprachen mehrere Begriffe für »Glück« gab, je nachdem, um welche Art von Glück es sich handelte. Schon im Englischen unterschied man zwischen »luck« (Glück haben), »pleasure« (Glücksmoment) und »happiness« (anhaltendes Glück). Die Franzosen sagten »fortune«, »plaisir« oder »bonheur«. Am eindrucksvollsten aber klang die Steigerung des Glücks bei den Finnen. Das schlichte Glück kam noch mit einem »onni« aus, der Glücksmoment steigerte sich ins »tyytyväisyys« und gipfelte schließlich im »hyväntuulisuus«. Anna hatte zwar nicht die geringste Ahnung, wie man diese Wörter richtig aussprach, aber sie hatte ihre helle Freude daran, sie zu schreiben. Vor allem die doppelten Buchstaben machten Spaß. Und langsam dämmerte ihr, warum sie sich so schwertat: Im Deutschen gab es keine Wortsteigerung für die verschiedenen Formen von Glück. Man sagte einfach nur »Glück«, und jeder konnte sich selbst denken, welches damit nun gemeint war. Die soeben geschriebene Seite druckte Anna aus und legte sie auf den kleinen Stapel, aus dem einmal ein Buch werden sollte. Schon der Anfang machte ihr zu schaffen. Wie begann man ein Buch über das Glück? Um ihr Gewissen zu erleichtern, bastelte sie aus ihrer Recherche eine Glückskolumne, was ihr wie immer leicht von der Hand ging. Draußen hatte sich das Wetter inzwischen gewandelt. Ein kräftiger Wind fuhr durch die Bäume. Es sah aus, als sei ein Gewitter im Anmarsch. Anna sehnte sich nach der Geborgenheit im Café Komet.

Als Anna ankam, stapelte Halley eine neue Ladung Brioches auf die Pyramide im Schaufenster. Da noch immer ein stürmischer Wind wehte, beschloss Anna, sich diesmal in dem kleinen Ladengeschäft einen Platz zu suchen. Es gab nur ein paar wenige Tische. Sie wählte einen, von dem aus sie die Verkaufstheke und Halley im Blick hatte. Halley winkte ihr zu.

»Na, gut erholt von unserer Feier?«

»Da gab's nichts zu erholen. Es war toll.«

Die Sommersprossen hüpften über Halleys Nase, als sie grinste. Anna vermutete, dass Georg jeden einzelnen dieser hellbraunen Pünktchen liebte. Sie bestellte eine Milchstraße, und als Halley das Getränk brachte, setzte sie sich zu Anna an den Tisch. Sie kratzte irgendwie verlegen auf der Tischplatte herum, und Anna wartete gespannt auf das, was jetzt kommen würde.

»Sag mal, Anna ...« Halley sah sie jetzt doch an. »Ich habe gehört, es hat eine unangenehme Szene zwischen Jasper und Mark gegeben. Hast du davon etwas mitbekommen?«

»Und ob«, antwortete Anna. »Ich saß immerhin mit Mark am Tisch. Niemand hatte Jasper kommen sehen, plötzlich stand er da und schrie Mark an, er solle abhauen und ...«

»Und dann?«, fragte Halley.

»Und dann ist Mark aufgestanden und gegangen. Also, ich versteh überhaupt nicht, warum er sich das hat gefallen lassen. Eigentlich wollte ich dich das fragen, Halley.«

Halley zuckte mit den Schultern. »Ich wusste nicht mal, dass die beiden sich kennen.« Sie stand auf, um die neuen Kunden zu bedienen. Dann rief sie lachend über den Tresen: »Vielleicht ging's ja auch um Eier!«

»Kann nicht sein, Jasper hat ja keine«, konterte Anna. Sie schlürfte ihren Kaffee langsam und hoffte, dass Halley später noch ein paar Minuten Zeit für sie haben würde. Sie wollte sie unbedingt auch noch nach J.L. fragen, aber im richtigen Moment. Solange Halley so viele Kunden bediente, hatte sie bestimmt keinen Kopf dafür.

Nach einer guten Stunde wurde es endlich ruhiger. Als Halley ihr zuzwinkerte, fasste Anna sich ein Herz.

»Sag mal, Halley, kennst du eigentlich einen Maler aus der Gegend, der seine Bilder mit *J.L.* signiert?«

»Warum fragst du das?«, wollte Halley wissen und hielt in ihrer Bewegung inne.

»Weil ich neugierig bin und kürzlich auf ein Bild von ihm gestoßen bin. Das ist alles.« Anna vermied es erneut, zu erzählen, dass sie im Haus dieses Malers wohnte. Sie war fast ein bisschen stolz auf ihre Verschwiegenheit. Maximilian konnte wirklich zufrieden mit ihr sein.

»Nie gehört«, antwortete Halley. »Ich interessiere mich nicht für Kunst.«

Die knappe Antwort überraschte Anna. Das passte gar nicht zu ihrer Freundin. Sie hakte nach: »Du, der malt wirklich großartig. Gut, ein bisschen düster vielleicht, aber ...«

»Ich kenne ihn nicht, okay?«, schnappte Halley, und Anna stellte überrascht die Kaffeetasse ab, aus der sie gerade hatte trinken wollen. Sie forschte in Halleys Mimik, um herauszufinden, warum sie so schroff auf ihre Frage reagiert hatte. Aber Halley mied ihren Blick, und Anna wusste nicht, was sie sagen sollte. Um die peinliche Stille zu überbrücken, studierte sie den raffinierten Henkel ihrer Tasse. Georg hatte wirklich ein gutes Händchen dafür. Ein bisschen eigensinnig, dachte Anna, genau wie die Walderstädter. Langsam dämmerte es ihr: Immer wenn das Gespräch auf den Künstler kam, vermied man, ihr zu antworten. Halley kam hinter ihrem Tresen hervor und drückte sie kurz.

»Tut mir leid, ich wollte nicht unhöflich sein. Ich arbeite zu viel, und mit Georg habe ich auch gerade Zoff.«

»Wirklich? Ich dachte, ihr seid wie …«, Anna suchte nach einem passenden Vergleich, »wie Kerze und Docht.« Sie grinste verschwörerisch. »Der eine brennt, der andere schmilzt.«

»Ach«, winkte Halley ab, »irgendwie liegen meine Nerven blank. Aber das ist eine längere Geschichte, die kann ich dir mal in Ruhe erzählen, am besten, wenn Georg nicht zu Hause ist. Dienstagabends geht er immer zum Schachspielen.«

Anna streckte die Hand aus. »Abgemacht. Nächste Woche, am Dienstagabend um sieben, einverstanden? Ich bringe einen Rotwein mit, du lieferst die Geschichte.«

Halley schlug ein.

»Aber was ich dir erzählen werde, ist nicht für die Öffentlichkeit gedacht, okay?«

»Klar, das bleibt unter uns. Was denkst du von mir?«

Wenig später zahlte Anna und verließ das Café Komet. Instinktiv steuerte sie auf die Buchhandlung Herzog zu. Dabei betrat sie das erste Mal jenen grünen Mittelstreifen, der die beiden gegenläufigen Straßen voneinander trennte. Anna setzte sich auf eine Parkbank. Sie beobachtete die Autos und Busse, die in die eine Richtung fuhren, dann drehte sie sich ein wenig und beobachtete die Autos und Busse, die in die andere Richtung fuhren. Sie musste an Arterien und Venen denken. Der Grünstreifen, auf dem sie saß und auf dem es jede Menge Bäume, Bänke und Blumenkübel gab, schmiegte sich ruhig zwischen die beiden Straßen. In der Bücherbar, deren Glastüren weit geöffnet waren, konnte Anna Marie erkennen, und sie konnte die Buchhandlung Herzog sehen, die in sich selbst zu ruhen schien. Und dann bemerkte sie Frau Herzog. Sie eilte mit einem gefüllten Korb über die Straße, über den grünen Streifen hinweg und verschwand in der Buchhandlung. Etwa zwanzig Minuten später kam sie wieder heraus und kehrte in die Bücherbar zurück. Als sie den Laden etwas später deutlich weniger gehetzt wieder verließ, machte Anna sich bereit, sie anzusprechen.

»Frau Herzog?«

Die Frau blieb stehen.

Anna stand auf und stellte sich vor. Frau Herzog sagte »Erika« und dann: »Ah, unsere Glückssucherin.«

»So nennt man mich also«, schmunzelte Anna.

Frau Herzog kam näher, setzte sich zu Anna auf die Bank und stellte ihren Korb zwischen ihre Füße auf den Boden. Eine silberne Thermoskanne und einige Plastikdosen waren darin.

»Haben Sie Ihrem Mann das Mittagessen gebracht?«

»Konrad würde sonst nichts essen. Er vergisst die Zeit, wenn er mit seinen Büchern zusammen ist.«

»Das klingt nach einer heftigen Liebesbeziehung.« Anna grinste.

Frau Herzog schwieg, und das war Antwort genug.

»Und Ihre Tochter?«

»Wie bitte?«

»Bringen Sie ihr auch etwas zu essen?«

Der Gesichtsausdruck ihrer Banknachbarin erhellte sich, und über ihre Lippen kam ein herzliches Lachen.

»Marie? Die hat sich schon als Kind die Nudeln am liebsten

selbst gemacht. Nein, ich trinke einen Smoothie, wir reden ein bisschen, und dann gehe ich wieder.«

Anna wandte sich ihr zu. »Vielleicht darf ich Ihnen die Frage stellen, die ich allen stelle?«

»Ob ich glücklich bin?«

»Was Glück für Sie bedeutet.«

Das musste Erika Herzog nicht lange überlegen. »Glück ist der Tag, an dem mein Mann und meine Tochter sich versöhnen.«

Anna richtete ihren Blick auf den Verkehr, der wie ein ewiger Strom durch Walderstadt pulsierte. Sie wollte Frau Herzog gern helfen.

»Was glauben Sie, würde passieren, wenn Sie einfach hier sitzen bleiben würden?«

»Wenn ich hier sitzen bliebe?«

»Ja, genau. Wenn Sie Ihrem Mann nicht das Mittagessen bringen und Ihre Tochter nicht besuchen würden, was passiert dann?«

Erika Herzog faltete ihre Hände im Schoß. »Darüber habe ich noch nie nachgedacht.«

»Denken Sie darüber nach.«

Langsam stand Anna auf. »Es war mir eine Freude, Sie kennenzulernen, Frau Herzog.« Sie reichte ihr die Hand, dann ließ sie die Frau des Buchhändlers zurück.

Noch wollte Anna diesen Tag nicht aufgeben, sondern sich ein wenig mit ihren eigenen Fragen beschäftigen. Allem voran wollte sie ja etwas über J.L. herausfinden. Halley konnte ihr nicht helfen, aber ihr blieb noch eine andere Informationsquelle. Es gab einen Ort, an dem schreibende Menschen immer Zuflucht und auch Antworten finden konnten. Als Kind war sie mit ihrem Vater oft da gewesen. Sie erinnerte sich an das erste Mal. Er hatte ihr mit tiefer Stimme erzählt, dass sie jetzt einen magischen Ort besuchen würden, an dem man verreisen könne, ohne auch nur einen Fuß vor die Tür zu setzen. Dann hatte er sie fest an die Hand genommen und in die öffentliche Bibliothek geführt. Jeder von ihnen hatte sich ein Buch ausgesucht, ohne es dem anderen zu zeigen. Danach hatten sie sich in eine Leseecke gesetzt und sich flüsternd, um die anderen nicht zu stören, die schönsten Passagen vorgelesen. Eines seiner Lieblingsbücher war Jules Vernes *In 80 Tagen um die Welt*, und obwohl es nur Buchstaben in einem Buch waren, konnte Anna die Stimmen des englischen Gentlemans Phileas Fogg und seines treuen Dieners Passepartout bis heute hören. Sehr oft schweiften sie von der Lektüre ab und dichteten eigene Geschichten hinzu. Dann wurde Anna selbst zur Figur der Handlung und spürte die radiergummiartige Haut des Elefanten unter ihren Fingerspitzen, während sie auf seinem Rücken saß und mit ihm das flache indische Gras durchstreifte. Sie fühlte, wie seine großen Ohren ihr Wind zufächelten und die heiße Luft erträglich machten, oder sie badete mit ihm in einem schlammigen Fluss.

Einmal überquerte sie mit ihrem Vater in einem Segelschiff die Weltmeere, und sie gerieten in entsetzliche Stürme auf hoher See. Das Schiff trieb wie ein Kreisel im gierigen Schlund des Wassers, und es grenzte an ein Wunder, dass sie nicht untergingen. Doch am Ende war es ihr Vater, der sie rettete, wie aus jeder anderen, noch so brenzligen Geschichte. Immer hatte er ein gutes Ende gefunden, selbst wenn die Bücher selbst es nicht vorsahen.

Anna sah sich um, es wurde wirklich Zeit, Charlotte in der Bücherei einen Besuch abzustatten. Bevor sie eintrat, hörte sie die Stimme ihres Vaters: »Bibliothekare sind etwas Besonderes, Anna. Sie bewahren die Erinnerung, und sie können in die Zukunft sehen. Also sei immer freundlich zu ihnen.«

Als Anna hereinkam und sie begrüßte, war Charlotte ganz in ihre Arbeit vertieft. Die Bibliothekarin sah auf.

»Anna!«

»Charlotte!«

»Was für eine schöne Überraschung!«

Charlotte war Bibliothekarin mit Leib und Seele. Sie schien jedes Buch genau zu kennen und wusste auch »wo sie wohnten«, wie sie es nannte. Sie konnte Anna sagen, wann ein Buch seine große Zeit gehabt hatte, wann es still geworden war, und ahnte schon im Voraus, wer von den Walderstädtern es als Nächstes ausleihen würde. Anna lachte.

»Dann bist du so etwas wie eine Hellseherin.«

»Ach was«, tat Charlotte ihre Bemerkung ab. »Ich bin nur aufmerksam. Kaffee?«

Anna nickte und folgte ihr.

»Natürlich ist der nicht so gut wie bei Halley«, stellte Charlotte fest, nachdem sie für Anna die Milchkaffee-Taste am Kaffeeautomaten gedrückt hatte. Das hatte Anna auch nicht erwartet, aber als sie wenig später in einem der gemütlichen Sitzsäcke saß, konnte sie sich kaum einen schöneren Platz vorstellen. Charlotte war eine offene, herzliche Person, und sie fanden schnell wieder in ein persönliches Gespräch. Die Bibliothekarin war selbst erst vor gut einem Jahr nach Walderstadt gekommen, weil sie der Großstadt hatte entfliehen wollen. Das Schicksal hatte dafür gesorgt, dass gerade eine Stelle frei gewesen war.

»Ich habe Bibliothekswesen studiert, aber nur ein paar Jahre in dem Beruf gearbeitet und danach alles Mögliche gemacht, sogar mal eine Tankstelle betrieben. Irgendwann habe ich gemerkt, wie sehr ich das alles vermisse: den Geruch von Büchern, das Rascheln der Seiten, geflüsterte Worte und einen Ort, an dem die Zeit langsamer läuft.« Anna unterbrach sie nicht, und Charlotte beschwor die Vorzüge einer Bücherei: »Weißt du, die Hektik kommt hier nicht rein, die müssen alle draußen lassen. Hier bleibt auch das Handy aus. Ich kenne Leute, die kommen extra zum Arbeiten hierher, weil sie sich zurückziehen wollen.«

Elektrisiert sah Anna auf und direkt in Charlottes Augen.

»Dann kennst du bestimmt fast jeden hier in Walderstadt«, sagte sie und fragte Charlotte nach ihrem Künstler. Sie erwähnte, dass sie auf ein Bild mit seinen Initialen gestoßen war und sich für weitere Arbeiten von ihm interessierte. Charlotte hörte aufmerksam zu, zuckte dann aber mit den Schultern.

»Schätzchen, wenn du ein Buch suchst, dann bist du bei mir richtig. Ich finde jeden Autor für dich, samt all seiner Pseudonyme. Ich kenne mich mit geschriebenen Bildern aus, gemalte sind mir ein Rätsel.« Sie führte Anna in die Abteilung mit den Kunstbüchern. »Vielleicht findest du hier etwas. Kommt eben drauf an, wie berühmt dein Künstler ist.«

Die Abteilung war gut sortiert, und Anna schöpfte Hoffnung. Sie machte sich daran, einen Band nach dem anderen herauszuziehen und sich die Werke der Kunstschaffenden anzusehen. Charlotte war wieder an ihren Empfangstresen geeilt, an dem inzwischen ein paar Kinder anstanden, um ihre Bücher zurückzugeben oder verlängern zu lassen. Vor allem mit den Büchern über regionale Maler nahm Anna sich Zeit. Doch nach zwei Stunden musste sie sich eingestehen, dass sie auch hier nichts über ihren rätselhaften J.L. finden würde. Es schien fast, als hätte es diesen Maler niemals gegeben. Wenn da nur nicht die Bilder in ihrer Galerie wären …

Als Anna die Bibliothek verließ, wusste sie nicht mehr als vorher. Charlotte hatte noch einmal beteuert, bisher keinen Künstler mit den passenden Initialen kennengelernt zu haben. Sie versprach jedoch, Augen und Ohren offen zu halten und sich sofort zu melden, wenn sie etwas erfahren sollte.

Nachdenklich fuhr Anna nach Hause und beschloss, J.L. nun die fällige Antwort zu schreiben, auch ohne mehr von ihm zu wissen. Sie musste geduldig sein. Der Mann hielt sein Leben offenbar sehr geschickt vor seinen Mitmenschen verborgen, und das sollte sie respektieren. Um ihn kennenzulernen, würde sie weiterhin auf die Sprache seiner Bilder setzen müssen und natürlich auf seine Briefe, von denen hoffentlich noch mehr kommen würden. Es war wirklich höchste Zeit, ihm zu antworten.

Verehrter Künstler,

ich kann nicht anders, ich muss FREUDE an dieser Stelle in großen Buchstaben schreiben. Ich freue mich, dass Sie sich zu einer Antwort entschließen konnten. Sie wollen wissen, was ich in Ihren Bildern sehe ...
In erster Linie sehe ich Sie! Ich sehe Sie, wie Sie den Pinsel über die Leinwand führen, Ihre ruhige Hand. Was Sie malen, scheint viel mehr zu sein, als ich sehen kann. Ich ahne samtene Schatten und irgendetwas dazwischen, das ich nicht deuten kann. Es ist, als wäre da eine Welt in der Welt. Ich, als Schreibende, würde sagen, es gibt ein Leben zwischen den Zeilen, irgendwo unter der Oberfläche. Sie malen den See. Sie malen ihn so, als würde er atmen. Aber ich spüre, dass meinen Blicken etwas verborgen bleibt, und ich glaube, es geht um den See – und es geht um mehr als nur um den See.
Ach, was bin ich nur für eine erbärmliche Schreiberin?
Bitte antworten Sie mir, ich will versuchen, bis dahin ein paar Worte wiederzufinden.

Herzlich
Ihre
Anna Wortlos

PS: Verraten Sie mir, wie lange Sie schon malen?

Anna steckte ihre Antwort in ein Kuvert und schob es unter den Rand ihres Wortgemäldes. Man konnte den Umschlag nicht übersehen, der Künstler würde ihn sofort finden. Wie sie so dastand, mit etwas Abstand zu den Bildern, schien das Wortbild die anderen auch nicht mehr so sehr zu stören, sondern sich mit den Werken des Künstlers J.L. angefreundet zu haben.

Als wenig später das Telefon klingelte und Maximilian dran war, hoffte Anna inständig, dass er ihr pochendes Herz nicht hören konnte. Es würde ihm nicht gefallen, dass sie dem Künstler schrieb, aber immerhin hatte sie ein starkes Argument: Er hatte ihr auch geschrieben! Doch als Maximilian schließlich nach einem weiteren Treffen fragte, sagte sie schnell ab, denn ein zweites Date würde ihm vielleicht falsche Hoffnungen machen. Außerdem konnte und wollte sie ihm nicht unter die Augen treten, wo sie doch gerade erst wieder gegen seine Anweisungen verstoßen hatte.

13. KAPITEL

Stört ein Bild das andere? Denk nicht darüber nach, Anna. Ich stecke meine Bedenken jetzt in die hinterste Schublade meines Kopfes – und mache zu. Und was ist mit Maximilian? Ich mag ihn. Antonia hat gesagt, man entscheidet innerhalb von Sekunden, ob man sich verliebt oder nicht. Aber bei ihm macht mein Herz einfach keinen Mucks.

Ah, die Glücksbotschafterin gibt sich die Ehre.« Anna erschrak. Sie war gerade ausgestiegen, hatte sich aber noch einmal über die Fahrerseite ins Auto gebeugt, um die Flasche Bordeaux vom Beifahrersitz zu angeln. Jetzt drehte sie sich zu schnell um und knallte mit dem Kopf gegen den Türrahmen.

»Autsch, verdammt!« Sie rieb sich den Kopf. Mark eilte auf sie zu und untersuchte vorsichtig die Stelle an ihrem Kopf. Im ersten Moment ließ sie es geschehen, spürte die tastenden Berührungen seiner Hände. Doch seine Zärtlichkeit irritierte Anna, und sie schob seine Hand sanft zurück.

»Ist schon gut.«

Sie sah ihn an, fand in seiner Miene aber keine Spur von Ironie.

»Tut mir leid, das wollte ich nicht.« Es klang ehrlich.

»Kein Problem, ist ja noch alles dran.«

Einen Moment lang blieb sie unschlüssig stehen. Es war das erste Mal, dass sie sich begegneten, ohne dass er zynisch wurde, und gerade jetzt hatte sie so wenig Zeit. Das Café Komet hatte geschlossen, und Halley wartete sicher schon auf sie. Anna hatte zu Hause viel zu lange nach ihrem grünen Schal gesucht, war sogar bis auf den Steg gelaufen. Sie konnte sich nicht mehr erinnern, wann sie ihn zum letzten Mal gesehen hatte. Bis zur letzten Sekunde hatte sie gesucht, um dann doch ohne ihren Schal ins Auto zu springen. Und gerade jetzt tauchte Mark auf und war in ungewohnter Plauderstimmung. Was machte der eigentlich hier?

»Ich habe leider keine Zeit, Mark. Unsere Begegnungen scheinen unter keinem besonders guten Stern zu stehen.«

Mark hatte die Arme vor der Brust verschränkt und beobachtete sie aufmerksam. »Das würde ich so nicht sagen.«

Ihre Blicke trafen sich, und Anna verspürte das dringende Bedürfnis, etwas zu erwidern, irgendetwas, egal was.

»Was war das eigentlich zwischen Ihnen und Jasper kürzlich auf dem Fest?«

Mark machte einen Schritt zurück. Die Nähe, die Anna vor einer Minute noch gespürt hatte, war seiner üblichen Verschlossenheit gewichen. Wieder begegnete sie seinem unergründlichen Blick. Bernsteinaugen. Hastig löste sie die Verbindung. An genau so einem Abend hatte sie sich in Philipp verliebt. Wolken, dazwischen ein paar Sterne. Die laue Nachtluft hatte sie gestreichelt. Anna war schüchtern gewesen. Philipp hatte ihre Hand genommen, und ihr war schwindelig gewesen vor Glück. Leise seufzte Anna. Das alles schien in einem anderen Leben passiert zu sein.

»Das ist privat.«

Marks Antwort katapultierte Anna in die Gegenwart. Einen Moment lang musste sie überlegen, was sie überhaupt gefragt hatte. Ach ja, es ging um Jasper. Sie hatte auch nicht erwartet, dass sich Mark erklären würde. Er lehnte an der Laterne, die Arme vor der Brust verschränkt. Dabei sah er sie unentwegt an. Etwas in seinem Blick ließ Anna schaudern.

»Kein Problem. Ich habe nicht erwartet, dass Sie es mir erzählen. Aber jetzt müssen wir unseren kleinen Plausch leider beenden. Ich bin mit Halley verabredet und sowieso schon spät dran.«

Wortlos hob Mark die Hand, und Anna klemmte sich die beiden Flaschen unter den Arm und marschierte in Richtung Komet.

Die Wohnung lag direkt über dem Café. Halley begrüßte Anna mit einer Umarmung. Es war ungewohnt, sie nicht in einer ihrer Kometenschürzen zu sehen. Die private Halley trug verwaschene Jeans und einen Pullover in Royalblau, der ihre roten Haare lodern ließ. Sie stiegen in den ersten Stock. Den Flur schmückten unzählige verschnörkelte Bilderrahmen in verschiedenen Größen, die offenbar Fotos der Familie zeigten. Halley als Kind, unverkennbar mit ihren roten Haaren und noch mehr Sommersprossen, in den Armen ihrer Großmutter. Auf einem Foto kreuzten sie ihre Kochlöffel, auf einem anderen stand Halley auf einem Stuhl und rührte in einer großen Schüssel. Bilder einer glücklichen Kindheit, dachte Anna und folgte Halley in die Küche. Diese wurde von einem massiven, quadratischen Holztisch beherrscht. Acht Stühle daran, jeder anders und sehr bunt. Auf dem Tisch hatte Halley ein Büfett aufgebaut, das für eine Großfamilie gereicht hätte. Anna atmete laut ein.

»Sag mal, wer soll das alles essen?«

Halley lachte. »Na, wir! Wir machen es uns richtig gemütlich. Das habe ich schon ewig nicht mehr gemacht. Ich bin ja nur noch in diesem Café da unten.« Sie entkorkte den Wein, schenkte ein und hob ihr Glas. Dann sagte sie feierlich: »Auf unsere frische Freundschaft.«

»Auf unsere Freundschaft.«

Anna freute sich ehrlich über dieses offene Freundschaftsbekenntnis. Sie hatte zu Halley sofort eine Verbindung gespürt. Manchmal, nicht oft, gab es das zwischen Frauen.

»Weißt du, wen ich gerade unten getroffen habe?« Sie wartete Halleys Antwort gar nicht erst ab. »Mark.«

»Mark?« Halley machte ein überraschtes Gesicht. »Was macht der denn hier?«

»Vielleicht steht er auf dich?«

Energisch schüttelte Halley den Kopf. »Niemals. Jeder in Walderstadt weiß, es passt kein Blatt zwischen Georg und mich.«

Anna stellte ihr Glas ab. »Ja, das glaub ich auch. Georg ist heute beim Schachspielen?«

»Dienstags immer.«

Wenn Halley noch etwas sagen wollte, hielt sie es zurück, betrachtete nur nachdenklich ihr Glas und ließ ihre Finger über den dünnen Rand gleiten. Dann nippte sie noch einmal am Wein und wedelte mit der Hand über das Büfett, während sie sagte: »Also greif zu. Ich hoffe, es schmeckt dir.«

Anna war froh, endlich etwas essen zu können, denn der Alkohol stieg ihr bereits zu Kopf. Die Auswahl ließ keine Wünsche offen. Zartes Blätterteiggebäck traf auf eingelegtes Gemüse, Lachsröllchen, gefüllte Teigtaschen, bunten Linsensalat, duftiges Soufflé und Carpaccio. Zum Nachtisch gab es natürlich Brioches mit Erdbeereinschlag. Hemmungslos stürzte sich Anna ins Geschmacksvergnügen. Halley war nicht nur eine begnadete Bäckerin, sie konnte auch kochen. Kauend fragte Anna: »Also, Halley, was machst du, wenn du nicht gerade kochst oder backst?«

Erst sagte Halley gar nichts. Anna erschrak. Sie hatte ihrer Freundin nicht zu nahe treten wollen. Doch offensichtlich hatte sie mit ihrer Frage einen wunden Punkt getroffen. Ruckartig stand Halley auf und nahm Annas Hand.

»Komm. Und nimm dein Glas mit. Du wirst es brauchen.« Sie

zog Anna mit sich in das Zimmer nebenan. »Das Zimmer der Erinnerungen«, sagte Halley leise.

Sie setzten sich im Schneidersitz einander gegenüber auf einen verschlissenen Teppich, und Anna staunte. Barocke Tapeten blühten in wilder Pracht an den Wänden, ein Sofa mit rotem Samtbezug und eine große Kommode mit vielen Schubladen ließen den Raum wie ein überbordendes Mädchenzimmer aus vergangenen Zeiten wirken. Halley zog eine der unteren Schubladen auf, fischte etwas heraus. Es war ein oft geknuddelter Teddybär. Aus anderen Schubladen zog sie einen alten Taschenspiegel mit Monogramm, ein Fotoalbum, ein Buch mit Widmung, eine Porzellanpuppe, abgewetzte Ballettschuhe, eine Mundharmonika mit Gravur, eine gelbe Babydecke, ein Medaillon mit einem vergilbten Foto und einen roten Seidenschal. Anna erinnerte sich blitzartig.

»Den habe ich dir damals gegeben!«

Halley nickte zustimmend. »Hab noch nicht herausgefunden, wem er gehört. Zurzeit ist im Komet zu viel los, ich komme kaum noch dazu, mich um die Sachen zu kümmern.«

Wehmütig dachte Anna an ihren grünen Schal. Vielleicht würde der ja auch in einer dieser Schubladen landen. Behutsam legte Halley die Sachen vor sich auf den Boden. Lauter gebrauchte, lieb gewonnene Dinge, die ihren Besitzern viel bedeutet haben mussten. Es waren allesamt Schätze. Anna hätte ohne zu überlegen ihre Lupe dazulegen können, sie wäre nicht aufgefallen.

Anna beobachtete Halley, deren Blick auf einen Punkt in der Ferne gerichtet war. Sie war mit ihren Gedanken woanders, und Anna hätte gerne gewusst, wo. Gerade wollte sie fragen, da begann Halley von selbst zu sprechen.

»Ich finde die Sachen oder sie finden mich, das kann man sehen, wie man will. Dann suche ich die Eigentümer. Einige melden sich, andere nicht. Manche lassen die Sachen vielleicht sogar absichtlich bei mir im Café zurück. Dann wollen sie sich vielleicht von einem Stück Vergangenheit trennen. Wenn ich die Eigentümer ausfindig mache, erzählen sie mir von ihren verlorenen Dingen. Aber die Suche ist nicht einfach. Ich frage im Café herum, manchmal gibt es Gravuren auf den Gegenständen, dann habe ich immerhin einen Hinweis. Du glaubst gar nicht, was man alles verlieren kann, Anna.« Ihre Stimme war leiser geworden, und, für Anna völlig unerwartet, liefen Tränen über Halleys Wangen. Sie hauchte: »Wir haben ein Kind verloren. Georg und ich.«

Sofort schossen Anna Tränen in die Augen. Denn obwohl sie Halley noch nicht lange kannte, fühlte sie einen Stich im Herzen. Halley tat ihr unsagbar leid, und tröstend legte Anna einen Arm um ihre Schultern.

»Das ist ja entsetzlich!« Alle weiteren Worte blieben ihr im Hals stecken. Es gab nichts, was sie Halley sagen konnte, was sie getröstet hätte. Halley weinte, Anna hielt sie und weinte mit. Sie fühlte Halleys rasenden Schmerz und unendliche Traurigkeit. Anna dachte das, was wohl alle denken mussten: Halley und Georg wären wunderbare Eltern.

Es dauerte lange, bis Halley sich beruhigt hatte. Dann nahm sie die Schultern zurück und atmete laut aus. »So, jetzt weißt du es.«

Betroffen nickte Anna und nahm den Arm von Halleys Schulter. Sie zog ein Taschentuch aus ihrer Hosentasche und reichte es ihrer Freundin. Halley putzte sich lautstark die Nase.

»Unser kleines Mädchen war noch nicht einmal geboren. Ich habe es im siebten Monat verloren, und ein Teil von uns, von Georg und mir, ist mit ihr gestorben. Wir haben einen Teil unseres Lebens verloren, Anna. Und es vergeht kaum ein Tag, an dem wir sie nicht vermissen.«

Anna war zutiefst betroffen, als Halley ihr erzählte, dass sie das Kind auf normalem Weg hatte zur Welt bringen müssen. Halley erzählte von den schwärzesten Stunden ihres Lebens, deren dunkle Schatten noch immer über ihr und Georg lagen, obwohl es fünf Jahre her war.

»Irgendwann hat Georg angefangen, Schach zu spielen, um sich abzulenken. Ich glaube, es klappt ganz gut«, schniefte Halley. »Und ich sammle die Vergangenheit anderer Leute und versuche, ihnen etwas zurückzugeben. Na ja, jeder hat seine eigene Art der Trauerbewältigung.«

Vorsichtig nahm Anna Halleys Hand und sagte: »Aber ihr könnt doch immer noch Kinder haben.«

»Was glaubst du, was wir die ganze Zeit versuchen?« Halley zuckte hilflos mit den Schultern. »Es klappt nicht. Und jetzt stell dir mal unsere Gäste vor, Anna. Wenn sie mich mit Unschuldsmiene fragen: ›Wollt ihr keine Kinder?‹ Und dann fügen sie immer hinzu, Georg und ich seien doch so ein wunderbares Paar.« Umständlich stützte sie ihre Hände am Boden ab, stemmte sich nach oben, reichte Anna die Hand und zog sie mit sich aus dem Zimmer.

In der Küche fand Halley ihr Lächeln wieder. Anna konnte nicht anders, sie bewunderte die Freundin für ihre Haltung. Sie ließ sich nicht unterkriegen. Anna trank noch einige Gläser Wein an diesem Abend und erzählte ausführlich von ihrer Arbeit als Glücksschreiberin. Sie vertraute Halley sogar an, dass ihre beständige Glückssuche mit dem frühen Tod ihres Vaters zusammenhing.

»Du hattest recht. Jeder trauert auf seine Art«, sagte Anna, und diesmal war es Halley, die sie in den Arm nahm.

Als Anna die kleine Wohnung über dem Café verließ, hatte sie das Gefühl, auf einem Schiff zu stehen. Alles um sie herum wankte und sie fühlte eine leichte Übelkeit. Was sie brauchte, war frische Luft. Halleys Schicksal hatte sie zutiefst berührt.

Draußen prallte Anna auf die frische Nachtluft. Doch die erhoffte Ernüchterung brachte das nicht. Sie mühte sich verzweifelt, den Schlüssel in das Schloss ihres Minis zu stecken. Sie schaffte es nicht und musste sich eingestehen, dass sie vielleicht doch etwas zu viel von dem Bordeaux erwischt hatte. Genau genommen hatte sie die Flasche fast allein getrunken, während Halley auf Schorle umgeschwenkt war. Sie vertrage nichts, hatte sie gesagt, und das hätte auf Anna auch zugetroffen. Aber ein guter Wein war wie ein toller Mann, den konnte man nicht so einfach stehen lassen. Umständlich zog sie ihr Handy aus der Jackentasche, um sich ein Taxi zu rufen.

»Kann ich helfen?«

Anna zuckte zusammen, die Stimme grub sich sofort in ihr Bewusstsein.

»Mark!« Sie hob in gespielter Strenge den Zeigefinger. »Müssen Sie nicht längst im Bett sein, Mahark?«

Mark grinste. Durch den Nebel in ihrem Kopf registrierte Anna, dass er sich über sie lustig machte.

Sie zog die Stirn kraus. »Sie brauchen gar nicht so zu lachen, jaha!«

Abwehrend hob Mark die Hände. »Nichts liegt mir ferner. Ehrlich! Darf ich Sie trotzdem nach Hause fahren? Ich glaube, Sie sollten selbst nicht mehr ...«

Anna sah ihn böse an, zumindest versuchte sie einen Gesichtsausdruck, der dem am nächsten kam. »Sie werden die Situation aber sicher nicht ausnutzen.«

»Niemals.« Er legte drei Finger auf sein Herz. Durch den Dunst ihrer Wahrnehmung dachte sie: Er hat Schokolade in den Augen. Sie kicherte.

»Okay.« Anna warf ihm die Schlüssel zu. Er fing sie auf, eilte zur Beifahrertür und öffnete sie. Dann half er Anna beim Einsteigen, was sich als kompliziert herausstellte, weil sie immer mit dem Kopf zuerst in den Wagen wollte. Sie lachte sich kaputt.

»Das ging doch sonst viel einfacher.«

Schließlich krabbelte sie umständlich auf den Beifahrersitz, und Mark schob ihre Beine hinterher. Erleichtert ließ sich Anna in den Sitz sinken, nannte ihm ihre Adresse und schlief auf der Stelle ein.

14. KAPITEL

Wenn man sich an die letzte Nacht nicht erinnern kann, ist das Glück? Wie konnte ich nur so dämlich sein?

Anna wurde durch den lauten Piepston ihres Anrufbeantworters geweckt.

»Hi, hier ist Antonia, schläfst du noch? Danke für deine Nachricht, aber diese Woche wird das jedenfalls nichts mit unserem Kaffeetrinken. Die Jungs sind krank und ich jongliere Praxis und Mamajob.« Sie gluckste. »Gestern habe ich mich schon mit meinem Praxisnamen hier zu Hause am Telefon gemeldet. Aber nächste Woche könnte es klappten. Ich melde mich, ja?«

Bevor Anna die Augen öffnete, versuchte sie, sich an den gestrigen Abend zu erinnern. Sie war bei Halley gewesen und dann hatte sie Mark ... Mark! Anna riss die Augen auf und stützte sich auf ihre Ellenbogen. Sie lag komplett angezogen auf dem Bett. Auf dem Nachttisch fand sie ihre Autoschlüssel, ein Glas Wasser, ein Aspirin und eine Nachricht: *Gute Besserung, Mark.*

Anna ließ sich zurück ins Kissen fallen. Was mochte dieser Mann von ihr halten? Doch die viel entscheidendere Frage war: Warum war es ihr überhaupt wichtig, was er von ihr hielt?

In der Küche kochte sich Anna einen starken Espresso, mit dem sie sich ans Küchenfenster stellte. Immerhin war der Blick in den Garten erfreulich. Ihr Garten gedieh inzwischen prächtig.

Sie jubilierte innerlich. Es machte also gar nichts aus, dass sie die Ratschläge ihrer Mutter nicht befolgt hatte. Die Natur fand immer einen Weg. Anna kochte sich einen zweiten Espresso. Sie nahm ihn mit und tapste damit in die dunkle Galerie. Sie erwartete nichts und sie erwartete alles.

Was sie sah, war wieder eine Überraschung: Nur ein einziges Bild des Malers hing auf einer Seite, ihr Wortbild auf der anderen Seite. Vis-à-vis: Wort und Bild.

Um das neue Bild zu betrachten, trat Anna näher, es zog sie sofort in seinen Bann. Unbändig verschlangen sich die Äste der Bäume miteinander, gemalt im tiefsten Schwarz. Ungestüme Auswüchse bedeckten wirr die Leinwand, und durch all das Durcheinander leuchtete der See – und etwas anderes …

Sie kniff die Augen zusammen und konnte es doch nicht richtig erkennen. Es schien über dem See zu schweben und war winzig klein, wie aus einem Miniaturgemälde. Anna ging näher. Täuschte sie sich, oder war da ein Tupfen Farbe im Bild? Sie starrte auf die Malerei, aber sie konnte die Miniatur nicht erkennen durch all das Gewirr der Äste. Sie holte ihre Lupe und hastete damit zurück in die Galerie.

Sie richtete das Vergrößerungsglas auf die Stelle im Bild und hielt den Atem an, nur um eine Sekunde später hörbar auszuatmen. Das, was da zwischen den Ästen leicht wie ein Hauch über dem See schwebte, war ihr grüner Seidenschal, den sie seit Tagen vermisste! Der Schal wogte in filigranen Wellen im Wind, direkt über dem See. Anna ließ die Lupe sinken. Was sollte sie davon halten? Hatte er den Schal von ihrer Terrasse genommen oder war er ihm zufällig irgendwo entgegengeweht?

Was hatte das zu bedeuten? Seine Antwort auf ihren letzten Brief stand noch aus. Schnell holte sie ein Blatt Papier und schrieb eilig darauf:

Verehrter Maler,

können Sie mir bitte sagen, was mein Schal in Ihrem Bild verloren hat? Ich gebe zu, ich bin verwirrt.

Ratlose Grüße
Anna

PS: Den echten hätte ich gern zurück.

Innerlich aufgewühlt rief Anna bei Antonia an, deren Anrufbeantworter allerdings mit monotoner Gleichgültigkeit verkündete, dass sie nicht zu Hause sei, aber gaaaanz bestimmt bald zurückrufe. Ohne eine Nachricht zu hinterlassen, legte Anna auf. Kurz dachte sie daran, sie auch auf dem Handy anzurufen, ließ es dann aber doch. Wie hätte sie ihrer Freundin auch erklären sollen, was passiert war? Antonia würde von einem Zufall sprechen. Schließlich sei ein grüner Schal nicht einzigartig. Jeder Maler könne ihn beliebig in sein Bild malen.

Noch einmal kehrte Anna zu dem Bild zurück und untersuchte es akribisch. Der Schal erweckte das Bild irgendwie zum Leben. Anna fühlte sich an die Minibriefe ihres Vaters erinnert. Sie hielt die Lupe fest in der Hand. Früher hatte sie in einer Schachtel gelegen, die mit dunkelblauem Samt ausgeschlagen war. Ihr Vater hatte einen Zettel dazugelegt: *Nimm das Leben unter die Lupe!* Dieses Geschenk eröffnete ihr bis heute völlig neue Einblicke.

Noch einmal richtete Anna die Lupe auf die Stelle. Doch auch der zweite Blick brachte nichts anderes zum Vorschein als ihren grünen Schal über dem stillen See.

Das Telefon klingelte. Anna hob ab, dachte, es sei Antonia, stattdessen war es ihre Lektorin, die im Auftrag des Verlegers anrief. Das hatte ihr gerade noch gefehlt.

»Na, wie schaut es aus?«, fragte sie nach einer kurzen Begrüßung.

»Gut«, sagte Anna und glänzte damit, dass sie ihr erzählte, was Glück auf Finnisch hieß.

Halley war gerade dabei, das Komet abzuschließen, als Anna sich an ihr vorbei ins Café drängte. Sofort merkte Halley, dass etwas nicht stimmte. Sie ließ Anna wortlos herein und sperrte hinter ihr wieder zu.

»Schon wieder da, Anna? Du siehst aus, als wäre der Teufel hinter dir her!«

Anna ließ sich auf einen Stuhl fallen, Halley setzte sich dazu.

»Der Teufel oder etwas anderes.«

»Willst du einen Kaffee oder Tee?« Schon wollte sie aufstehen, da hielt Anna sie zurück und es sprudelte aus ihr heraus. Sie erzählte ohne Pause und ohne darüber nachzudenken von den Bildern, der Galerie, dem Haus am See und dem Maler unter ihrem Dach.

»… und jetzt hat er meinen Schal in sein Bild gemalt. Der Schal, Halley, den ich seit Tagen suche.« Anna schlug mit der flachen Hand auf die Tischplatte und fixierte ihre Freundin. »So, und jetzt sag mir bitte sofort, was du über diesen Maler weißt!«

Mit jedem Satz war Halley blasser geworden. Ihre Sommersprossen schienen aus ihrem Gesicht zu springen, und ihre Stimme klang seltsam fremd, als sie fragte: »Du wohnst im Haus von Jan Lefers?«

Anna starrte Halley an. Als wäre es die einfachste Sache der Welt, hatte Halley gerade den Namen des Künstlers ausgesprochen, nach dem sie schon so lange suchte. »Jan Lefers, so heißt er also.« Erleichtert atmete Anna aus. Endlich hatte sie einen Anhaltspunkt. Schon allein für diese Information wäre Anna Halley am liebsten um den Hals gefallen. Doch das Szenario, das Halley in der nächsten Stunde vor ihr aufbaute, hielt sie davon ab, denn es passte überhaupt nicht zu dem Bild, das Anna bisher von ihrem Künstler gehabt hatte. Das Einzige, was mit der Realität übereinstimmte, war die Tatsache, dass der Künstler sich nicht in der Öffentlichkeit zeigte. Es gab keine Fotografien von ihm, und er kam nie zu seinen eigenen Ausstellungen. Inzwischen wurden seine Werke von Sammlern hoch gehandelt, was sicher auch an seiner Geschichte lag, zu der jeder im Umkreis von einhundert Kilometern etwas beizutragen hatte.

Halley stand auf, schaltete die Kaffeemaschine wieder ein und brachte zweimal Milchstraße an den Tisch.

»Ich weiß natürlich auch nur das, was man sich erzählt. Jan Lefers ist der einzige Sohn des Berufsmusikers Hendrik Lefers und seiner Frau Karin.« Halley setzte sich. »Sie sorgte dafür, dass sich ihr Mann immer gut fühlte, wenn er auf einer der wenigen kleinen Bühnen der Gegend stand.«

»Lief es denn nicht so gut für ihn?«, fragte Anna.

»Na ja, Hendrik selbst war absolut überzeugt von sich. Ich glaube, er spielte einigermaßen Klavier. Aber das Besondere war eher seine Stimme. Darauf fuhren die Frauen voll ab.«

Anna versuchte, sich den Mann vorzustellen, der Jan Lefers' Vater gewesen war. Hatte er mit seiner Stimme vollbracht, was Jan über seine Malerei vermochte?

»Und wann kommt jetzt Jan Lefers ins Spiel?«

Halley ließ sich nicht lange bitten und erzählte, dass der Musiker nicht begeistert gewesen war, als sein Sohn Jan auf die Welt kam.

»Die Ehe litt darunter, dass Karin sich nun nicht mehr so um ihren Mann kümmern konnte. Er betrog sie, und sie verließ ihn schließlich. Jans Mutter hat nie wieder geheiratet und lebte nur noch für ihren Sohn.«

Anna nickte.

»Von seinem Erfolg hat sie aber leider nichts mehr mitbekommen. Sie starb an einer Lungenentzündung.«

»O nein«, hauchte Anna, die sich sofort an den Tod ihres Vaters erinnert fühlte.

»Jan Lefers, der seine Mutter über alles geliebt hat«, erzählte Halley weiter, »brachte es zu einigen beachtlichen Ausstellungen. Und dann …« Anna sah Jan Lefers' Bilder vor ihrem inneren Auge, seine lebendigen und doch so traurigen Bilder.

»Und dann«, fuhr Halley fort, »verliebte er sich in Helen. Sie wurde sein öffentliches Gesicht. Sie stand bei seinen Ausstellungen den Journalisten Rede und Antwort und verhalf ihm dadurch zu der Anonymität, die er suchte. Die beiden waren ein perfektes Paar.« Inzwischen war Halleys Stimme leise geworden. »Bis Helen im See ertrank.«

Anna erschrak. »Sie ist im See ertrunken?«

Die Antwort stand Halley mit aller Deutlichkeit ins Gesicht geschrieben.

»Die Feuerwehr hat sie geborgen und ein Arzt den Tod durch Ertrinken festgestellt. Es gab Ermittlungen gegen Jan Lefers, die aber eingestellt wurden.«

Anna hatte den Atem angehalten, nun stieß sie die Luft aus und starrte ihre Freundin fassungslos an. Halley hatte ihr das alles mit monotoner Stimme erzählt und endete mit den Worten: »Ein paar Leute in Walderstadt geben Jan Lefers bis heute eine Mitschuld an Helens Tod. Sie fragen sich, warum er mit Helen bei dem bevorstehenden Unwetter überhaupt auf den See hinausgefahren ist.«

Manche Schicksale nahmen einem für einen kurzen Moment die Luft zum Atmen oder zum Sprechen, und so brachte Anna kaum mehr als ein Flüstern hervor: »Das ist ja entsetzlich!«

Halley stand auf und kam mit zwei dampfenden Tassen Tee an den Tisch zurück. Eine davon stellte sie vor Anna ab.

»Ich kannte Helen. Jeder kannte sie. Die Leute hier haben sie geliebt. Helen war einfach großartig. Es ist eine einzige Tragödie.«

Anna umschloss die Tasse mit ihren kalten Händen. Fenchelgeruch stieg in ihre Nase. »Danke, dass du es mir erzählt hast.«

»Ach, früher oder später hättest du es sowieso erfahren. Ich wusste nicht, dass du in seinem Haus wohnst. Was wirst du jetzt machen?«

Die Frage erstaunte Anna. »Was soll ich schon machen? Nach Hause fahren.«

»Hast du kein komisches Gefühl mit ihm zusammen in einem Haus?«

»Ich habe keine Angst vor ihm, falls du das meinst.«

»Nein, nein, das meinte ich nicht«, wehrte Halley ab. »Und man darf ja auch nicht vergessen, wie schlimm das alles für Jan Lefers gewesen sein muss.«

Diesen Worten zum Trotz umarmte Halley Anna zum Abschied und flüsterte ihr ins Ohr: »Aber pass trotzdem auf dich auf, ja?«

Anna nickte, und in ihrem Kopf wirbelte alles durcheinander. Unfähig, auch nur einen einzigen klaren Gedanken zu fassen, stellte sie keine weiteren Fragen mehr. Vor allem Halleys letzte Bemerkung irritierte sie.

15. KAPITEL

Die Geschichte von Helen und Jan hat mich traurig gemacht. Der See hat seine Unschuld verloren und das Geheimnis ist gelüftet. Doch was mache ich jetzt mit diesem Wissen? Und außerdem muss ich ein Buch schreiben ...

Anna stellte sich Helen und Jan vor. Ein junges, glückliches Paar. Fast glaubte Anna, das Gesicht von Helen vor sich zu sehen. Sie hatte offenbar alle mit ihrer Begeisterung angesteckt, mit ihrem hellen Lachen und ihrer Lebensfreude. Vage konnte sich Anna nun vorstellen, was in Jan Lefers vorging. Der See war seine Verbindung zu Helen. Indem er ihn malte, beschwor er Erinnerungen herauf. Er konnte die Vergangenheit nicht ruhen lassen, denn das hätte bedeutet, sich von Helen abzuwenden.

Sie bog in die Einfahrt des Hauses ein und stellte den Wagen ab, blieb aber noch einen Moment lang sitzen. Dann folgte sie ganz in Gedanken dem Weg, der sie unweigerlich ans Ufer führte. Diesmal war sie dankbar für die leeren Staffeleien im Wald. Egal welche Bilder sie jetzt gesehen hätte, sie hätte den Anblick nicht ertragen. Sie ging – wie schon so oft – den Steg bis zum Ende und setzte sich auf die vertrauten Holzbohlen.

Dunkel und undurchdringlich lag das Wasser im Schatten der Bäume. Anna beruhigte sich und forschte in ihren Gefühlen.

Weder Angst noch Wut hatten darin Platz. Sie fand in sich, was sie »den guten Ort« nannte. Dort ruhte sie sich aus und schöpfte Kraft.

Als sie wenig später die Haustür aufschloss, ahnte sie, was sie erwartete, noch bevor das Licht Gewissheit brachte.
Für die Wortmalerin stand auf dem Kuvert, das Jan Lefers hinter sein Bild gesteckt hatte. Immer noch war es das Bild, das die winzige Miniatur ihres Lieblingsschals zeigte ... Anna schnappte sich den Umschlag und nahm ihn mit in die Küche. Dort öffnete sie das Kuvert und las seinen Brief ...

Verehrte Wortkünstlerin,

Ihr Schal hat es gut bei mir! Wussten Sie, dass er ein Eigenleben hat? Er flog direkt auf mich zu, offenbar weiß er die Winde zu nutzen. Vielleicht hat er eine Seefahrerseele oder die eines Drachenfliegers? Wie er in meinem Bild gelandet ist, kann ich mir noch nicht erklären. Ich lasse ihn noch ein bisschen bei mir. Aber ich bin zuversichtlich, er wird seinen Weg zurück zu Ihnen finden.
Apropos finden: Haben Sie Ihre Worte wiedergefunden? Die, die Sie mir geschrieben haben, waren jedenfalls vortrefflich. Es stimmt, der See atmet. Ich werde ab sofort Ihre Texte in der Early Bird *lesen. Ich bin gespannt, was Sie schreiben.*

Es grüßt, diesmal mit einem grünen Schal um den Hals
J. L.

PS: Ich male seit meiner Kindheit.

Anna ließ den Brief sinken. Nun, da sie Jan Lefers' tragische Vergangenheit kannte, sah sie das, was er schrieb, mit anderen Augen. Außerdem war er bei Weitem nicht so alt, wie sie gedacht hatte. Er musste kaum älter als sie selbst sein. Sie hatte eine Vorstellung davon, was er meinte, wenn er schrieb, dass der See atme. Behutsam steckte Anna die Nachricht wieder ins Kuvert. Sie würde sich eine Antwort überlegen und darauf bestehen, dass er ihr den Schal zurückgab.

Im Wohnzimmer hörte sie ihre Nachrichten ab. Ihre Mutter hatte angerufen und sie nach Ligurien eingeladen. Automatisch stieg Anna der Duft von warmem Olivenöl in die Nase. Sie wäre jetzt gern dort.

Das erste Mal, seit sie hier wohnte, schloss Anna in ihrem Büro die dichten bodenlangen Vorhänge. Sie wollte nicht nach draußen sehen. Als sie an ihrem Schreibtisch saß, den Kopf auf die Hände gestützt, gestand sie sich ein, dass sie ein großes Problem hatte: Ihr Glücksbuch war zur Nebensache geworden. Sie hatte sich dermaßen in das Schicksal von Jan Lefers vertieft, dass sie kaum einen anderen Gedanken fassen konnte.

Sie schaltete den Computer ein. Jetzt, wo sie seinen Namen kannte und richtig danach suchte, fand sie doch einige Artikel über Jan Lefers im Internet. Über das Unglück war damals in den Zeitungen berichtet worden. Im Gegensatz zu den Gerüchten gab es in den Artikeln aber keinerlei Hinweise, dass dem Künstler eine Mitschuld an dem Unfall gegeben worden war. Die Polizei hatte routinemäßig ermittelt, die Ermittlungen wurden nach kurzer Zeit eingestellt. Jan Lefers war niemals angezeigt worden. In einem Artikel las Anna sogar, dass er bei dem Versuch, Helen zu retten, selbst fast ertrunken wäre. Anna war durcheinander. Sie verstand nicht, warum die Walderstädter, die sie so schätzen gelernt hatte, hinter vorgehaltener Hand immer noch von einer Mitschuld ausgingen.

Sie ging in die Küche und kochte sich einen grünen Tee. Dann rief sie Antonia an. Ein Fehler, wie sich bald schon herausstellen sollte.

»Und was, wenn das ein irrer Psychopath ist? Hast du nicht gesagt, dass da kürzlich so ein Typ vor deinem Fenster herumgeschlichen ist?«

»Du selbst hast mir doch gesagt, dass ich mir das alles nur einbilde, und mich ins Bett geschickt«, schnaubte Anna.

»Da wusste ich ja auch noch nicht, dass in dem See seine Frau ertrunken ist.«

»Ja, ertrunken, aber sie hatte keinen Stein am Fuß!«

Antonias Stimme stellte sich von laut auf schrill um. »Jedenfalls hat der Typ einen Knall, oder?«

Anna hätte sich dafür ohrfeigen können, dass sie ihrer Freundin erzählt hatte, dass Jan Lefers ihren Schal in eines seiner Bilder gemalt hatte. Das klang zugegebenermaßen ein bisschen verrückt. Vor allem, weil er den Schal nicht wieder herausrücken wollte. Aber Antonia hatte ganz eindeutig zu viel Fantasie.

»Antonia, es ist doch nur ein Schal, er hat nicht meine Unterwäsche geklaut!«

»Na, das kommt vielleicht noch«, antwortete ihre inzwischen hysterische Freundin.

Anna verdrehte die Augen, was Antonia zum Glück nicht sehen konnte, und sagte in Nun-reg-dich-mal-nicht-so-auf-Manier: »Ach, vermutlich habe ich den Schal einfach draußen liegen lassen und …«

»Okay, Anna«, kreischte Antonia ins Telefon, »wenn du das alles gar nicht so schlimm findest, warum hast du mich dann angerufen und mir vor zwei Minuten noch die Ohren vollgeheult?«

Darauf wusste Anna auch keine Antwort, und während sie zögerte, um das Richtige zu sagen, legte Antonia auf. Anna nahm es ihr nicht mal übel. Natürlich verhielt sich Jan Lefers ungewöhnlich. Er ließ sich draußen nicht blicken, er malte traurige Bilder, er schwamm nicht im See. Er nahm ihren Schal und malte ihn als Miniatur in sein Bild. Er gehörte nicht zu den Vermietern, die sich mit einem Kuchen vor die Tür stellten. Aber wer konnte ihm das schon verdenken, nach allem, was er erlebt hatte? Sie hatte absolut nichts von ihm zu befürchten, da war sie sich sicher. Sie teilten sogar das gleiche Schicksal. Beide hatten sie einen geliebten Menschen für immer verloren. Sie dachte an ihren Vater, und nicht das erste Mal in der letzten Zeit weinte sie. Trotzdem, und obwohl es schon sehr spät war, zwang sie sich noch einmal an den Schreibtisch. Lange starrte sie auf den Bildschirm und dann, als hätte jemand eine Lampe angemacht, schrieb sie einen Beitrag. Doch diesmal sprach sie darin vom Zwillingsbruder des Glücks: dem Unglück. Wie sein Bruder treffe er einen völlig unerwartet. Er kündige sich ebenso wenig an, sondern schleiche sich von hinten an, um dann gerade in dem Moment zuzuschlagen, in dem der Himmel besonders blau oder das Boot gerade auf den See hinausgefahren sei ...

Genau dann, wenn man sich in Sicherheit wähne, genau dann werfe er sich aus dem Schatten. Nun sei es wichtig, die Dunkelheit zurückzudrängen und dem Glück wieder einen Platz in seinem Leben einzuräumen. Selbst Hesse habe gesagt, man könne den Blick auf das Glück trainieren. *Dressieren Sie Ihren Blick auf das Glück, und Sie werden jeden Tag einen glücklichen Moment mehr erleben*, schloss sie ihren Artikel.

Als sie alles noch einmal überflog, brannten Annas Augen vor Müdigkeit. Obwohl ihr Beitrag für die *Early Bird* diesmal ganz anders war als sonst, schickte sie ihn ab. Die Anspielung auf das Boot hatte sie sich nicht verkneifen können. Genau genommen richtete sich der Text diesmal an Jan Lefers. Er hatte angekündigt, ihre Texte ab sofort zu lesen, und sie wollte nichts unversucht lassen, ihn zu erreichen. Für alle anderen war es einfach eine Metapher.

Anna war inzwischen so müde, dass sie für einige Sekunden im Sitzen einschlief. Sie dachte an ihren Vater und wie sie immer auf seinem Schoß gesessen hatte. Es war der gemütlichste Platz der Welt gewesen. Wenn sie ihren Kopf an seine Schulter gelehnt hatte, konnte sie seinen Herzschlag hören. Er war so stark gewesen, so lebendig. Sie löschte das Licht und fuhr den PC herunter.

Der nächste Tag fing gut an, denn nachdem Anna das Unkraut in ihrem Garten gejätet hatte, tauchte Antonia mit einem Kuchen vor der Tür auf.

»Gugelhupf ist leider der einzige, den ich hinbekomme!«, sagte sie. Anna umarmte ihre Freundin und zog sie zu sich in die Wohnung.

»Komm rein, das ist jetzt genau das, was ich brauche. Wo sind die Jungs?«

»Übernachten bei der Oma.« Antonia schob die Panoramafenster auf, und Anna folgte ihr auf die Terrasse. Ihre Freundin sah sie schuldbewusst an. »Tut mir leid, dass ich so ausgerastet bin, kürzlich am Telefon.«

»Schon vergessen«, winkte Anna ab.

Antonia setzte sich, während Anna Geschirr aus der Küche brachte. »Ich kann dich auch ein bisschen verstehen, aber ich hatte dir ja schon am Telefon erzählt, wie alles abgelaufen ist, und aus der Zeitung weiß ich, dass Jan Lefers keine Schuld trifft. Er wurde nicht mal angeklagt! Ich verstehe die Walderstädter nicht. Das war ein tragisches Unglück, nicht mehr und nicht weniger. Warum geben sie Lefers dann eine Mitschuld?«

Antonia schob sich ein Stück Küchen in den Mund. »Ja, aber du weißt auch, wie das so ist im Dorf…«

»Walderstadt ist doch kein Dorf!«, protestierte Anna.

»Ja, aber auch keine Großstadt, in der schnell Gras über so eine Sache wächst, hier scheint es doch etwas anders zu sein, jeder kennt die Geschichte vermutlich.«

»Aber niemand spricht darüber«, konterte Anna. »Es kommt mir so vor, als habe jemand ein großes Tuch über die Vergangenheit gedeckt, unter das bloß niemand schauen soll.« Sie seufzte.

»Und wie steht es eigentlich mit deinem Buch?«

Über den plötzlichen Themenwechsel zuckte Anna zusammen. Antonia konnte sie nicht anlügen, sie hätte ihr die Wahrheit sofort an der Nasenspitze angesehen.

»Es gibt kein Buch.« Es war das erste Mal, dass sie sich das eingestand.

Entgeistert legte Antonia ihre Gabel auf den Teller.

»Was meinst du damit, es gibt kein Buch? Wurde der Vertrag aufgelöst, ich dachte …«

Jetzt, als ihre Freundin sie so direkt ansprach, fühlte sich Anna wie die größte Versagerin im Universum. Vor ihr saß eine Frau, die auf ihrem Gebiet eine Koryphäe war, die ihren Kindern eine gute Mutter war, und sie selbst schaffte es nicht einmal, ein einziges Buch zu schreiben.

»Nein, der Vertrag wurde nicht aufgelöst. Im Gegenteil, den Vorschuss habe ich fast schon komplett ausgegeben. Aber ich kriege es einfach nicht hin, Antonia. Ich bin unfähig, dieses Buch zu schreiben!«

»Ach, Quatsch. Das ist dein Thema. Wieso solltest du nicht darüber schreiben können?«

Diese Frage konnte Anna auch nicht beantworten. »Wirklich, ich habe es versucht. Mehrmals. Es geht nicht. Mir … mir fehlen die Worte. Ich weiß nicht, wie ich anfangen soll. Ich finde keine Struktur. Alles, was ich habe, sind ein paar Seiten zusammenhangloser Text, Fragmente, nicht mehr.« Noch während sie

sprach, beobachtete sie ihre Freundin, die aufgestanden war.
»Willst du gehen?«, fragte Anna verzweifelt.

»Ach was. Wir begeben uns augenblicklich in dein Arbeitszimmer und entwerfen ein Konzept für dein Buch.«

Die nächsten Stunden waren die effektivsten, die Anna in den letzten Wochen erlebt hatte. Antonia besaß die Gabe, Ordnung in ihre Gedanken zu bringen. Sie hinterfragte Annas Überlegungen und strukturierte sie in Themenbereiche. Erst auf dem Papier und dann auf dem Bildschirm entstand Stück für Stück ein Baumdiagramm, das die Punkte sortierte und eine Reihenfolge bestimmte. Es gab Raum für persönliche Schlussfolgerungen aus den Interviews, Spalten für wissenschaftliche Erkenntnisse und Infoboxen mit kurzen, prägnanten Sätzen, denen sie den Namen *Glück to go* gaben. Hier wollte Anna – ganz nach Hesse – den Blick ihrer Leser für die täglichen Glücksmomente sensibilisieren. Es war mitten in der Nacht, als sie endlich fertig wurden. Antonia musste trotzdem nach Hause fahren. Die Oma würde die Kinder morgen bringen, und die Praxis wartete ebenfalls.

Anna umarmte sie. »Du bist die Beste!«

»Ich weiß.« Antonia grinste und gähnte gleichzeitig. »Aber jetzt muss ich los. Und du fängst ab morgen damit an, das Konzept mit deinen Worten zu füllen. Alles klar?«

»Das krieg ich hin. Ich habe ja auch noch ein bisschen Zeit, bis der Verlag etwas von mir sehen will.«

Doch das Unglück schleicht sich von hinten an, genau dann, wenn man am wenigsten damit rechnet. Anna hätte es wissen müssen.

In ihrem Fall kam das Glück gleich am nächsten Morgen in Form einer Nachricht ihres Verlegers auf ihrem Anrufbeantworter. Seine Stimme klang euphorisch, als er ihr eröffnete, ein guter und einflussreicher Freund beim Radio interessiere sich bereits jetzt für das kommende Buch, weil man eine Beitragsreihe zum Thema Glück plane. Deshalb brauche er den Text, alles, was sie habe, schon am nächsten Tag.

»Liebe Frau Thalberg, machen Sie sich keine Sorgen, wenn er noch nicht ausgereift ist. Ich möchte ja nur eine Vorstellung davon vermitteln, an was für einem fabelhaften Titel Sie dran sind. Schicken Sie mir einfach alles, was Sie bis jetzt haben.«

Anna blickte auf die Baumstruktur, die sie die gesamte Nacht gekostet hatte, und das Bild verschwamm vor ihren Augen.

16. KAPITEL

Weg. Ein Gedanke. Drei Buchstaben.

Wie in Trance hatte Anna ihren Koffer gepackt, den Laptop in den Rucksack geschoben und war mit diesem Gepäck zum Münchner Flughafen gefahren. Dort hatte sie den nächsten Flug nach Genua gebucht. Dass sie dafür einige Stunden im Terminal hatte zubringen müssen, hatte sie nicht gestört. Wie eine Touristin bummelte sie durch die Läden, blätterte in Zeitungen, probierte Parfums aus und nahm einen kleinen Imbiss zu sich. Sie zwang sich, ihre Gedanken nach vorne zu richten, auf gar keinen Fall wollte sie an ihren Schreibtisch denken. Nicht an ihn und auch nicht an ihren Verleger, der dringend auf ihren Rückruf wartete. Seinen Anruf hatte es nicht gegeben. Sie hatte ihn nicht gehört, denn sie war bedauerlicherweise schon auf dem Weg nach Ligurien gewesen, auf Einladung ihrer Mutter.

Als sie nun in Genua aus dem Flugzeug stieg, schienen der Verlag, der Künstler und sogar Walderstadt in ein anderes Leben zu gehören.

»Verdrängung gehört zu den elementarsten Dingen der Menschheit«, hatte ihr Antonia einmal erklärt. »Vor allem intelligente Menschen verfügen über die Fähigkeit, Dinge gedanklich beiseitezulegen. Sie parken sie in einer Schublade ihres Gehirns, um sich später, zur passenden Zeit, damit zu befassen.«

Anna lachte, als sie jetzt daran dachte. In den nächsten Tagen würde sie ihrer Freundin eine Nachricht schicken, um ihr zu verraten, wo sie war. Vermutlich würde Antonia wenig Verständnis für Annas Flucht haben. Doch bevor Anna weiter darüber nachdenken konnte, was *genau* Antonia alles sagen würde, schob sie die gedankliche Schublade entschieden zu.

Die Luft war anders, ebenso das Licht und die Geräusche.

Auf dem Weg zur Autovermietung glaubte Anna schon, den salzigen Wind, der vom Meer herüberwehte, zu spüren. Weich spielte er in ihren Haaren und streichelte ihre Wangen. Wie zum Trost, dachte Anna und schloss die Augen. Es war warm, viel wärmer als in Walderstadt. Sie wählte einen Mietwagen aus, schloss ihn auf und verfrachtete ihr Gepäck in den Kofferraum. Dann setzte sie sich ans Steuer und startete den Wagen.

Nachdem sie das genuesische Labyrinth aus Tunnelstraßen hinter sich gelassen hatte, folgte sie der Küstenstraße von Genua Richtung Westen.

Tief atmete Anna die Meeresluft ein. Sie war ungefähr fünf gewesen, als sie das Meer zum ersten Mal gesehen hatte. Genau wie heute hatte es damals im Sonnenschein geglitzert, und ihr Vater hatte ihr eine Geschichte darüber erzählt, dass es in den Weltmeeren genauso viele Diamanten wie Sterne am Himmel gab. Doch nur an solchen Tagen, an denen die Sonnenstrahlen den Grund des Meeres erreichten, reflektierten sie das Diamantenlicht und es schimmerte an der Oberfläche des Wassers.

Nur nachts, wenn die Sterne ihr Licht anknipsten, hüllte sich das Meer in einen dunklen Mantel aus Samt und Seide, auf dem dann das Sternenlicht und das Mondlicht funkelten.

Die Straße schlängelte sich an der Küste entlang. Die Saison hatte längst begonnen, und es war entsprechend viel los. Badegäste schoben sich mit Luftmatratzen über die Strandpromenaden,

Motorräder zwängten sich durch den zähen Verkehr, und jeder versuchte, noch einen Parkplatz zu erwischen. Horden von Touristen tummelten sich bereits an den Stränden, und ein Wald aus blauen, gelb-rot gestreiften und bordeauxroten Sonnensegeln flatterte im Wind. In ihren Schatten lagen Tausende sonnenhungriger Meeresanbeter, die diesen Zustand des Körper-an-Körper-liegenden-Nichtstuns Urlaub nannten.

Ihre Mutter hielt sich in dieser Zeit stets fern vom Strand und blieb im Schatten der alten Olivenbäume. Was sie wohl sagen würde, wenn Anna in ein paar Stunden bei ihr ankam? Das Handy lag auf dem Beifahrersitz. Vielleicht sollte sie sie kurz anrufen und sich ankündigen? Anna fuhr in eine Parkbucht und hielt an. Der Blick auf das Meer war atemberaubend, der auf das Display weniger. Zwölf entgangene Anrufe und drei Nachrichten auf ihrer Mailbox. Anna spürte ein unangenehmes Ziehen im Bauch. Ihr Verleger versuchte offenbar seit Stunden, sie zu erreichen. Sie hielt die Luft an und hörte die Nachrichten ab. Literarisch würde Anna sie als »Dramaturgie der Verzweiflung« bezeichnen. Nach anfänglichem Drängen steigerte der Mann sich mit jedem Telefonat in seine Wut hinein. In der dritten Nachricht informierte er sie, dass er den Termin soeben abgesagt hatte, und gebot ihr, sich umgehend bei ihm zu melden. Anna lief es heiß über ihren Rücken. Ihre Verdrängungsschublade hatte sich ein Stückchen aufgeschoben, und sie überlegte, was zu tun sei. Schließlich schrieb sie: *Tut mir leid, bin in Ligurien bei meiner Mutter. Der Empfang ist hier sehr schlecht.* Dann korrigierte sie: *... bin in Ligurien auf dem Land bei meiner Mutter.* Das machte den schlechten Empfang glaubwürdiger. Anna hielt inne und beschloss, den Ball zurückzuspielen. *Ich habe meine Unterlagen leider nicht vor Ort. Warum haben Sie mir nicht früher etwas von dem Pressetermin gesagt? Ich bin untröstlich! Melde mich, sobald ich wieder erreichbar bzw. zu Hause bin.*

Anna las die Zeilen, las sie noch ein zweites und drittes Mal und schickte sie ab. Es stimmte, er hätte ihr schließlich etwas von dem Termin sagen können ... Danach setzte sie sich ins Auto und fuhr weiter.

Lange führte die Straße direkt am Meer entlang, und Anna genoss trotz der vielen Touristen die Fahrt durch die italienischen Küstenorte. Das Leben fand draußen statt. Vor den Restaurants standen kleine Tische, an denen man kalte Getränke, das gute italienische Essen und den Blick auf das Meer genießen konnte. Anna beobachtete eine Frau, die aus ihrem Fenster sah und sich mit einer anderen auf der gegenüberliegenden Straßenseite lautstark und gestenreich unterhielt. Es schien die beiden nicht im Geringsten zu stören, dass eine befahrene Straße zwischen ihnen lag. Auf den kleinen Bänken vor den Häusern saßen die Alten zusammen, und die Kinder liefen barfuß herum. Sie fuhr durch enge Gassen, an die die offenen Fenster und Türen direkt heranreichten, und der typische fein-nussige Geruch des ligurischen Olivenöls stieg ihr in die Nase. Ihr Magen knurrte.

Vor dem Restaurant La cucina di Maria entdeckte Anna einen freien Parkplatz. Dies und ihr Hunger waren Grund genug anzuhalten. Es sprach für das Restaurant, dass sich besonders viele Einheimische darin aufhielten. Trotzdem achtete man nicht auf sie, sondern hielt den Blick weiter auf den Fernsehapparat gerichtet, der in einer Ecke des Raumes hing. Essen und Fernsehen, damit hatte Anna noch nie etwas anfangen können.

Die Kellnerin entpuppte sich als die Küchenchefin Maria höchstpersönlich. Eine typisch italienische Mamma, die hier vermutlich genauso kochte wie zu Hause für die Familie. Sie sprach ein paar Worte Deutsch. Als Anna sagte, sie komme aus der Nähe von München, war die Frau begeistert. »Ik kenne Oktoberefeste, abe Prezel gegessen und Gustina getrunke.«

Anna lachte und erklärte der Wirtin, dass sie vermutlich ein Augustiner Bier meinte. Maria nickte begeistert und schwelgte in ihrer Erinnerung. Inzwischen verfolgten alle im Raum das Gespräch der beiden Frauen, während der Fernseher zur Nebensache geworden war. Gelegentlich wusste einer der Anwesenden etwas beizutragen. Bayern und Italien lagen eben dicht beieinander. Anna hatte einigermaßen Mühe, das Gespräch freundlich zu beenden, um endlich etwas zu bestellen. Ihr Hunger war inzwischen so groß, dass sie einen leichten Schwindel fühlte. Schließlich bestellte sie schmale Bandnudeln, die man hier Trenette nannte und die mit einem knallgrünen Pesto aus Basilikum, Olivenöl, Pinienkernen, Knoblauch und geriebenem Parmesan serviert wurden. Wobei jede Köchin und jeder Koch, der etwas auf sich hielt, streng darauf achtete, dass die Hauptzutat jenes ligurische Basilikum war, das in der Gegend auch angebaut wurde. All das wusste sie von ihrer Mutter, die ihrerseits von Francesco gelernt hatte, dass man das Basilikum am besten mit Pferdemist düngte. Die Blätter wurden noch klein geerntet und gingen mit den übrigen Zutaten des Pestos eine ehrliche und innige Liebesbeziehung ein. Nach der langen Arbeitsnacht mit Antonia und den Ereignissen danach freute sich Anna auf ein gutes Mittagessen und wurde nicht enttäuscht. Maria brachte Anna eine enorme Portion Pasta, die auch köstlich schmeckte. Als Anna zahlte, berechnete Maria ihr einen lächerlich kleinen Preis und verabschiedete sich mit einer festen Umarmung von ihr. »Komme bald wida, ja!«

Anna versprach es und machte sich gut gestärkt auf den Weg. Glück geht durch den Magen, dachte sie.

Es war früher Abend, als sie in den unbefestigten Weg einbog. Er führte mitten durch den Olivenhain hindurch. Die Furchen im Boden erzählten davon, dass es in Ligurien auch sehr kräftig regnen konnte. Dann würde man hier vermutlich nur noch mit Francescos altem Traktor vorwärtskommen. Doch bei diesem Wetter schaffte Anna die wenigen Kilometer ohne Hindernisse in ein paar Minuten. Als sie auf dem Platz vor dem Haus anhielt, klopfte ihr Herz heftig. Sie hätte anrufen sollen. Was würde ihre Mutter, was würde Francesco denken, wenn sie so einfach hier auftauchte? Das hatte sie vorher noch nie gemacht. Sie war überhaupt erst zweimal hier gewesen. Für Anna war Francesco immer ein Fremdkörper geblieben. Wie ein Splitter im Daumen, den sie nicht herausziehen konnte. Einen Augenblick lang blieb sie noch im Auto sitzen und dachte darüber nach, was für eine blöde Idee es gewesen war hierherzukommen.

Dann ging eine Lampe an der Fassade an, die Haustür wurde geöffnet und sie erblickte die Silhouette ihrer Mutter, die sie unter Tausenden erkannt hätte. Anna sprang aus dem Auto und lief ihrer Mutter entgegen, die die Arme weit ausgebreitet hatte.

»Ja, Anna! Wo kommst du denn her?«

Statt einer Antwort warf sich Anna in ihre Umarmung und ließ den vertrauten Geruch ihre Seele berühren.

»Du hattest mich doch eingeladen, oder?«

»Da hast du auch wieder recht. Komm, wir gehen rein. Francesco ist auch da.«

Das Haus war klein, eingeschossig, mit einem mediterranen Ziegeldach und aus den Steinen der Umgebung gemauert. Es fügte sich so perfekt zwischen die Olivenbäume ein, als wäre es irgendwann selbst in den Boden gepflanzt worden. Goldgelbes Licht erleuchtete den gemütlichen Wohnbereich samt Küche. Zwei Schlafzimmer und ein Bad schlossen sich direkt daran an, wie Anna noch von ihrem letzten Besuch wusste. In einem schliefen ihre Mutter und Francesco, das andere Zimmer stand für Besucher bereit.

Francesco stand auf, als Anna hereinkam. Auch er nahm sie in den Arm und klopfte ihr auf die Schulter.

»Schön, dass du da bist, Anna!«

Sie wusste, dass er es genauso meinte. Er hatte sie zusammen mit ihrer Mutter ganz selbstverständlich in den Kreis seiner Familie aufgenommen. Vielleicht spürte er dennoch ihren sanften Widerstand in seiner Umarmung. Wenn es so war, ließ er es sich nicht anmerken.

»Komm, setz dich. Hast du Hunger?« Sein Deutsch war an der Seite seiner Frau mit den Jahren immer besser geworden. Er hatte darauf bestanden, auch ihre Sprache zu lernen, und sogar einige Kurse besucht. Inzwischen redete er mit ihrer Mutter in einer manchmal recht abenteuerlichen Mischung aus Italienisch und Deutsch.

»Nein, vielen Dank. Ich habe unterwegs gut gegessen.«

Trotz ihres Einwandes ließ Francesco es sich nicht nehmen, eine Schale mit Oliven, Weißbrot und Käse auf den Tisch zu stellen. Dann holte er eine Flasche Rotwein aus der Küche. Es wäre unhöflich gewesen, gar nichts zu nehmen, deshalb schob Anna sich ein paar Oliven in den Mund. Sie schmeckten köstlich. Ihre Mutter hatte sich neben sie gesetzt und den Arm um sie gelegt.

»Wann hast du dich denn entschieden herzukommen? Ich dachte, du hättest so viel zu tun mit deinem Buch.«

Anna wand sich und begegnete Francescos dunklen Augen, die sie zu durchschauen suchten. Sie wich seinem Blick aus. »Ich wollte einfach kommen. Das ist alles.«

Ihre Mutter schwieg und Francesco erhob sein Glas. »Dann wollen wir anstoßen. Wir freuen uns, dass du da bist, liebe Anna. Salute!«

17. KAPITEL

Ich muss von allen guten Geistern verlassen worden sein. Wie konnte ich nur auf die Idee kommen, nach Ligurien zu reisen? Jetzt sitze ich hier unter alten Olivenbäumen, und zu Hause tobt ein Verleger.

Als Anna erwachte, wusste sie noch weniger als am Abend zuvor, was sie hierhergetrieben hatte. Sie sah durch das winzige gemauerte Fenster hinaus in den Olivenhain. Es war ein Fehler gewesen hierherzukommen. Sie hätte dem Verleger einfach die Wahrheit sagen sollen. Sie hätte ihm sofort gestehen müssen, dass sie eine Schreibblockade hatte, schon vom ersten Tag an. Dieses Buch stellte für sie eine unüberwindbare Hürde dar. Hier, im Natursteinhaus ihrer Mutter, gestand sie sich das erste Mal ein, dass sie sich übernommen hatte. Der Zeitplan war zu knapp. Bei ihrem Einzug hatte sie den Vertrag schon unterschrieben gehabt, darin war als Abgabetermin Anfang Januar festgelegt. Inzwischen war August, und Anna hatte praktisch nichts auf dem Papier. Sie hätte mit dem Verlag darüber reden können. Stattdessen hatte sie den Mann die ganze Zeit in dem Glauben gelassen, alles wäre in Ordnung. Er durfte, ja, er musste davon ausgehen, dass schon einiges geschrieben war. Anna ließ sich zurück in die Kissen fallen. In was hatte sie sich da hineinmanövriert?

Als sie aufstand und im Pyjama barfuß in die Küche tapste, war Francesco wie erwartet schon draußen. Ihre Mutter stand mit dem Rücken zu ihr und hantierte mit der Mokkamaschine. Kaffeeduft waberte durch den Raum, und das Morgenlicht traf in hellen Streifen auf den Natursteinboden und den Olivenholztisch, an dem sie gestern noch lange zusammengesessen hatten. Die Maserung schimmerte rötlich in den Lichtflecken. Es war ein vergnüglicher Abend gewesen. Am Anfang war es immer gut, da gab es viel zu erzählen. Doch Anna wusste auch von ihren wenigen vorherigen Besuchen, dass mit der Zeit die Themen weniger und die Stimmung angespannter werden würde, und sie wusste auch, dass sie daran einen großen Anteil hatte. Doch gestern war alles gut gewesen. Francesco hatte von der Arbeit erzählt, die er mit dem Beschneiden der Bäume hatte, und ihre Mutter hatte an seinen Lippen gehangen, als er lebhaft von seinen Taggiasca-Oliven geschwärmt hatte. Seine Stimme war melodiös, und Anna ahnte, dass er viele Verehrerinnen gehabt hatte, bevor er ihre Mutter kennengelernt hatte. Doch ihre Ruhe, ihre Gabe, mit wenigen Worten alles zu sagen, hatte ihn wohl mitten ins Herz getroffen.

Ihre Mutter drehte sich um. Die unbändigen Haare, die Anna von ihr geerbt hatte, trug sie mit einem bunten Tuch aus dem Gesicht gebunden. Sie gehört hierher, sinnierte Anna, ihre Mutter Andrea Thalberg sah wirklich aus, als wäre sie niemals woanders gewesen. Sie hatte das Leben in Deutschland hinter sich gelassen.

»Warum bist du hier?«

Anna schrak aus ihren Gedanken. Sie vergaß manchmal, wie direkt ihre Mutter sein konnte.

»Freust du dich nicht?«

Statt einer Antwort deckte ihre Mutter den Tisch. Wie gewohnt, sagte sie nicht viel. Vielleicht war dies ein guter Moment, um offen mit ihr zu reden. Sie waren allein. »Es geht mir nicht so gut, ich …«

Die Tür wurde aufgerissen. »Amore, komm, ich brauche dich draußen.«

Anna sah auf und fluchte innerlich. Francesco hatte wirklich die Gabe, immer im falschen Moment aufzukreuzen. Ohne auch nur einen Moment zu zögern oder den angefangenen Satz von Anna einzufordern, folgte ihre Mutter Francesco nach draußen, und Anna blieb allein zurück. Wie ein Déjà-vu trommelten die Gefühle auf sie ein. Sie war noch nicht so weit, damals nicht und jetzt auch nicht. Francesco hatte ihr wieder einen Strich durch die Rechnung gemacht. Denn er beanspruchte ihre Mutter genau in jenen Momenten für sich, in denen Anna sie am dringendsten brauchte. Das Frühstück blieb unangetastet.

Die ehrwürdigen Olivenbäume ließen sich kaum von Annas wütenden Schritten beeindrucken. Planlos stapfte sie kreuz und quer durch das Gehölz. Glaubte man Francesco, waren diese Bäume viele Hundert Jahre alt. Seine Familie bewirtschaftete den Olivenhain bereits in der vierten Generation. Die Bäume waren ein Teil von ihnen. Die knorrigen Äste erinnerten Anna ein wenig an die Gemälde von Jan Lefers, und sie dachte daran, was sie in Walderstadt zurückgelassen hatte. Das Haus, die Galerie, der See, Halley, all das fehlte ihr bereits nach kurzer Zeit. Keiner würde sich um ihre Blumen im Garten kümmern. Sie hatte sich kindisch verhalten, und sie wusste es. Doch hier war niemand, dem sie es gestehen konnte.

In der Innentasche ihrer Jacke tastete Anna nach ihrer Lupe. Einem Impuls folgend legte sie sich auf den Boden. »Das Leben ist voller Leben«, hörte sie die Stimme ihres Vaters in ihrem Kopf. Winzige, polierte Käfer krabbelten scheinbar ziellos umher, fingernagellange Ameisen zogen schnurgerade über die aufgeplatzte

Erde. Der letzte Regen musste schon eine ganze Weile zurückliegen. Anna verfolgte das Treiben durch die Lupe und getraute sich nicht, den Blick zu heben. Fast leibhaftig spürte sie ihren Vater neben sich. Seinen starken Körper, die Sicherheit, die er ausstrahlte. In diesem Augenblick war ihre Sehnsucht, ihn noch einmal, noch ein einziges Mal in den Arm zu nehmen, so groß, dass ihr das Herz zerspringen wollte. Sie versuchte, sich vorzustellen, was er ihr geraten hätte, und erinnerte sich an einen Satz, den er einmal gesagt hatte: »Am Anfang ist alles klein, Anna.«

Einige Tränen tropften auf den staubigen Boden, und Anna sah durch die Lupe zu, wie die Tierchen vor den Einschlägen zur Seite stoben, schnell aber wieder in ihre Routine zurückfanden. Sie ließen sich nicht von ihrem Weg abbringen. Im Gegenteil, einige zeigten Interesse an den feuchten Flecken, mit denen sich vielleicht etwas anfangen ließ. Anna hatte aus einem kleinen Problem ein großes werden lassen, und statt sich dem zu stellen, war sie weggelaufen. Sie seufzte. Aber damit war das Problem nicht gelöst, sondern nur noch größer geworden. Sie stand auf, steckte die Lupe in ihre Hosentasche und wollte sich gerade auf den Rückweg machen, als sie ihre Mutter auf sich zukommen sah.

Das Tuch hatte sich aus ihren Haaren gelöst, sie trug es jetzt eng um das Handgelenk geschlungen. Die Hände in den Jeans und mit geröteten Wangen, sah ihre Mutter um Jahre jünger aus. Sie strahlte Anna an. »Entschuldige, Anna, ich musste Francesco helfen. Es musste ein Baum gestützt werden und …«

»Du hättest mich ja nicht hierher einladen müssen!«, zischte Anna schärfer als gewollt.

Ihre Mutter zog die Schultern hoch. »Ich dachte nicht, dass du so schnell und dazu noch unangemeldet kommen würdest.«

»Aha. Du lädst mich ein, rechnest aber nicht damit, dass ich komme?« Anna wusste, dass sie ihrer Mutter unrecht tat, und trotzdem sprudelten die Worte schneller aus ihr heraus, als sie denken konnte.

»Anna, was ist los?«

»Interessiert dich das wirklich? Du siehst doch nur noch deinen Francesco. Entschuldige, dass ich hier bin. Ich will dich in deinem Glück wirklich nicht stören! Und Papa scheinst du ja sowieso komplett aus deinem Gedächtnis gestrichen zu haben!« All diese Worte sagte Anna, ohne dass sie den Umweg über ihr Gehirn machten. Sie hatten sich direkt aus ihrem Herzen herausgelöst.

»So denkst du also?«

Sie antwortete nicht, und obwohl die Stimme ihrer Mutter kaum mehr als ein Flüstern war, erhob sie sich glasklar in der Stille. Ihre Mutter ging in die Hocke und zog ihre Tochter mit sich herunter. »Komm, komm, setz dich zu mir.«

Anna ließ es zu. Dann saßen sich Mutter und Tochter gegenüber. Genau so, wie sie sich vor vielen Jahren schon einmal gegenübergesessen hatten. Damals hatte ihre Mutter Annas Hand genommen und ihrer Tochter in die Augen gesehen. So wie jetzt.

»Anna.«

So, wie sie es sagte, so, wie sie ihren Namen sagte, lag ein ganzes Universum ungesagter Worte darin. Anna fixierte den Boden. Die Ameisen machten einen Bogen um ihre Beine, winzige Spinnen huschten vorüber. Alles bewegte sich.

»Anna. Ich weiß nicht, wie ich anfangen soll ... viele meiner Worte sind gestorben, an dem Tag, an dem dein Vater starb.«

Es gab nichts, was Anna hätte darauf erwidern können, nichts, was dem Schmerz in den Augen ihrer Mutter ebenbürtig gewesen wäre. Und die Tränen, die ihrer Mutter nun die Wangen hinabliefen, schienen das Spiegelbild ihrer eigenen zu sein. Sie weinten gemeinsam, so wie am schlimmsten Tag ihres Lebens.

»Ich habe ihn so sehr geliebt. Bis heute gibt es keinen einzigen

Tag, an dem ich nicht an ihn denke. Er wird immer ein Teil von mir sein. Genauso wie du!«

»Aber Francesco …«

»Und ich hatte nicht damit gerechnet, ich hatte niemals damit gerechnet, jemals wieder einen Mann zu treffen, den ich lieben kann. Francesco hat mich eines Besseren belehrt. Er nimmt mich so wie diese Olivenbäume.« Mit den Armen beschrieb sie einen Halbkreis. »Mit all meinen Erfahrungen und Wunden. Ich habe einfach unfassbares Glück gehabt.«

In ihren Augen las Anna das Unausgesprochene: Darf ich das, darf ich Glück haben?

Statt einer Antwort nahm Anna ihre Mutter in die Arme und drückte sie fest an sich. Und für einen kurzen Moment schien die Welt stillzustehen.

Danach blieben sie, wo sie waren, wollten sich nicht loslassen, während Anna von ihrem neuen Leben in Walderstadt und von dem Versuch, ein Glücksbuch zu schreiben, erzählte.

»Ich habe einfach das Gefühl, das ist eine Nummer zu groß für mich«, schloss Anna.

Ihre Mutter schwieg, schwieg lange, und Anna dachte schon, sie würde nichts mehr sagen, doch sie täuschte sich.

»Dann mach es doch so wie immer!«

»Wie meinst du das, wie immer?«

Gedankenverloren strich ihre Mutter ihr eine Haarsträhne aus dem Gesicht, und Anna genoss diese Geste der Vertrautheit.

»Dein Vater hat dir doch ein Werkzeug mit auf den Weg gegeben.«

»Ich verstehe immer noch nicht …«

»Schau genau hin, Anna. Such die Quelle. Das war sein Credo. Er hat dir die Lupe gegeben, um dich immer daran zu erinnern. Für deinen Vater wurde es dann interessant, wenn er die Dinge aus der Nähe betrachtete. ›Da steckt das Gefühl‹, sagte er.«

»Ich soll also den Ursprung des Glücks suchen?«

»Wenn du so willst.«

Anna hob die Hände theatralisch in die Luft. »Aber was ist der Anfang des Glücks?«

»Er ist winzig klein.«

»Der erste Tropfen Kaffee in der Tasse?«, deutete Anna.

»Ein Olivenblatt in der Morgensonne«, antwortete ihre Mutter.

»Ein Gedanke.«

»Ein Gefühl«, sagte ihre Mutter.

»Ein Wort. Ein Wort, das die Kraft hat, einen Satz zu bilden. Einen guten Satz, einen, dem andere Sätze nicht widerstehen können.«

»Folge deinem Gefühl«, hauchte ihre Mutter und drückte die Hand ihrer Tochter.

»Amore«, vernahmen sie plötzlich von der Seite. Sie wusste nicht, wie lange Francesco ihnen schon zugehört hatte.

Ihre Mutter lächelte, wandte sich ihm zu, und Anna dachte, dass dieser Italiener immer zur falschen Zeit auftauchte.

Anna verbrachte ein paar schöne, selbstvergessene Tage in Ligurien. Sie half bei der Pflege der Olivenbäume, stapelte Äste und deckte anschließend mit ihrer Mutter den Tisch. Abends kamen alle, auch die Hilfskräfte, zusammen und setzten sich verschwitzt und mit den Eindrücken der Arbeit unter die alten Olivenbäume. Die beiden deutschen Brüder Jens und Stefan aus Berlin studierten eigentlich Jura und suchten hier auf den ligurischen Oliventerrassen eine andere Art der Erschöpfung als durch das Lernen von Paragrafen. Sie legten sich richtig ins Zeug, was aber vor allem an Stella liegen mochte. Francescos Schwester war das weibliche Abbild ihres Bruders. Sie hatte die gleichen kräftigen Locken wie er, allerdings mit einem rötlichen Stich, und ihre

Augen waren blau und nicht wie seine dunkelbraun. Stella war größer als ihr Bruder und eine echte südländische Schönheit. Anna war eingeschüchtert gewesen, als sie sie das erste Mal gesehen hatte. Sie war der Typ von Frau, der sogar in Arbeitsklamotten unfassbar gut aussah. Die Arbeiter reagierten wie Marionetten an einer Schnur, immer wenn Stella auftauchte. Sie sprangen von ihren Stühlen, boten ihr Wein und etwas zu essen an. Doch die Angebetete quittierte ihre Aufmerksamkeiten mit einem Lächeln, versorgte sich dann aber immer selbst. Francesco holte seine Gitarre hervor und schlug ein paar Akkorde an. Er war kein begnadeter Sänger, aber er trug seine Lieder selbstbewusst vor, und schon nach kurzer Zeit stimmten alle mit ein. Allen voran Annas Mutter. Anna war vom Tisch aufgestanden und hatte sich ein paar Meter weiter an den Stamm eines Baumes gesetzt. Sie beobachtete Francesco, wie er die Gitarre beiseitelegte und die Hand ihrer Mutter ergriff. Mit leuchtenden Augen wirbelte er sie unter dem begeisterten Klatschen der Umherstehenden herum. Anna konnte nicht anders, sie musste lachen.

»Sie sind ein schönes Paar, nicht wahr?«

»Das sind sie«, hauchte Anna, ohne den Blick von ihrer Mutter lösen zu können.

»Mein Bruder vergöttert Andrea.«

»Ich weiß«, sagte Anna. Das Glück vibrierte um ihre Mutter und Francesco, es tanzte mit ihnen. Sie schienen es für alle Zeit an sich gebunden zu haben. Andrea Thalberg war angekommen. Anna musste an die alte Frau Meier und an ihre Definition der vielen Glücke denken und ihr recht geben.

Und obwohl sich Anna freute, obwohl sie sogar ihren Frieden mit Francesco gemacht hatte und gerade weil es so schön war, hier unter den Bäumen zu sitzen, wusste sie, ihre ligurischen Tage waren gezählt, und mit dem Gefühl des Abschieds fielen ihr Antonia und Halley ein, die sich vielleicht Sorgen um sie machten.

Gleich am nächsten Tag fuhr sie in den nahe gelegenen Ort und schrieb den beiden eine Postkarte. Zugegeben, es würde etwas dauern, bis die Karten ankommen würden, aber so erleichterte Anna immerhin ihr Gewissen, und sie hatte wenig Lust, per SMS Rede und Antwort zu stehen. Vor allem Antonia würde von ihrer vermeintlichen Flucht vermutlich wenig halten. Sie versicherte, es gehe ihr gut, berichtete von schönen Olivenabenden und dass sie keinen Handyempfang habe. Zum Schluss versprach sie, bald wieder nach Hause zu kommen und alles zu erzählen, denn mehr passe nicht auf so eine Karte.

18. KAPITEL

Das Glück ist ein zartes Gewächs. Kleine silbrige Blättchen recken sich zur Sonne.

Der letzte Abend in Ligurien wurde zu einem Fest. Annas Mutter und Francesco hatten die Tische unter den Olivenbäumen diesmal besonders festlich gedeckt. Bunte Lampions schmückten die altehrwürdigen Äste, die das mit Gelassenheit ertrugen. Auch die weißen Tischdecken waren Anna sofort ins Auge gefallen. Darauf befanden sich in Terrakottaschalen die kleinen eingelegten Taggiasca-Oliven, deren dunkelviolette Farbe Anna an rote Weintrauben erinnerte. Doch es gab sie auch in Grün, der Unterschied lag lediglich im Reifegrad, hatte ihr Francesco verraten. Dazu gab es das für Ligurien typische Focaccia-Fladenbrot, das mit Rosmarin, Tomaten, Sardellen oder Käse belegt und gebacken wurde. Für den Teig verwendete man Olivenöl, das dem Brot seinen charakteristischen Geschmack gab, und es wurde dadurch zudem herrlich saftig. Anna konnte nicht widerstehen, sie riss sich ein kleines Stückchen vom noch warmen Fladenbrot ab.

»Lass den anderen Gästen noch etwas übrig«, rief ihre Mutter schmunzelnd, die gerade eine Auflaufform mit knusprigen Rosmarinkartoffeln abstellte. Francesco folgte ihr und brachte zwei große Schüsseln mit einem herrlich duftenden Tomaten-Brot-Salat auf den Tisch. Anna wunderte sich über den ganzen Aufwand.

»Erwarten wir Gäste?«

Francesco lachte. »Ja, glaubst du denn, wir lassen dich morgen früh einfach so wieder abfahren?«

»Nicht?« Anna war überrascht, niemand hatte ihr verraten, dass es ein Abschiedsfest für sie geben würde.

Ihre Bemerkung quittierte Francesco mit einem Blick, der nichts anderes sagte, als dass er ernsthaft an ihrem Verstand zweifelte. »Erst wird gegessen, dann wird eingepackt, dann wird gefahren.«

»Aha«, sagte Anna, der einfach nicht mehr dazu einfiel.

Doch dieses Fest auf der kleinen Olivenfarm mitten in den ligurischen Bergen oberhalb von Imperia sollte zu einer der schönsten Erinnerungen ihres bisherigen Lebens werden. Alle waren gekommen, um Anna angemessen zu verabschieden. Stella, Francescos schöne Schwester, umarmte sie herzlich und versprach, sie in Walderstadt zu besuchen. Die beiden Hilfskräfte Jens und Stefan, einige Nachbarn und Freunde der Familie, alle betrachteten Anna ganz selbstverständlich als Familienmitglied. Es wurde viel gegessen, gelacht und Francesco spielte auf seiner Gitarre. Seit langer, langer Zeit wünschte sich Anna wieder einmal, dass dieser Abend niemals vergehen würde. Die Krönung aber war ein Spaziergang mit Francesco durch die geheimnisvolle, nächtliche Welt der Olivenbäume. Annas Mutter war zurückgeblieben, um die letzten Gäste zu verabschieden und die Tische abzuräumen. Francesco hatte seinen Arm um Anna gelegt. »Ich möchte dir noch etwas sagen, Anna.«

Anna wagte nicht, ihn zu unterbrechen.

»Ich weiß, ich kann niemals dein Vater sein. Dieser Platz in deinem Herzen ist bereits ausgefüllt, und das ist richtig und gut so, aber vielleicht hast du noch ein Eckchen frei für einen väterlichen Freund?«

Anna blieb stehen und sah dem Mann in die Augen, der das Herz ihrer Mutter geheilt hatte. Sie nickte. »Da gibt es auf jeden Fall einen Platz für dich, Francesco. Bitte entschuldige, dass ...«

Er legte ihr den Finger auf den Mund. »Basta, Anna. Es gibt nichts zu sagen oder zu entschuldigen, ich verstehe dich, alles ist in Ordnung.«

Als sie beide dann wenig später Arm in Arm zurückkehrten, weinte ihre Mutter vor Glück. Alle drei umarmten sich, und Anna rief: »Also, jetzt komme ich mir wirklich vor wie in einem kitschigen italienischen Liebesfilm!«

Als Anna am nächsten Morgen ganz früh abfuhr, hatte sie einen neuen väterlichen Freund, viele Oliven und Olivenöl im Gepäck, und das Leben fühlte sich herrlich leicht an.

Gerade mal eine Woche war Anna unterwegs gewesen, doch als sie nach Hause kam, fühlte sie sich wie nach einer Weltreise. Nun wuchtete sie ihr Gepäck aus ihrem Kofferraum und stellte es vor der Haustür ab. Anna war einigermaßen überrascht, als sie Jaspers Ehefrau Vroni in ihrem Küchengarten vorfand.

»Ich habe mich ein bisschen um den Garten gekümmert. Sie waren nicht da und ...«

»Danke«, sagte Anna, weil ihr einfach nichts anderes einfiel.

Vroni stellte die Gießkanne ab und zog die Handschuhe aus. Dann klopfte sie die Knie ihrer Jeans ab. »Bitte seien Sie nicht böse, ich wollte mit Ihnen reden und habe mir die Zeit ein bisschen mit Unkrautjäten vertrieben. Aber ich sehe, Sie waren offenbar verreist. Wir reden ein anderes Mal.«

»Ich war ein paar Tage bei meiner Mutter in Italien.«

Vroni seufzte. »Italien. Ich wollte schon immer mal ans Meer, aber wir können unsere Hühner ja nicht so lange allein lassen, und Jasper …«, sie zögerte, »Jasper ist für so etwas leider nicht zu haben.«

»Wenn es nur um die Hühner geht, könnte ich bestimmt ein paar Tage aushelfen. Das habe ich zwar noch nie gemacht, aber Sie könnten es mir zeigen.«

»Wir haben ja auch noch den Hund und …«

»Den könnten Sie doch mitnehmen, dann hat er auch mal etwas Neues zum Schnuppern. Meeresluft …«

»… statt Hühnermist«, vervollständigte Vroni den Satz, und ein Lächeln huschte über ihr Gesicht. »Vielleicht«, sagte sie. »Aber jetzt will ich Sie nicht länger stören.«

»Was wollten Sie denn mit mir besprechen?«, fragte Anna, die jetzt doch neugierig war.

»Ach, nicht so wichtig. Ich komme einfach noch mal wieder, wenn es besser passt.«

Ratlos sah Anna der Frau nach und wurde das unbestimmte Gefühl nicht los, dass es irgendetwas gab, was sie immer wieder an diesen Ort trieb. Oder war es einfach nur die Faszination, die sie als Fremde, dazu noch Glückssucherin, auf die Einheimischen hier ausübte?

Anna schloss die Haustür auf, ignorierte die Galerie, betrat ihr Wohnzimmer und wurde in die Gegenwart zurückkatapultiert. Der Anrufbeantworter blinkte. Antonia hatte mehrere Nachrichten hinterlassen, und Anna vermutete, dass ihre Karte noch gar nicht angekommen war. Ihr Handy hatte im Olivenhain nicht funktioniert, und sie hatte nicht erst versucht, ein Netz zu finden. Jetzt rief sie ihre Freundin zurück. Es dauerte ein paar Minuten, bis Antonia sich beruhigt hatte. »Ich dachte schon, dir ist irgendetwas passiert!«, schrie sie ins Telefon.

»Mir geht es gut, keine Sorge. Ich habe dir eine Karte geschickt.« Sie erzählte Antonia von ihrem spontanen Besuch bei ihrer Mutter, beendete das Gespräch dann aber bald, denn das

Schlimmste stand ihr noch bevor: Ihr Verleger hatte ebenfalls angerufen. Er war nicht sehr begeistert davon gewesen, dass Anna ihm lediglich eine SMS am Anfang ihres Urlaubs geschrieben hatte. In einer langen Ansage auf ihrem Anrufbeantworter sprach er von der wichtigen Vertrauensbasis zwischen Verlag und Autorin. Am Ende hatte er ihre Zusammenarbeit sogar infrage gestellt. Anna setzte sich. Sie musste ihn anrufen, aber was sollte sie ihm sagen? Bis auf das Konzept, das sie mit Antonia erstellt hatte, gab es nicht viel, was sie ihm hätte vorlegen können. Sie beschloss, erst mal einen klaren Kopf zu bekommen, dann würde sie anrufen.

Eine Weile lief Anna unruhig und wie eine Fremde in ihrer Wohnung herum. Dann ging sie in die Küche und füllte einen Eimer mit heißem Wasser, schlüpfte in das karierte Flanellhemd ihres Vaters und fühlte sich augenblicklich umarmt. Es war ihr noch immer zu groß. Als Kind hatte sie es manchmal als Kleid getragen, mit einem silbernen Gürtel um ihre Hüften, und vor dem Spiegel wild herumgetanzt. Sie hörte das laute, tiefe Lachen ihres Vaters. Entschlossen krempelte Anna die Ärmel hoch und stieß den Putzlappen tief ins schäumende Wasser. Sie hatte es so heiß werden lassen, dass sie sich fast verbrannte. Ihre Arme wurden rot. Dann stieg sie auf die Leiter und rieb so heftig an den Fensterscheiben, als wollte sie ein Loch hineinreiben. Anna vertiefte sich in ihre Aufgabe: Lappen ins Wasser, putzen, trocknen, Lappen ins Wasser, putzen, trocknen, Lappen ins Wasser ...

Es klingelte an der Haustür.

Den Lappen in der Hand, hielt Anna inne. Es war schon fast dunkel, und sie erwartete niemanden. Kurz überlegte sie, ob sie überhaupt aufmachen sollte. Eigentlich hatte sie für heute genug. Doch dann dachte sie, es könne vielleicht Antonia sein. Sie rannte zur Tür, öffnete und war verblüfft. Draußen, im Licht der Laterne, stand Mark, und er hatte einen Strauß bunter Wiesenblumen in der Hand. Kurz schien er irritiert, als er Annas Aufzug sah. Das Hemd war an den Ärmeln nass, und auch ihre Leggins waren voller Wasserspritzer. In der Hand hielt sie den Lappen, und sie konnte sich lebhaft vorstellen, wie ihre Haare aussahen.

»Mark!«

»Guten Abend.«

»Ich putze gerade.«

»Das ist nicht zu übersehen.« Er lächelte und überreichte ihr die Blumen. »Ich wollte nur sehen, wie es Ihnen inzwischen geht.«

»Diese Frage kann ich heute nicht so leicht beantworten.« Die Ironie in ihrer Stimme war nicht zu überhören.

Mark erwiderte nichts, und Anna konnte seinen Gesichtsausdruck nicht deuten. Sie kam entschieden besser damit klar, wenn er sich über sie lustig machte. Anna stieß die Tür ein Stück weit auf.

»Wenn Sie wollen, kommen Sie rein.«

Er stutzte, trat aber ein. Sie führte ihn in die Küche. Mark sah sich um.

»Schöne Küche.«

»Ja, das finde ich auch«, sagte sie. »Was darf ich Ihnen anbieten, Kaffee, einen Tee oder vielleicht ...«

»Du.«

Anna drehte sich um. »Wie bitte?«

»Du. Du darfst mir das Du anbieten. Immerhin habe ich dich schon einmal ins Bett gebracht.« Da war es wieder, sein freches Grinsen, das sie an ihm so mochte.

»Da hast du nicht ganz unrecht.« Anna wischte sich an ihrem Hemd ab und reichte ihm die Hand. »Also, was möchtest du trinken?«

Mark entschied sich für einen Jasmintee. Dann setzte er sich an den Küchentisch. Froh, etwas zu tun zu haben, nahm Anna die Keramikkanne von der Anrichte und warf einige Jade Pearls hinein. Die Blätterkugeln würden sich im heißen Wasser entfalten und dem Tee ein blumiges, frisches Aroma geben. Anna hatte ihrem Gast den Rücken zugedreht. »Und? Erzählst du mir jetzt, warum du hergekommen bist? Doch nicht wirklich, um dich nach meinem Befinden zu erkundigen, oder?« Sie selbst hatte den kleinen Vorfall vor Halleys Haus schon fast vergessen. Und daran, dass und in welchem Zustand er sie nach Hause gebracht hatte, wollte sie nicht denken.

Aufmerksam beobachtete Mark sie. »Doch. Auch. Und ich wollte wissen, was eine Glücksschreiberin so macht.«

Anna drehte sich um, lehnte sich gegen die Anrichte und grinste. »Das hört sich ja an, als käme ich von einem anderen Stern.«

»Genauso kommt es mir ein bisschen vor, ja.«

Das Wasser kochte, und Anna goss den Tee auf, dann setzte sie sich zu ihm. Seine Anwesenheit machte sie nervös. Sie rettete sich auf sicheres Terrain.

»Genau genommen bin ich einfach eine Journalistin für ein besonderes Thema, nämlich das Glück. Darüber schreibe ich gerade auch an einem Buch. Im Moment übrigens nicht besonders gut. Ich war ein paar Tage unterwegs, und irgendwie fühle ich mich, als wäre ich noch gar nicht richtig da. Ich hatte heute einen anstrengenden Tag.«

»Ach«, Mark schmunzelte, »ich dachte, so etwas gibt es bei dir gar nicht.«

Anna seufzte. »Doch.« Sie machte eine hilflose Geste. »Vergiss es. Es ist nicht so wichtig.«

»Es interessiert mich.« Sein Gesichtsausdruck war aufrichtig und ernst.

Dass er sich diesmal offenbar nicht über sie lustig machte, konnte Anna kaum glauben. Sie griff nach ihrer Tasse wie nach einem Rettungsring. »Ach, ich habe Ärger mit meinem Verlag. Ich müsste mit dem Buch schon viel weiter sein.« Das war stark untertrieben, dachte sie. In Ligurien hatte sie auch keine einzige Zeile daran geschrieben.

»Das beruhigt mich.«

Anna sah auf. »Wie bitte?«

»Ich konnte mir nicht vorstellen, dass ein Mensch tatsächlich immer glücklich ist.«

»Das habe ich niemals gesagt.«

»Es wirkte so.« Er nahm ihre Hand, hielt ihren Blick fest. Anna war völlig überrumpelt. Er flüsterte ihren Namen, und sie dachte, dass sie irgendetwas verpasst hatte. In ihrer Abwesenheit musste etwas mit ihm passiert sein. Nicht mal im Traum hätte sie daran gedacht, dass Mark etwas für sie empfinden könnte. »Ich wusste nicht, dass du …«

»A.N.N.A.«, sagte Mark, und jeder einzelne Buchstabe jagte ihr einen Schauer über den Rücken. Sie fühlte sich seltsam leicht in Gegenwart dieses Mannes, den sie kaum kannte. Er sah sie an, und sie sah Funken. Es durchströmte sie – golden, und doch konnte sie sich nicht fallen lassen. Das ging ihr jetzt einfach zu schnell. Sie hatte das Gefühl, als hätte jemand von der Play-Taste auf Vorwärtsspulen gewechselt. Plötzlich dachte sie an ihre erste Begegnung, dachte an seinen oft so spöttischen Ton. Und jetzt war er hier bei ihr in der Küche, saß auf einem Stuhl und brachte alles durcheinander. Sie spürte Marks Atem und zuckte zusammen. Es war nur eine minimale Bewegung, ein Wimpernschlag, aber Mark reagierte sofort und zog sich zurück. Ruckartig sprang Anna auf, ein bisschen zu schnell, ein bisschen zu plötzlich, und fing seinen verletzten Blick auf. »Ich …«

Er war ebenfalls aufgestanden und machte ein paar Schritte

Richtung Tür. Stumme Worte erfüllten die Küche. Dann drehte er sich noch einmal zu ihr um. »Es tut mir leid.«

Anna blieb sitzen, und ihre Gedanken und Gefühle drehten sich im Kreis.

19. KAPITEL

Glück, wenn das deine Art von Humor ist, ein Fast-Kuss und eine Entschuldigung, dann musst du noch üben!

Der nächste Tag hatte sich von Annas Stimmung anstecken lassen. Grau und bleiern legte er sich auf das sonst so leuchtende Grün der Bäume. Anna war mit dem Gefühl aufgestanden, keine Sekunde geschlafen zu haben. Ihr Körper fühlte sich an wie nach einem nicht enden wollenden Dauerlauf. Mehrmals sah sie aus dem Fenster, um sich gleich darauf über sich selbst zu ärgern. Erwartete sie, dass Mark wiederkam? Er hatte sie verwirrt zurückgelassen und sich seither nicht gemeldet. Bereute er, dass er bei ihr gewesen war? Über dieses Chaos in ihrem Kopf ärgerte sich Anna. Und im Verlag hatte sie immer noch nicht angerufen. Nach Marks Besuch war sie einfach unfähig dazu gewesen. Nun war der richtige Zeitpunkt, um das endlich nachzuholen. Sie griff nach dem Telefon, das im selben Augenblick klingelte. Es war Halley, die sich darüber beschwerte, dass Anna schon so lange nicht mehr vorbeigeschaut hatte. Immerhin hatte sie die Postkarte schon erhalten. Auch ihr erzählte Anna von ihrem Kurzurlaub in Ligurien. »Lass mich die Dinge hier noch ein bisschen ordnen, dann komme ich wieder vorbei, okay?«

Halley schien einigermaßen besänftigt. »Okay. Aber ich rufe nicht nur deshalb an. Hast du heute schon in die *Walderstädter Zeitung* geguckt?«

»Nein, warum?«, fragte Anna.

»Ich warne dich vor. Es wird dir nicht gefallen.«

»Wieso, was steht denn drin?«

Halley seufzte. »Erinnerst du dich an den Tag im Café, als ich dir von Jan Lefers erzählte?«

»Natürlich.«

»Erinnerst du dich auch an den einzigen weiteren Gast?«

»Nur vage. Ich habe nicht auf ihn geachtet.«

»Ich erst auch nicht, ich hatte noch ein paar Worte mit ihm gewechselt, nachdem du weg warst. Er fragte nach dir, und ich habe ihm stolz erzählt, dass du Julia Jupiter bist und seit Neuestem in Walderstadt wohnst. Hach, Georg hat recht, ich rede einfach zu viel. Ich wusste ja nicht …«

»Sag mal, wovon redest du? Ich verstehe kein Wort.«

»Dieser Mann muss wohl ein Kollege von dir gewesen sein, Anna. Ein Journalist. Jedenfalls hat der die Geschichte mit Jan Lefers wieder aufgewärmt. Die Leute stürzen sich ja gern auf so was. Na ja, lies es am besten selbst.«

Nachdem Anna aufgelegt hatte, folgte sie dem Rat von Halley und holte die Zeitung ins Haus. Schon die Überschrift versprach nichts Gutes:

Die Geschichte eines Untergangs

Schon nach ein paar Zeilen hielt Anna die Luft an. Der Journalist rollte das Leben des Künstlers Jan Lefers auf, der sich aufgrund einer schweren Kindheit offenbar nicht in eine soziale Gemeinschaft eingliedern konnte. Er stellte ihn zwischen den Zeilen als einen unberechenbaren, seelenkranken Irren dar, der sich in seinem Haus am See verschanzt hatte. *Grund dafür mag vielleicht auch seine fragwürdige Rolle in einem Unfall vor einigen Jahren sein, bei dem Lefers' junge Ehefrau ums Leben gekommen ist.* Man müsse sich auch heute noch fragen, warum Jan Lefers bei einem heraufkommenden Unwetter überhaupt mit ihr auf den See hinausgefahren sei. Anna schnaubte. Doch es sollte noch schlimmer kommen, denn nun schlug er einen Bogen zu ihr, beziehungsweise Julia Jupiter, und schrieb: *Heute wohnt wieder eine junge Frau im Haus von Jan Lefers. Eine Frau, die Sie, liebe Leser, vielleicht sogar kennen. Es handelt sich um die Glückskolumnistin Julia Jupiter, deren Artikel von vielen geschätzt werden. Bleibt nur zu hoffen, dass die Geschichte sich nicht wiederholen wird und Julia Jupiter das Glück im Haus am See nicht verlässt.*

Die Anspielung war eine Frechheit. Tränen der Wut schossen Anna in die Augen. Wie kam der Kerl dazu, ihren Namen zu nennen? Nun dachten alle, dass sie im Haus eines verrückten Künstlers lebte. Anna stürmte über ihre Terrasse und rannte zum See. Die Wut machte sie blind, und so sah sie das Bild erst, als sie schon am Ende der Holzbohlen angekommen war. Ein einzelnes Gemälde versperrte ihr die Sicht. Doch nicht das Bild ließ Anna wie eingefroren stehen bleiben, sondern das Wort, das quer über das Gemälde gepinselt worden war: WARUM?

Es war bis auf das Wort ein Bild im Bild. Die Leinwand wirkte an dieser Stelle wie ein Fenster mit Blick auf den See. Und die Frage, die sie ansprang, war genau die Frage, die Anna sich selbst seit Jahren stellte: Warum? Warum musste ein Mensch, den man so sehr liebte, sterben?

Es war auch die Frage, die Jan Lefers und sie verband. Und nun wurde der Künstler durch ihre Unachtsamkeit und Dummheit wieder an die Öffentlichkeit gezerrt. Vielleicht schaute er gerade in diesem Moment aus seinem Fenster und beobachtete sie. Vielleicht hatte er die Frage erst heute, nachdem er den Artikel gelesen hatte, wütend auf die Leinwand gebracht. Sie trat näher an das Bild heran. Vorsichtig betastete sie die Leinwand. Bildete sie es sich nur ein, oder war die Farbe noch feucht?

Anna umfasste das Lenkrad fester als sonst. Ihr Blick folgte der endlos scheinenden Mittellinie auf der Straße vor sich. Sie war einfach losgefahren, ziellos und mit überhöhter Geschwindigkeit. Nun bremste sie, bog in einen Feldweg und wendete. Danach setzte sie ihre Fahrt fort, aber jetzt wusste sie, wohin sie fahren würde.

Halley und Georg standen gemeinsam hinter der Ladentheke und hoben zur gleichen Zeit den Blick, als Anna die Tür zum Café öffnete. Trotz ihrer Wut lachte Anna, als sie die Schürzen der beiden sah. Auf Georgs begann der leuchtende Flug des Kometen, der sich auf Halleys Schürze fortsetzte, um schließlich in ihrem Saum einzuschlagen. Die beiden waren wirklich unschlagbar. Halley schrie überrascht auf, als sie Anna hereinkommen sah, und hob die Hände.

»Du hast den Artikel gelesen, stimmt's?«

»Es ist eine Unverschämtheit«, schnaubte Anna. Sie sah sich um. Georg deutete ihren Gesichtsausdruck richtig.

»Ist ja gut, Mädels, ich verstehe. Geht schon nach oben. Heute ist eh nicht mehr viel los.«

Die beiden liefen die Treppe ins Obergeschoss hinauf. Anna folgte Halley in die Küche, wo sie sofort loslegte.

»Weißt du, so etwas ist kein anständiger Journalismus. Fiese Andeutungen. Die Ermittlungen gegen Jan Lefers wurden eingestellt. Ein-ge-stellt. Er sollte sich dagegen wehren. Und dann kommt so ein mieser kleiner Schreiberling daher und tut auch noch so, als wäre ich das nächste Opfer. Das ist nicht fair!«

Halley nickte, unterbrach sie aber kein einziges Mal. Als Anna geendet hatte, machte Halley Anstalten, Kaffee zu kochen. »Willst du einen entkoffeinierten?«

»Das ist nicht dein Ernst, oder?«

»Ich will nur nicht, dass du dich noch mehr aufregst«, sagte Halley beschwichtigend und grinste.

Anna legte beide Hände auf den Tisch. »Ich bin ganz ruhig.«

»Gut, dann Milchstraße, wie immer.«

»Ich werde eine Gegendarstellung schreiben.«

»Hört sich nach einem perfekten Plan an. Und vielleicht willst du eine Weile bei uns einziehen? Wir haben ja ein Gästezimmer und …«

»Warum sollte ich das tun?«, fragte Anna. »Du glaubst den Mist doch nicht etwa?« Sie sah Halley durchdringend an.

Halley stellte den Kaffee auf den Tisch und setzte sich zu Anna. »Ich mach mir Sorgen. Niemand von uns kann einschätzen, was jetzt in Jan Lefers vorgeht. Dein Name in dem Artikel. Er könnte glauben, du hättest etwas damit zu tun. Er wird sich fragen, woher die Information …«

»Das kommt gar nicht infrage. Ich kann doch nicht so einen Stein lostreten und dann verschwinden.«

»Überleg es dir noch mal. Ich kannte Helen. Jeder mochte sie, und Jan Lefers war nun mal der Letzte, der mit ihr zusammen war. Er hätte …« Sie stockte. »Er hätte vielleicht besser auf sie aufpassen müssen.«

Lauter als beabsichtigt stellte Anna ihre Tasse auf den Tisch. Halley zuckte zusammen.

»Aber sie war doch kein Kind mehr! Du müsstest mal seine Bilder sehen. Er hat sie unendlich geliebt und kann diesen verdammten See, an dem das ganze Drama passiert ist, nicht loslassen. Er malt immer wieder den gleichen Ausschnitt, immer das gleiche Bild vom See, Halley!«

Anna verstand nicht, warum sich niemand in Jan Lefers hineinversetzen konnte. Waren denn alle blind? Sie kennt seine Bilder nicht, dachte Anna, sonst würde sie anders reagieren. Schließlich wechselte Anna das Thema.

Später kam Georg aus dem Laden nach oben.

»Ich hab da unten mit ein paar Leuten gesprochen und kann

euch sagen, die Geschichte macht 'ne Menge Wind hier in Walderstadt. Es gibt ja immer noch welche, die nicht an die Unschuld des Künstlers glauben. Einige kennen dich aus dem Café. Sie machen sich jetzt Sorgen um dich. Vielleicht kommen sie zu dir, um nach dem Rechten zu sehen. Du könntest heute bei uns übernachten.«

»Ach was«, winkte Anna ab, »das ist nicht nötig.«

Georg blieb skeptisch. »Ich weiß nicht, es würde mich auch nicht wundern, wenn noch mehr Presse vor deiner Tür auftaucht und dich mit ihren Fragen löchert.«

Zustimmend klatschte Halley in die Hände. »Georg hat recht, Anna, bleib doch heute Nacht bei uns, dann kannst du deine Gegendarstellung in Ruhe vorbereiten.«

Georg stellte einen Teller mit Brioches auf den Tisch und schmunzelte. »Du willst einen Artikel schreiben? Da scheine ich ja einiges verpasst zu haben. Welche wilden Pläne habt ihr denn geschmiedet?«

Doch Anna war schon aufgestanden. »Das soll dir Halley erzählen. Ich laufe nicht mehr vor meinen Problemen davon. Diesen Fehler habe ich gerade erst gemacht. Ich werde ihn nicht wiederholen.«

Als Anna den enttäuschten Gesichtsausdruck von Halley bemerkte, fügte sie noch hinzu: »Und wenn irgendetwas ist, weiß ich ja, wohin ich jederzeit flüchten kann.« Sie umarmte die beiden, die ihr in kürzester Zeit so nahegekommen waren, und verabschiedete sich. An der Tür rief sie noch: »Alle Neuigkeiten erfahrt ihr dann hoffentlich bald aus der *Walderstädter Zeitung*. Drückt mir die Daumen, dass alles klappt.«

Den Kopf voller Pläne fuhr Anna zurück in das Haus am See. Die Beleuchtung im Hausflur wirkte greller als sonst. Vielleicht lag es aber auch an den neuen Bildern, die Jan Lefers in der Zwischenzeit aufgehängt hatte. Anna musste ein paar Mal durchatmen, bevor sie sich ihnen stellen konnte. Es war seine Antwort auf den Artikel, und seine Anklage war eindeutig. Düstere Schatten krochen über die Leinwände, knorrige Äste bildeten vorwurfsvolle Gesichter und aufgerissene Münder, die sie wortlos anschrien. Vom Weiß und Grau war nur noch Schwarz geblieben. Anna verstand ihn. Sie krümmte sich innerlich vor der Wucht seiner Wut. Jan Lefers zeigte seinen Schmerz, der nun aus den alten Wunden ausgebrochen war.

In der Wohnung blinkte der Anrufbeantworter, und schon klingelte das Telefon. Sie wollte den Anruf ignorieren, doch nach einem Blick auf das Display hob sie ab.

»Da lässt man dich mal ein paar Tage aus den Augen ...«

»Hallo, Antonia, wie schön, dass du anrufst. Du bist bestimmt die Dreihundertfünfundzwanzigste. Mein Anrufbeantworter ist jedenfalls voll. Ich wusste gar nicht, dass so viele Leute meine Telefonnummer haben.«

»Na, wenn du noch Witze machen kannst, kann es dir ja nicht so schlecht gehen«, meinte Antonia. »Ich habe den Artikel über dich im Internet gelesen.«

»Im Internet?«, fragte Anna erstaunt.

»Ja. Ich habe da so eine Suchmaschinen-Erinnerung eingestellt, immer wenn irgendwo etwas von dir oder über dich auftaucht, bekomme ich eine Nachricht. Und heute las ich ... Das ist nicht zufällig dieser Künstler, der da kürzlich vor deinem Fenster herumgeschlichen ist, oder?«

»Doch, das könnte durchaus sein, immerhin wohnt er hier.« Anna machte eine Pause, bevor sie betonte: »Aber da war ja niemand, wenn ich dich mal zitieren darf.«

»Du bist immer noch sauer?«

Anna ließ sich aufs Sofa fallen und strich sich die Haare aus dem Gesicht. »Nein, eigentlich nicht. Ich habe ganz andere Sorgen.«

»Hab ich alles gelesen. Schlimme Geschichte.«

»Es ist eine Verzerrung der Wahrheit, und deshalb werde ich das nicht so stehen lassen.«

Antonia lachte. »Das habe ich mir schon gedacht. Du wärst sonst nicht Anna. Also, wenn ich etwas tun kann …«

»Kannst du. Glaub den Unsinn nicht.«

Kurz darauf setzte sich Anna an den Schreibtisch und legte beide Handflächen auf die Tischplatte. Das Holz wurde warm unter ihrer Haut. Sie erinnerte sich daran, wie sie das erste Mal in dieses Zimmer gekommen war, wie sehr ihr die ruhige Eleganz gefallen hatte und die Aussicht. Damals – es schien eine Ewigkeit her zu sein – hatte sie einfach nur einen traumhaften See gesehen. Heute war das anders.

Anna atmete tief ein. Sie hatte einen Fehler gemacht, und es war an der Zeit, sich zu entschuldigen. Sie wartete auf eine Eingebung, auf die richtigen Worte, eine Begründung, etwas in der Art. Aber es kam nichts. Jan Lefers hatte sie in seinen Briefen Wortkünstlerin genannt. Sie sollte ihr Handwerk also eigentlich beherrschen.

Komm schon, Anna, schreib!

Können Worte unglücklich sein?
Ja, das können sie, und sie sind wehrlos. Sie können sich nicht auflehnen, sondern gehorchen denen, die sie schreiben. Ja, ich gebe zu, dass ich jemanden nach Ihnen befragt habe – wer das war, spielt keine Rolle –, dass ich dabei von einem schlechten Kollegen belauscht wurde, war mir nicht bewusst. Wir haben zu laut geredet. Doch eines ist mir wichtig: Ich glaube kein einziges Wort und habe auch keine Angst. Ich war nur neugierig. Sie haben mich neugierig gemacht, Ihre Bilder.
Der Artikel tut mir aufrichtig leid. Ich hoffe, Sie können mir

verzeihen. Ich werde alles dafür tun, um meinen Fehler wiedergutzumachen, und fange sofort damit an!

Ihre Anna,
die an ihren eigenen Worten verzweifelt

Sie schob die Nachricht in einen Umschlag und steckte ihn hinter einen Rahmen im Wald der dunklen Bilder. Als sie die Galerie verließ und das Licht löschte, fühlte sie sich schon ein bisschen besser. Der erste Schritt war getan, der Brief geschrieben.

Anna war kein Nachtmensch. Ihre Zeit war der frühe Morgen, wenn das erste fahle Licht durch die Finsternis brach. Doch in dieser Nacht, während alle Geräusche um sie herum einschliefen, es auch beim Maler oben still wurde und der See mit Dunkelheit zugedeckt wurde, hielt sie sich wach. Sie musste schreiben und kämpfte gegen die Müdigkeit an. Mehrmals nickte sie am Schreibtisch ein, schrak auf, kochte Tee, der kalt war, wenn sie davon trank. Gedanken stiegen auf wie Ballons, sie folgte ihnen eine Weile, ließ sie zerplatzen. Das Papier war ein wütendes Meer, die Buchstaben ein stürmischer Wind, der ihr Böen ins Gesicht blies und gegen den sie sich stemmen musste, bis ihre Augen tränten. Anna strich mehr durch, als dass sie schrieb, zwei Sätze vor, drei zurück. Dann begann sie von vorn, zerlegte Gedanken in ihre Bestandteile und fügte sie neu zusammen. Sie wollte Bilder schreiben und Wahrheit finden. Schwierig genug, denn sie war nicht dabei gewesen. Anna durchforstete die alten Artikel über den tragischen Unfall an einem See nahe Walderstadt. Sie wollte Jans und Helens Geschichte so aufschreiben, wie sie geschehen war ...

Übermütig sprang Helen in das schaukelnde Ruderboot und bat Jan, sie auf den See hinauszurudern. Der Mond hatte dem Gewässer einen Mantel um die Schultern gelegt, er leuchtete, und irgendwo in der Ferne zerriss ein Blitz für einen Moment den schwarzen Samt der Nacht. Helen lachte, und es klang wie eine silberne Glocke, während sie mit ausgestrecktem Arm den Kurs angab. Sie wollte auf die Mitte des Sees, wo sich das Mondlicht zu einer schimmernden Muschel zusammengefügt hatte. Es war eine schwere, schwüle Nacht …

Sie musste wieder eingeschlafen sein. Der Traum hielt sie noch gefangen, als sie endlich begann, den Artikel zu schreiben. Sie zeichnete mit ihren Worten das Leben eines Künstlers nach und berichtete von seiner Traurigkeit, als seine Mutter gestorben war. Sie kannte seine Striche, hatte sie tausendfach in seinen Bildern gesehen, die von den Gefühlen eines einsamen Jungen erzählten und einem Mann, der nach Liebe gesucht hatte, bis er Helen fand. Das Glück war reich, und so hätte es bleiben können. In einer Pressemitteilung der Polizei fand sie den Hinweis, dass Jan Lefers selbst fast ertrunken war bei dem Versuch, Helen zu retten. Er musste reanimiert werden und schaffte es. Nach einer sachlichen Auseinandersetzung mit den Geschehnissen der tragischen Nacht fügte Anna noch ein paar persönliche Worte an ihre Leser hinzu.

Liebe Leser,

wenn diese Worte flüstern könnten, würden sie es jetzt tun. Ja, ich wohne unter einem Dach mit einem außerordentlichen Künstler. Jeden Tag kratzt er sich die Seele aus dem Herzen und färbt damit seine Bilder. Selten habe ich das Fehlen des Glücks so gefühlt wie hier. In einem Haus am See, in dem eine Schreiberin über das Glück mehr gebraucht wird als an jedem anderen Ort, den ich mir vorstellen kann. Wenn ich könnte, würde ich das Glück wieder hierherschreiben. Deshalb bleibe ich

*Ihre
Julia Jupiter*

Als Anna das letzte Wort auf das Papier setzte, dämmerte es bereits. Erschöpft druckte sie vorsichtshalber alles aus, wankte ins Wohnzimmer, legte sich auf das Sofa und schlief auf der Stelle ein. Es waren nur ein paar Stunden Schlaf, trotzdem wachte sie ausgeruht auf. Sie hatte von ihrem Vater geträumt, der sie im Arm gehalten hatte. Es wunderte sie, dass sie in ihren Träumen von ihm immer das kleine Mädchen blieb, das sie bis zu seinem Tod gewesen war. Noch niemals war sie ihm im Traum als Erwachsene begegnet. Doch es blieb keine Zeit, darüber nachzudenken. Anna vergewisserte sich, dass der Text tatsächlich noch auf ihrem Schreibtisch lag. Denn einen kurzen, schlimmen Moment lang dachte sie, sie hätte nur geträumt. Doch alles war genau so, wie sie es in der Nacht zuvor hinterlassen hatte. Der Artikel war noch da. Und weit hinten in ihrem Kopf auch noch das Nachgefühl ihres Fast-Kusses mit Mark.

20. KAPITEL

Wenn ein geordnetes Leben Glück bedeutet, dann bin ich gerade meilenweit davon entfernt. Ich halte es mit Alain und muss es wohl selbst in die Hand nehmen …

Anna rief den Redakteur der *Walderstädter Zeitung* an und bot ihm die Gegendarstellung zum Abdruck an. Würde er sie nicht drucken, daraus machte sie kein Geheimnis, würde sie eine andere Zeitung dafür finden. Julia Jupiter war schließlich keine Unbekannte. Doch Überredungskünste waren gar nicht notwendig. Der Mann versprach, sich umgehend darum zu kümmern. Er ahnte vermutlich, dass ihm seine Leser einen Artikel der bekannten Glückskolumnistin aus den Händen reißen würden.

Handeln, nicht hinnehmen, heißt die Grundlage des angenehmen Lebens. Aber weil Bonbons ein gewisses Vergnügen bereiten, ohne dass man mehr zu tun braucht, als sie im Mund zergehen zu lassen, möchten manche auf die gleiche Weise das Glück genießen; sie täuschen sich sehr.

Seufzend schlug Anna das Buch zu. *Die Pflicht glücklich zu sein* von Alain war die zweite Empfehlung des Buchhändlers Herzog gewesen. Sie hatte spontan hineingelesen, weil die Ironie des Autors gerade so gut zu ihrer Stimmung passte. Auf der Rückseite las Anna, man müsse glücklich sein *wollen* und das Seine dazu tun. Nun, immerhin hatte Anna nun einiges darangesetzt, dass ihr Künstler nicht noch unglücklicher wurde. Sie hoffte, dass der Artikel bald erscheinen und die Tatsachen, die sie zusammengetragen hatte, die Gemüter beruhigen würden. Um sich selbst zu beruhigen, kochte sie sich eine Tasse grünen Tee und setzte sich damit und mit dem Buch auf die Terrasse. Die Stille um sie herum war genau das Gegenteil vom Aufruhr in ihrem Inneren. Sie hatte dem Künstler eine Entschuldigung geschrieben und die Gegendarstellung abgeschickt. Jetzt musste sie nur noch im Verlag anrufen – nur noch! Anna blätterte durch die Seiten des Buches. Alain hatte wirklich eine ganz besondere Art, mit dem Thema Glück umzugehen. Er forderte von seinen Lesern ein, selbst aktiv zu werden. Seiner Meinung nach hatte man es also in der Hand, ob man glücklich war oder nicht. Sie selbst jedenfalls hatte den sauren Drops gelutscht und versucht, einige Dinge wieder in Ordnung zu bringen. Der briefliche Kontakt zu ihrem Künstler war unterbrochen, und das tat ihr besonders leid. Wie hatte sie Halley nur so ausquetschen können, obwohl sie nicht alleine im Café gewesen waren? Dabei war Diskretion eines ihrer höchsten Gebote. Oft erzählten ihr die Leute die intimsten Dinge, und Anna überlegte sich genau, was sie davon verwendete. Da plärrte man nicht die Schicksalsgeschichten von fremden Menschen durch die Gegend.

Auf einer Seite blieb Anna hängen: *Die Kunst, zu gähnen*, davon hatte doch auch der Buchhändler gesprochen. Sie erinnerte sich, wie er zu ihr gesagt hatte, sie solle öfter mal gähnen, das entspanne. Der Absatz von Alain amüsierte Anna trotz all ihrer Sorgen:

Ein Hund, der vorm Kamin liegt und gähnt, ermahnt die Jäger, ihre Sorgen auf morgen zu verschieben. Sein Beispiel ist un-

widerstehlich; die ganze Gesellschaft muss ihm folgen und ebenfalls gähnen: der Auftakt zum Schlafengehen; was aber nicht heißt, dass Gähnen ein Zeichen von Müdigkeit wäre; die tiefe Durchlüftung des Zwerchfells, die dabei stattfindet, stellt vielmehr den Abschied dar, den wir der Aufmerksamkeit und dem Geist des Streits geben. Die Natur kündigt durch diese energische Maßnahme an, dass sie es leid ist, zu denken, und sich damit begnügt, zu leben.

Anna legte das Buch beiseite und gähnte – dann ging sie hinein.

Sie war aufgeregt, als sie die Nummer ihres Verlegers wählte. Der Versuch, sich die richtigen Worte im Vorfeld zurechtzulegen, war kläglich gescheitert. Genau genommen konnte Anna keinen klaren Gedanken fassen. Sie hoffte, dass sie im Laufe des Gesprächs den richtigen Ton schon finden würde. Doch dazu kam es nicht. Denn obwohl sie wartete, bis das Besetztzeichen erklang, hob niemand ab. Dann rief sie Maximilian an, der ebenfalls nicht an das Telefon ging. Sie hinterließ eine Nachricht, dass sie mit ihm reden musste. Es war an der Zeit, für klare Verhältnisse zu sorgen.

Das Café Komet stand in jener Unschuld an seinem Platz, die Menschen nicht verstehen können, deren Leben gerade kopfsteht. Man glaubt, alles müsse dem eigenen inneren Chaos folgen. Während sich Anna betont langsam näherte, gähnte sie. Halley hatte die gelben Markisen ausgefahren, und fast alle Stühle und Tische draußen waren besetzt. Anna beobachtete Halley, die mit einem Teddy im Eingang ihres Cafés stand. Die Frau mit dem Kinderwagen konnte Anna nur von hinten sehen, doch ihre Freude war unüberhörbar.

»Oh, Sie haben den Bären gefunden! Er muss Mathilde aus dem Wagen gefallen sein.«

Halley strahlte und drückte dem Mädchen das Kuscheltier in die ausgestreckten Arme. Sie machte eine wegwerfende Handbewegung. »Ach, ich dachte mir schon, dass Sie bald wiederkommen. Kinder lassen ihre Kuscheltiere nie im Stich. Meine Eltern mussten einmal wegen einer Puppe sechshundert Kilometer zurückfahren ...«

Anna wandte sich ab und entdeckte einige bekannte Gesichter. Das war Balsam für ihre Seele. Mochte ihr Leben auch noch so aus den Fugen geraten sein, hier saß die Normalität an kleinen roten Tischen unter den Platanen. Die Schneiderin Hannelore Meier trank einen Kaffee und blätterte in einigen Zeitschriften. An einem anderen Tisch saß Konrad Herzog, samt Frau und Tochter, was Anna besonders freute. Vielleicht kamen die drei sich etwas näher. Die Bürgermeisterin saß ebenfalls im Café, war aber in ein Gespräch vertieft, und weiter hinten, Anna hatte ihn fast übersehen, winkte ihr Maximilian. Anna verstand seine Aufforderung und setzte sich an seinen Tisch. Er lächelte sie an, doch war dieses Lächeln nicht ganz so offen, wie sie es von ihm kannte. Natürlich, dachte Anna. Er kannte Jan Lefers vielleicht besser als jeder andere in Walderstadt und würde von dem Artikel kaum begeistert sein. Was er noch nicht wusste, war, dass Anna ihm irgendwie klarmachen musste, wie sie zu ihm stand. Dies alles wurde ihr im Bruchteil weniger Sekunden bewusst.

Halley kam an ihren Tisch. Auf ihrer Schürze erkannte Anna Saturn samt Milchstraße. Sie legte Anna kurz eine Hand auf die Schulter und drückte sie. »Was darf ich dir bringen?«

»Eine Milchstraße, wie immer, danke.«

Kaum war Halley im Geschäft verschwunden, wandte sich Anna Maximilian zu, der sie wortlos ansah, was Anna nervös machte. Gleichzeitig fingen sie an zu sprechen: »Es tut mir leid, ich wollte ...«

»Der Artikel ist eine …« Anna verstummte.

»… Katastrophe«, beendete Maximilian seinen Satz und hielt überrascht inne. »Wieso tut es dir leid? Du hast den Artikel doch nicht geschrieben?«

Halley brachte die Milchstraße, verschwand aber sofort wieder.

»Nein, ich habe ihn nicht geschrieben.«

»Aber?«, fragte Maximilian, dessen Gesichtsfarbe sich geändert hatte. Er war blass geworden, und Anna bemerkte die Anspannung seiner Kiefermuskeln. Trotzdem hatte sie das Bedürfnis, ihr Herz auszuschütten, und erzählte ihm von ihrem ausführlichen Gespräch mit Halley über den Künstler. Am Ende fügte sie hinzu: »Ich konnte ja nicht ahnen, dass da ein Reporter am Nachbartisch saß!«

Doch Maximilian schien sie gar nicht zu hören. »Weißt du, ich glaube, ich kenne Jan Lefers ganz gut. Diese Geschichte mit Helen hat ihm wirklich zugesetzt. Er tat mir leid damals, und ich habe ihm versprochen, mich um alles zu kümmern, um das Haus und so.« Seine Stimme wurde eindringlich: »Ich habe ihm versprochen, dass er seine Ruhe haben wird …«

»Und ich hab's vermasselt, oder?«, fragte Anna.

Maximilian sah sie an, und sie kannte seine Antwort. In diesem Moment wäre es Anna lieber gewesen, er hätte sie richtig beschimpft, aber Maximilian schlug sich nur auf die Knie und stand auf. »Tja, ich muss dann auch mal los.«

Anna blieb sitzen und starrte in ihre Kaffeetasse, deren Inhalt längst kalt geworden war. Sie war sich sicher, wenn er jemals auch nur freundschaftliche Gefühle für sie gehabt hatte, waren diese nun erloschen.

Erst jetzt bemerkte Anna, dass es sehr still um sie herum geworden war. Offenbar wurde von den Nachbartischen aufmerksam gelauscht. Klar, die Walderstädter hatten den Artikel auch gelesen und versuchten herauszufinden, wie es um Julia Jupiter stand, die unter einem Dach mit einem verrückten Künstler wohnte. Die Bürgermeisterin kam auf sie zu, und Anna verfluchte sich, dass sie sitzen geblieben war. Doch nun war es zu spät.

»Frau Thalberg, wie schön, dass ich Sie hier treffe.« Sie setzte sich unaufgefordert. »Ich wollte noch mal auf den Glückstag zurückkommen. Sie erinnern sich, wir sprachen kürzlich schon einmal davon.«

»Ja, ich erinnere mich. Eine schöne Idee«, gab Anna zurück, die sich kaum auf das Gespräch konzentrieren konnte. Maximilian war enttäuscht gewesen, musste sie Konsequenzen fürchten? Würde er sie am Ende aus der Wohnung werfen?

»Also, was meinen Sie?«

Die Begeisterung der Bürgermeisterin war nicht zu übersehen, doch Anna hatte nicht zugehört. »Das klingt toll.«

»Dann schicke ich Ihnen in den nächsten Tagen unverbindlich den Ablauf, so wie ich ihn mir vorstelle, in Ordnung?«

»Genauso machen wir es«, antwortete Anna und wollte schon gehen. Doch die Bürgermeisterin hielt sie am Arm zurück.

»Und noch etwas, liebe Frau Thalberg, wenn Sie wollen, finde ich sofort eine andere Bleibe für Sie!«

Anna starrte die Frau an und spürte, wie sämtliche Cafébesucher den Atem anhielten. »Wie meinen Sie das?«, fragte sie so laut, dass alle es hörten.

Die Bürgermeisterin wand sich. »Ich meine, sollten Sie sich da, wo Sie gerade wohnen, aus irgendeinem Grund unwohl fühlen, finden wir eine andere Lösung.«

Eine Tasse wurde auf einen Teller gestellt, ein Ausatmen war zu hören und vielstimmiges Tuscheln. Für einen kurzen Moment war Anna sprachlos. Dann fing sie sich und sagte laut und an alle Zuhörer gerichtet: »Manchen Sie sich keine Gedanken, ich fühle mich da, wo ich gerade wohne, ausgesprochen wohl. Es gibt keinen Grund zur Sorge!«

Dann verabschiedete sie sich betont höflich von der Bürgermeisterin, zahlte und verließ das Café Komet.

21. KAPITEL

Der Schutz der Ehre eines Menschen, Sorgfalt, Richtigstellung und nicht zuletzt die Unschuldsvermutung gehören zum Ehrenkodex eines jeden Journalisten ... Liebes Glück, wenn es sein muss, dann mache ich das Haus am See zu einer Bastion!

Verleger müssen über ein grenzenloses Vorstellungsvermögen verfügen. Auch wenn noch kein einziger Buchstabe auf dem Papier steht, kein Wort und kein Satz, vertrauen sie auf die Ideen und Versprechen ihrer Autoren. Sie wollen glauben! Verlagsmitarbeiter denken positiv und haben die Gabe oder die Schwäche, ihren Blick nicht zurück, nicht einmal in die Gegenwart, sondern in die Zukunft zu richten. Dort sehen sie ein mit Worten gefülltes Buch, ein Cover, sie drucken eine Vorschau ...

Noch am selben Tag hatte Anna endlich mit ihrem Verlag telefoniert. Es war kein unangenehmes Gespräch gewesen. Es hatte die Dinge geradegerückt. Anna hatte sich selbst überrascht. Endlich sagte sie die Wahrheit geradeheraus und konnte immerhin berichten, dass es ein solides Grundgerüst gab, das sie nun füllen wollte. Als sie dem Verleger das Konzept im Detail vorstellte, umarmte sie ihre Freundin Antonia in Gedanken. Sie hatte sich mit dem Verlag darauf geeinigt, in vier Wochen das Konzept und mindestens hundertfünfzig Seiten zu liefern. Anna rechnete: Ein Tag hatte vierundzwanzig Stunden, oder 1440 Minuten, 86 400 Sekunden, eine Woche hatte sieben Tage, 168 Stunden, 10 080 Minuten, 604 800 Sekunden, vier Wochen hatten … Selbst wenn man die Schlafenszeit abzog, sollte das zu schaffen sein.

Um endlich ernsthaft an die Sache heranzugehen, zog sich Anna für die nächsten Wochen aus dem Walderstädter Leben ein wenig zurück. Sie blieb zu Hause, schrieb Kolumnen und an dem Buch oder umrundete den See. Daneben verbrachte sie viel Zeit in ihrem Kräuter- und Gemüsegarten, der ihr Freude machte. Sie hatte sogar einen Olivenkern aus Ligurien eingepflanzt und hoffte, dass er angehen würde. Es tat ihr gut, mit ihren Händen zu arbeiten, und während sie die Erde durchwühlte, Tomaten und Salat erntete, vertiefte sie sich in die Welt ihrer Gedanken. Der Künstler hatte auf ihre Entschuldigung keine Antwort geschrieben und seine rauen Bilder unverändert hängen lassen. Anna gewöhnte sich an die düsteren Bäume, die sie mit anklagenden Gesichtern ansahen, wann immer sie die Galerie betrat. Es war gut so. Sie nahm dies als Strafe an. Denn Jan Lefers musste auch einiges ertragen. Sein Fall, der eigentlich keiner war, war wieder an die Öffentlichkeit gebracht worden. Als ihre Gegendarstellung erschien, atmete Anna innerlich auf. Vielleicht würde es dauern, aber sie hatte die Hoffnung, dass die Walderstädter durch ihren Beitrag doch noch eine andere Sicht auf die Geschehnisse bekamen. Von Halley erfuhr sie aber, dass einige Lefers weiterhin eine Mitschuld am Tod seiner Frau gaben. Dazu passte auch eine unangenehme Begegnung, die sie erleben musste.

Es klingelte, und Anna dachte, es sei das Telefon. Welche Überraschung würde diesmal auf sie warten? Sie fragte sich, ob sie früher in der Stadt auch so oft angerufen worden war. Aber Anna täuschte sich, es war jemand an der Tür. Einen Moment lang glaubte Anna wirklich, es sei Jan Lefers. Rasch öffnete sie.

»Guten Morgen, sind Sie Julia Jupiter, die bekannte Glückskolumnistin?« Vor ihr stand ein Mann in einem grauen Anzug, der ihr ein Mikrofon unter die Nase hielt. »Entschuldigen Sie, dass wir ein bisschen zu spät dran sind. Ich bin Jürgen Krempel von der *Walderstädter Zeitung*. Es freut mich, dass Sie für ein Interview zur Verfügung stehen.«

»Für welches Interview?« Anna dachte fieberhaft nach, ob sie jemandem eine Zusage gemacht hatte.

Krempel zog die Oberlippe nach oben. Der gescheiterte Versuch eines Lächelns.

»Na ja, wenn Julia Jupiter und ein erfolgloser Künstler in einem Haus wohnen … Wussten Sie, dass Jan Lefers ein Rettungsschwimmerabzeichen hat? Können Sie sich erklären, warum seine Frau trotzdem im See ertrunken ist?«

Spätestens jetzt wusste Anna, dass der Typ auf eine Story aus war. Sie fragte scharf: »Wer hat Ihnen das Interview zugesagt?« Krempel zuckte mit den Schultern, und Anna bemerkte, dass er verunsichert war.

Anna sog geräuschvoll die Luft ein, und vielleicht wirkte sie auf den Journalisten der *Walderstädter Zeitung* in diesem Moment sogar ein bisschen furchteinflößend, jedenfalls machte er einen Schritt zurück. Sie ging auf ihn zu, stand jetzt auch draußen und drückte ihren Finger auf seinen Solarplexus.

»Ich sage Ihnen jetzt mal eins: Der Unfall von Helen Lefers wurde von der Polizei eingehend untersucht. Zu keiner Zeit wurde Jan Lefers beschuldigt, etwas mit ihrem Tod zu tun zu haben. Im Gegenteil: Er hat bis zur letzten Sekunde um ihr Leben gekämpft, auch wenn das einige Holzköpfe hier offensichtlich nicht einsehen wollen.« Sie trat noch näher an den Reporter heran, so nahe, dass ihn ihre ganze Wut traf, und sprach jetzt jedes einzelne Wort betont deutlich und schneidend aus: »Und jetzt machen Sie, dass Sie hier wegkommen, sonst rufe ich die Polizei.«

Der Reporter hob schützend seinen Notizblock und entfernte sich rückwärts. Anna musste ihm wie eine Furie erscheinen.

»Schon gut, regen Sie sich nicht auf, ich …«

Sofort machte Anna einen weiteren Schritt auf ihn zu. »Und sollte ich auch nur ein einziges Foto oder Wort von mir in Ihrem Artikel finden, können Sie etwas erleben.«

Der Reporter stolperte rückwärts, stieß an seinen Wagen, drehte sich um und stieg hastig ein. Anna blickte ihm nach, bis er den Platz verlassen hatte. Danach ging sie ins Haus zurück, äußerlich ruhig, aber mit eiskalten Füßen.

Und während in Walderstadt das Leben weiterging, während Halley jeden Morgen die kleinen roten Blechtische vor dem Café Komet mit einem feuchten Lappen abwischte und Buchhändler Herzog seinen Laden öffnete, Charlotte in der öffentlichen Bibliothek Schulklassen empfing, schrieb Anna. Sie sichtete ihre bisherigen Glücksinterviews und suchte die interessantesten heraus. Sie forschte im Internet nach wissenschaftlichen Abhandlungen und erfuhr, dass das Gegenteil von Glück die Depression war. Je mehr positive Lebensereignisse ein Mensch hatte, umso weniger hoch war die Gefahr für ihn, depressiv zu werden. Dabei schienen die positiven beziehungsweise negativen Gefühle tatsächlich stark von jedem selbst abzuhängen. Man konnte dieses Glücksempfinden also durch das eigene Handeln und Denken beeinflussen. Fast nahtlos fügte sich daran Annas Lieblingssparte des Buches an, *Glück to go*, in der sie ihre Leser für die täglichen Glücksmomente sensibilisieren wollte. Einiges davon verwendete sie auch für die Glückskolumnen, an denen sie fast nebenbei ebenfalls weiterschrieb. Schließlich musste sie auch ihren Lebensunterhalt verdienen. Sie hatte alles im Griff. Denk dich glücklich, dachte Anna. Dieser Satz hätte von ihrem Vater stammen können.

Nach drei Wochen des zurückgezogenen Schreibens war es eigenartig, an einen Ort zurückzukommen, der weiterexistiert hatte, während Anna sich wie unter einer Glocke befunden hatte. Anna parkte auf dem Parkplatz vor der Kirche und stieg aus. Auf der Terrasse des Café Komet suchte sie sich einen Tisch, und Georg kam, um sie zu bedienen.

»Wo ist Halley?«, fragte sie enttäuscht, nachdem sie ihn begrüßt hatte.

»Der geht es heute nicht so gut. Sie hat sich oben hingelegt.«

»Was Schlimmes?« Beunruhigt sah Anna ihn an.

»Nein, nichts Schlimmes. Frauenkram, du kennst das ja. Schön, dass du da bist, wir haben dich ja kaum noch hier gesehen.«

Anna wollte Georg nicht zu lange für sich beanspruchen, da viele Tische besetzt waren.

»Ich hatte wenig Zeit«, sagte sie und bestellte eine Milchstraße und eine Brioche.

»Brioches haben wir heute leider nicht.«

»Nicht?«, fragte Anna. Sie war erschüttert.

Georg zeigte nach oben. »Sie konnte heute nichts backen. Du kannst Apfelstreusel haben. Den habe ich gemacht.« Er sagte es nicht ohne Stolz.

Tapfer nickte Anna und versuchte sich nicht anmerken zu lassen, dass ein Apfelkuchen niemals ein Ersatz für Halleys Brioches sein konnte.

Während Georg hineinging, um ihre Bestellung zu holen, schaute Anna hinauf zum Küchenfenster. Sollte sie nach Halley sehen? Aber Georg hatte gesagt, dass sie sich hingelegt hatte. Also war das keine gute Idee. Georg brachte Kuchen und Kaffee. Beides sah köstlich aus, und das Komet war gut besucht, wie immer. Kometenschnell lief Georg mit gefüllten Tabletts raus und rein. Aus den Augenwinkeln entdeckte Anna ein bekanntes Gesicht, oder besser gesagt einen bekannten Mantel.

»Frau Meier!«, rief sie über die Tische hinweg. Sie winkte ihr zu.

»Wie viele Schritte fehlen heute noch?«

Die Angesprochene sah auf ihr Armband. »Siebentausendachthundertfünfundzwanzig.«

»Die schaffen Sie.«

Die alte Dame zeigte mit beiden Daumen nach oben. »Jeder braucht etwas, an dem er sich festhalten kann. Ich halte mich an meine Schrittvorgaben.«

Anna lachte. Sie zog die Lupe aus ihrer Tasche. Das Glas war verkratzt, und die schwarze Farbe des Griffes blätterte an einigen Stellen ab. Anna spielte ein paar Minuten gedankenverloren damit. Schließlich winkte sie Georg und zahlte. Doch dann zögerte sie und hatte urplötzlich das dringende Bedürfnis, ihr Glück herauszufordern. Anna nahm ihre Lupe in die Hand, hielt sie ein paar Herzschläge lang fest. Spürte, wie der kleine Griff sich in ihrer erwachsenen Hand anfühlte, und öffnete diese dann wie in Zeitlupe. Sie sah nicht, wo die Kostbarkeit ihrer Kindheit landete, sondern drehte sich schnell um und verließ den Platz. Dass die Schneiderin genau in dem Moment, in dem ihr Schrittzähler weitere hundertfünfundsiebzig Schritte gezählt hatte, auf der Straße zusammenbrach, bekam Anna nicht mehr mit. Als der Krankenwagen bei Hannelore Meier eintraf, war Anna bereits auf dem Weg nach Hause und saß wenig später auf dem grünen Sofa, wo sie gegen eine seltsame Zerrissenheit kämpfte. Sie bereute, dass sie die Lupe zurückgelassen hatte. Was war in sie gefahren? Sie war die stärkste Verbindung zu ihrem Vater. Dabei wusste sie nicht einmal, ob Halley sie finden würde. Immerhin lag sie krank in ihrem Bett. Würde Georg sich dann um die verlorenen Dinge kümmern? Und selbst wenn Halley die Lupe fand, war das alte Spielzeug es dann wert, zu den anderen Schätzen genommen zu werden? Würde sie es zu dem roten Seidenschal, dem Feuerwehrauto oder der Mundharmonika legen? Anna versuchte sich zu beruhigen. Eines Tages würde sie sich das Erinnerungsstück zurückholen.

Hannelore Meier war siebenundachtzig Jahre alt geworden. Ganz Walderstadt war sieben Tage nach ihrem plötzlichen Tod gekommen, um sich von ihr zu verabschieden und ihr die letzte Ehre zu erweisen. Einige erkannte Anna, als sie in der großen Menge der Trauernden am Grab stand. Die vielen Kinder der Familien, denen sie geholfen hatte, vielleicht sogar gekleidet in Hannelores Vintage-Kleider, Georg und Halley, Maximilian. Letzterer würdigte Anna jedoch keines Blickes. Er war also immer noch sauer wegen Jan Lefers. Auch Charlotte, die Herzogs, Jasper samt Ehefrau und Jakob, der für diesen Tag seine Kombüse verlassen hatte, entdeckte Anna. Alle hatten Hannelore gekannt und gemocht.

»Jeder in diese Stadt hat mindestens schon einmal eine Jacke, eine Hose oder eine Bluse zu Hannelore gebracht«, erzählte der Pfarrer gerade aus dem Leben der alten Frau. Anna war überrascht, wie alt Hannelore gewesen war, sie hätte sie mindestens zehn Jahre jünger geschätzt.

»Hannelore Meier war ein glücklicher Mensch, weil sie jene Zufriedenheit erreichte, die wir uns alle am Ende unseres Lebens wünschen. Es war ein langes und manchmal auch entbehrungsreiches Leben. Doch Hannelore wusste es immer von der sonnigen Seite zu nehmen. Bis ins hohe Alter gab sie etwas von ihrem Glück an ihre Mitmenschen weiter. Wir wünschen ihr von ganzem Herzen, dass ihr letzter Weg von jenem Licht beleuchtet ist, das sie auf dieser Erde hinterlassen hat. Möge Gott sie herzlich bei sich zu Hause aufnehmen.«

Anna warf eine weiße Rose auf den Sarg der alten Schneiderin. Am Ende sah man den Sarg vor lauter Rosen nicht mehr. Die

Traurigkeit überwältigte Anna. Sie hätte der alten Dame noch ein paar mehr Schritte in ihrem Leben gewünscht.

Nachdem sich die Trauergesellschaft aufgelöst hatte, erschien Maximilian plötzlich an Annas Seite. »Was wolltest du?«

Noch ganz benommen von ihren Gedanken an die alte Frau Meier blickte Anna auf. »Wie bitte?«

»Du hattest eine Nachricht hinterlassen auf meinem Anrufbeantworter.«

»Ach, das hat sich erledigt.«

Die Kühle, die Maximilian ausstrahlte, sein Gesichtsausdruck und wie er dastand, stocksteif, all das stand so im Gegensatz zu dem schönen Abend, den sie gemeinsam bei Jakob erlebt hatten. Es schien eine Ewigkeit her zu sein.

»Ich mag das nicht«, sagte Maximilian auf einmal.

»Was meinst du?«

»Ich mag es nicht, wenn man meine Freunde verrät«, sagte er, drehte sich um und ließ Anna stehen. Seine Miene sollte sie die nächsten Tage noch beschäftigen.

22. KAPITEL

Schreibend vergeht die Zeit schneller, und ich wühle im Garten meiner Worte, während draußen der späte Sommer tobt.

Anna hatte es geschafft, dem Verlag endlich die versprochenen Seiten zu schicken, und hoffte, dass der Lektorin gefiel, was sie geschrieben hatte. Das fühlte sich unendlich gut an. Draußen fielen sachte die ersten Blätter zu Boden. Anna liebte den Übergang von September zu Oktober, der sich so golden ankündigte. Die Kräuter waren zu großen Büschen herangewachsen, von denen sie ganze Bündel abschnitt und in der Küche zum Trocknen aufhängte. Gerade trug sie die Erträge ihres Gartens in die Küche, als sie das Klappern des Briefkastens hörte. Sie horchte auf und holte den Brief, dessen Absender sie schlagartig in Aufregung versetzte. Sie erkannte das Emblem der Immobiliengesellschaft Graf & Graf. Seit ihrer Begegnung auf dem Friedhof hatte Anna Maximilian nicht mehr gesprochen. Anna trug den Umschlag in die Wohnung und öffnete ihn in der Küche.

… teilen wir Ihnen mit, dass das Mietverhältnis aufgrund Eigenbedarfs innerhalb der gesetzlichen Kündigungsfrist von drei Monaten, also zum 1.1., hiermit gekündigt wird.

Hochachtungsvoll …

Maximilian hatte den Brief persönlich unterschrieben. Anna dachte an seinen Gesichtsausdruck nach der Beerdigung. Dieser Brief hatte die Wirkung einer Ohrfeige. Und das erste Mal wurde sie sich ihrer größten Schwäche bewusst: Sie wartete zu lange! Sie hätte Maximilian nach ihrem Gespräch anrufen sollen. Er war so enttäuscht gewesen, als er erfahren hatte, dass sie die Presse auf Jan Lefers aufmerksam gemacht hatte. Egal wie klein ihre Rolle in der Sache auch gewesen war, sie hatte ihren Anteil daran. Mit dem Brief in den zitternden Fingern rief sie Antonia an. Obwohl sie mitten in der Sprechstunde war, ließ Anna sich durchstellen.

»Mir wurde gekündigt!«

Antonia wusste sofort, um was es ging. »Das ist nicht dein Ernst, oder?«

»Doch, ich habe es sogar schriftlich.«

»Ja, aber warum?« Ihre Freundin war mindestens genauso fassungslos wie sie selbst.

»Hier steht etwas von Eigenbedarf, aber das glaube ich nicht.«

»Aber das kann der doch gar nicht …«

»Doch, er kann, und er hat sogar. Antonia, ich weiß nicht, was ich jetzt machen soll.« Anna fing an zu weinen.

»Du machst jetzt erst mal gar nichts, okay? Ich mache hier schnell Schluss.« Sie lachte trocken auf. »Ich werde einfach sagen, es handele sich um einen Notfall. Das stimmt ja schließlich auch. Dann bringe ich die Kinder zur Oma und düse für ein Stündchen zu dir raus, ja?«

Eineinhalb Stunden später klingelte es an der Tür. Antonia hatte sich nicht mal umgezogen. Sie trug immer noch ihre weißen Arztklamotten, die den Patienten das gute Gefühl suggerierten, in den besten Händen zu sein. Nur die wuscheligen Haare wollten nicht so recht ins seriöse Erscheinungsbild passen. Anna weinte zwar nicht mehr, aber sie musste wohl ein recht trostloses

Bild abgeben. Ihre Freundin drückte sie. »So, jetzt lass mich erst mal rein und erzähl, was los ist.«

In der Küche brühte Anna einen Tee aus Minze aus dem Garten auf. Antonia zupfte an den Kräuterbüscheln an den Deckenbalken und steckte sich eine Kirschtomate in den Mund, die Anna in einer Schale auf dem Tisch stehen hatte. Sie sah aus dem Küchenfenster hinaus in den üppigen Garten. »Man könnte meinen, du seist unter die Selbstversorger gegangen.«

»Du meinst, ich sollte mich einfach verbarrikadieren?«

»Wäre eine Idee, ja«, meinte Antonia und setzte sich. Sie schob die Obstschale und den Zuckerstreuer zur Seite, damit Anna die Teetassen abstellen konnte.

»Das Dumme ist nur, dass der Auslöser meines Problems mit mir unter einem Dach wohnt.«

Antonia legte ihre Hand auf Annas. »Ich weiß ja, und das ist überhaupt nicht witzig. Vielleicht solltest du einfach mit ihm reden.«

Eigentlich war Annas hartes Auflachen Antwort genug. »Das würde ich ja gerne, aber dieser Mann ist ein Eremit, der nicht gestört werden will.«

»Aber warum will er dich denn überhaupt raushaben?«

»Vermutlich bin ich ihm zu anstrengend und … ich kann es ihm nicht mal übel nehmen.«

Sie sprachen noch eine ganze Zeit über die Sache, ohne aber zu irgendeinem Ergebnis zu kommen. Trotzdem beruhigte Anna das Gespräch mit ihrer Freundin.

»Wenn alle Stricke reißen, kommst du halt erst mal zu mir«, sagte sie.

»Die Bürgermeisterin hat mir sogar schon eine andere Wohnung angeboten«, antwortete Anna.

Antonias Augen leuchteten auf. »Na, dann hast du doch gar

nichts zu befürchten. Nimm das Angebot an. Der Typ hier ...«, sie rollte mit ihren Augen, »ist einem doch irgendwie suspekt, oder?«

»Ich glaube, er ist traurig und einsam«, antwortete Anna.

Ihre Freundin zog die Augenbrauen hoch. »Du stärkst ihm also auch noch den Rücken, nach allem, was er dir angetan hat?«

»Er hat mir nichts *angetan*«, betonte Anna. »Das Leben hat ihm etwas angetan, oder das Schicksal, wenn du so willst. Aber mir hat er gar nichts getan!«

»Nein, er hat dir nur die Kündigung schicken lassen.«

Am Ende kamen sie überein, dass Anna versuchen wollte, wenigstens mit Maximilian zu reden, auch wenn sie sich davon nichts versprach. Mit diesen beiden Männern hatte sie es sich verscherzt.

Antonia stand auf. »Ich muss los, ich kann die Oma nicht schon wieder so lange in Anspruch nehmen.«

»Klar.« Anna brachte sie zur Tür.

»Danke, dass du da warst.«

»Immer«, antwortete Antonia, und Anna wusste, dass dies nicht nur ein leeres Wort war.

Als Antonia weg war, hatte Anna keine Lust mehr auf Grübelei. Sie sah auf die Uhr. Noch Zeit genug, um zu sehen, wie es Halley inzwischen ging. Sie hatte sich bisher nicht gemeldet. Anna nahm das Fahrrad. Als sie am Komet ankam, war Halley nicht zu sehen. Sie erblickte Georg, der gerade dabei war zuzusperren. Früher als sonst, wie Anna auffiel, dann las sie das Schild, das er offenbar gerade an der Tür befestigen wollte.

»Wegen Krankheit vorübergehend geschlossen«, murmelte Anna erschrocken.

»Was ist mit Halley?«, fragte sie, und ihr Herz krampfte sich zusammen.

Georg schnellte herum. Er sah aus, als hätte er die letzte Nacht nicht geschlafen. Bartstoppeln verliehen seinem Gesicht etwas ungewohnt Schmutziges.

»Ah, Anna. Schön, dich auch mal wieder zu sehen. Halley ist in der Klinik.«

»Was? Aber warum denn?« Panisch ballte Anna die Hände in den Jackentaschen zu Fäusten. Wieso hatte sie nicht früher nach ihrer Freundin gesehen?

Inzwischen hatte Georg das Schild befestigt und wischte sich mit der Handfläche über die Stirn.

»Sie ist wieder schwanger und ...« Hier machte er eine Pause, und seine Augen glänzten verräterisch. »Und die Ärzte befürchten, dass sie das Kind wieder verlieren könnte.«

»O nein!« Es rührte Anna bis ins Mark zu sehen, wie dieser Bär von einem Mann um seine Fassung rang.

Dann sagte er plötzlich: »Komm doch mit rauf!«

Anna nickte und folgte ihm in die Wohnung. Die Küche wirkte seltsam leer ohne Halley. Umständlich setzte Georg die Espressomaschine in Gang, und während er mit den verschiedenen Hebeln herumhantierte, stieß er kurze, teilweise unvollständige Sätze aus, als müsste er Druck ablassen: »Es ist ein kleiner Junge. Alles fing gut an ... dann Blutungen ... Halley.«

»Halley« und immer wieder »Halley« hörte Anna nun, während Georg versuchte, sein Schluchzen zu unterdrücken. Er setzte sich zu ihr, und Anna ließ ihn weinen, so lange, bis keine Tränen mehr kamen. Er entschuldigte sich, zog umständlich ein Taschentuch hervor und putzte sich die Nase. Georg war fix und fertig, und Anna verfluchte sich dafür, dass sie nichts gemerkt hatte. Dunkel erinnerte sie sich daran, dass Halley damals bei ihrem Essen am Wein nur genippt hatte. Da hatte sie also bereits von ihrer Schwangerschaft gewusst. So gut sie konnte, tröstete Anna Georg, erklärte, dass die heutige Medizin doch schon so viel weiter sei als noch vor ein paar Jahren. Anna erfuhr, dass Halley bereits im sechsten Monat schwanger war.

»Man sieht es kaum«, sagte Georg. »Es ist fast so, als wollte sie das Kind verstecken.«

Doch Anna schüttelte den Kopf. »Das wird schon, Georg. Bei meiner Mutter hat man bis zum Schluss auch fast nichts gesehen. Das gibt es«, sagte Anna schließlich mit all der Überzeugungskraft, derer sie fähig war. »Die werden im Krankenhaus auf Halley und das Baby aufpassen, da bin ich mir ganz sicher.«

Georg nahm einen Schluck Kaffee und schaute ins Leere. »Ich geh gar nicht zum Schachspielen.« Seine Stimme klang fremd und seltsam tonlos. Anna verstand überhaupt nicht, wovon er sprach. Er hat Fieber, dachte sie.

»Ich bin seit Jahren in Therapie, weil ich den Tod unseres ersten Kindes nicht verkraften kann. Ich träume fast jede Nacht von ihr, wie ich sie im Arm halte, beschütze und …« Seine Stimme brach. Behutsam legte Anna ihre Hand auf Georgs Arm. Es dauerte lange, bis er sich gefasst hatte. Sie hörte ihm zu und durchlebte mit ihm die Totgeburt seiner Tochter.

Plötzlich klingelte das Telefon, und er räusperte sich ein paar Mal, bevor er dranging. Es war Halley, und Georg gab nach ein paar Worten den Hörer an Anna weiter. Halleys Stimme war schwach.

»Es ist gut, Anna, dass du heute bei ihm bist. Kümmere dich ein bisschen um Georg, ja?«

»Das mache ich, und ich besuche dich bald, okay?« Mehr gab es nicht zu sagen, und Anna wollte nicht weiter in die Freundin dringen. »Ich bleibe erst mal bei Georg«, versicherte sie. »Mach dir keine Sorgen.«

Anna achtete darauf, dass Georg an diesem Abend etwas Warmes zum Essen auf dem Tisch hatte. Sie blieb über Nacht im Gästezimmer, starrte in die Dunkelheit und tat zunächst kein

Auge zu. Halley und Georg hätten es so verdient, ihr kleines Stückchen Glück. Inständig hoffte Anna, dass alles gut gehen würde. Mit diesem Gedanken schlief sie irgendwann doch ein.

Unbekannte Geräusche drangen an ihr Ohr, und im ersten Moment wusste Anna nicht, wo sie war. Verschlafen sah sie sich um. Das Zimmer war mit restaurierten Landhausmöbeln eingerichtet. Auf dem Schrank lag ein getrockneter, verblasster Strauß Rosen, ihre Steppdecke war mit einem üppigen Blumenmuster verziert. Auf einem Sessel hatte sie ihre Kleidungsstücke abgelegt. Im kleinen Holzofen in der Ecke brannte leider kein Feuer, dafür war der Herbst noch zu mild. Das Zimmer wirkte, als stammte es aus den Erzählungen von Halleys Oma. Anna wanderte im Zimmer umher, fühlte sich zu Gast in einem fremden Leben. Vorsichtig zog sie die Schublade einer großen Kommode auf. Auch darin sammelte Halley offensichtlich die verloren gegangenen Schätze. Sie wühlte ein bisschen in der Schublade, fand eine kleine silberne Tasche mit Monogramm, ein Feuerzeug, einen Schal ... Anna atmete tief ein. Wie um alles in der Welt kam ihr grüner Schal hierher?

Sie zögerte, dann drückte sie den Schal zurück in die Schublade und schob sie zu.

Aus der Küche waren Geräusche zu hören. Offenbar war Georg schon auf. Schnell zog sie sich an und ging zu ihm. Sollte sie ihn auf den Schal ansprechen? Doch dann ließ sie es. Aus seinen Augen sprach Zuversicht, und er lächelte sie an. Sie freute sich, ihr Schal war jetzt unwichtig. Sie würde Halley danach fragen.

»Guten Morgen, Anna. Gut geschlafen? Halley hat sich schon gemeldet. Die Nacht war gut. Die Blutungen konnten gestoppt werden. Wir können erst mal aufatmen.« Spontan kam er auf sie zu und drückte sie. »Kaum hat man eine Fachfrau für das Glück im Haus ...«

Anna seufzte und setzte sich. »Eine Garantin für Glück bin ich gerade nicht. Vermutlich muss ich umziehen. Dabei kann ich mir das gar nicht leisten.« Sie erzählte Georg, was passiert war und dass in ihrer Kasse Ebbe war. »Es ist fast alles für den Umzug in das Haus am See draufgegangen. Jetzt muss ich wieder von vorn anfangen. Das bedeutet, ich muss erst mal einige Artikel schreiben, um Geld zu verdienen, und das Buch muss ich ja auch weiterschreiben. Daran darf ich gar nicht denken. Der Vorschuss ist jedenfalls weg, und das nächste Geld für das Buch gibt es erst bei Veröffentlichung.« Ihre Lage war zum Verzweifeln.

»Aber das ist ja großartig!«

»Wie bitte?« Anna dachte schon, sie habe sich verhört, aber Georg sah aus, als hätte er im Lotto gewonnen.

Jetzt war Anna sich sicher, er redete im Fieberwahn. »Georg, ich glaube, du hast mich nicht richtig verstanden: Ich bin fast pleite!«

Er stellte ihr einen Becher Milchkaffee vor die Nase und einen Teller mit einem Croissant.

»Hier. Brioches kann ich leider nicht, aber von den Croissants hat Halley immer welche eingefroren. Aufbacken kann ich.« Er setzte sich ebenfalls an den Tisch. »Versteh mich nicht falsch, Anna, aber du kommst genau zur richtigen Zeit.«

Das wäre das erste Mal, schoss es Anna durch den Kopf. Doch Georg war noch nicht fertig. »Würdest du, solange Halley in der Klinik bleiben muss, im Café aushelfen? Ich kann den Laden allein nicht schmeißen, und Halley fällt ja länger aus. Du würdest uns einen großen Gefallen tun.«

»Ich …«

»Wir würden dir natürlich einen angemessenen Lohn bezahlen und …«, er holte Luft, »… dir auch einen ordentlichen Vorschuss geben. Wir haben gut verdient und können es uns leisten.«

Er sah sie flehentlich an und streckte die Hand aus. »Einverstanden?«

»Einverstanden«, antwortete Anna, ohne auch nur eine Sekunde zu zögern.

23. KAPITEL

Glück im Unglück, sagt man, und es scheint, als säße Halley genau auf dieser hoffnungsvollen Insel des Glücks inmitten eines Ozeans aus Unglück.

Anna eilte die langen, weiß getünchten Gänge entlang, und ein Geruch, wie es ihn nur in Krankenhäusern gibt, stieg ihr in die Nase. Schwer zu beschreiben. Eine Mischung aus alkoholgetränkten Wattebäuschen, abgestandener Luft und Früchtetee. Für die einen war dies ein Ort der Hoffnung, der Genesung, der Beginn eines neuen Lebens, für andere war es ein Ort des Abschieds. Anna fragte sich, warum so viele Kliniken immer noch sehr karg und steril waren. Sie würde sich große bunte Bilder wünschen oder bemalte Wände. Landschaften, die den Kranken Lust auf das Leben draußen machten.

Zimmernummer 238. Hier blieb Anna stehen, sammelte sich und öffnete die Tür.

Halley, die direkt am Fenster lag, drehte den Kopf in ihre Richtung und streckte ihr die Arme entgegen. »Anna, wie schön, dass du kommst.«

Mit wenigen Schritten durchquerte Anna das Zimmer und erkannte unter der Decke kaum den gewölbten Bauch ihrer Freundin.

Doch Halley schien zu leuchten und folgte ihrem Blick: »Man sieht zwar nicht viel, aber da ist tatsächlich ein Baby drin!«

Anna drückte Halleys Hände, dann stapelte sie eine Tüte Croissants, Orangen, Schokoladenkuchen, Bananen und Käseecken auf den Beistelltisch.

»Hier, von Georg, damit ihr nicht verhungert.«

»Wenn ich das alles esse, platze ich.«

Anna schielte auf ihren Bauch. »Das wäre jetzt wirklich keine gute Idee ...« Weiter kam sie nicht, ein Kissen traf sie im Gesicht. Sie fing es auf, legte es auf Halleys Bett und zog sich einen Besucherstuhl heran.

»Also, wie geht es dir?«

»Besser«, sagte Halley und ihre Augen funkelten. »Die Blutungen haben aufgehört, und die Ärzte sagen, wenn ich weiter brav bin und mich ausruhe, wird hoffentlich alles gut gehen.« Sie richtete sich vorsichtig auf ihren Ellenbogen auf und schmunzelte. »Finde ich übrigens eine super Idee von Georg, dass er dich im Komet einspannt.«

»Ich auch. Was ich bei euch verdiene, kann ich gerade wirklich gut gebrauchen.«

Gleich nachdem sie ihre Zusammenarbeit gestern per Handschlag besiegelt hatten, war Georg aufgestanden, um seinen Computer hochzufahren. Er hatte Anna in sachlichem Ton nach ihrer Bankverbindung gefragt und eine Überweisung als Vorschuss auf ihre Arbeit ausgeführt.

»Du hast einen tollen Mann«, flüsterte Anna und zauberte Halley ein bisschen zusätzliche Farbe auf die Wangen.

»Den besten, und wenn das hier auch noch gut geht ...«, sie tippte mit den Fingerspitzen sanft auf ihren Bauch, »... dann sind wir wirklich die glücklichste Familie auf der Welt.«

»Es wird gut gehen«, versicherte Anna.

Halley ließ sich ins Kissen zurückfallen. »Ich hoffe es so sehr«, sagte sie, und Anna sah die Angst in ihren Augen aufflackern.

Sie rutschte näher an die Freundin heran. »Bestimmt ist es

schwer, aber denk jetzt nicht daran, was alles passieren könnte. Versuche, optimistisch zu sein, Halley!«

»Das sagst du so. Aber so einfach ist das eben nicht, nach dem, was uns passiert ist …« Sie brach ab.

»Ich weiß«, antwortete Anna sanft. »Georg hat mir auch davon erzählt. Und trotzdem hat es der kleine Kerl da drinnen verdient, dass ihr an ihn glaubt.«

Halley nickte. Dann zog sie die Schublade ihres Nachttisches auf, holte ein Ultraschallbild heraus und reichte es Anna. »Wenn meine Großmutter von der Zeit vor meiner Geburt sprach, sagte sie immer: ›Da warst du noch eine Schüssel Quark.‹« Sie gluckste. »Aber wie Quark sieht er eigentlich nicht aus, oder?«

»Nein«, Anna lachte, »er sieht aus wie Geolly, also eine perfekte Mischung aus euch beiden, und er scheint es sich gemütlich gemacht zu haben«, versicherte Anna. Sie gab Halley das Bild zurück. »Apropos gemütlich, vielleicht hast du noch ein paar Tipps für mich? Schließlich arbeite ich bald das erste Mal in einem Café.«

»Na, dann verrate ich dir jetzt mal die Geheimnisse des Kometen«, sagte Halley lachend.

In den nächsten eineinhalb Stunden durchlief Anna eine Art Überlebenstraining für neue Mitarbeiter. Erst dachte sie noch, sie könne sich alles merken, aber dann zückte sie doch lieber ihr Notizbuch.

»Die Siebträgermaschine muss erst warm laufen, bevor du sie benutzen kannst«, erklärte Halley, »der Schlüssel für den Vorratskeller hängt links neben der Tür, und der Schalter für die Beleuchtung ist unter dem Tresen. Ankes Blumenparadies liefert regelmäßig Blumen für die Tische. Einmal im Monat bringt sie die Rechnung. Die kannst du gleich aus der Kasse bezahlen.« Sie verriet Anna, welche Teige vorbereitet werden mussten, um zu ruhen, und wo man unbedingt nur ganz kalte Butter hinzugeben durfte. Anna schrieb mit, so gut es ging, fragte nach, ließ sich noch erklären, wo das Rezeptbuch von Halleys Großmutter versteckt war, und hatte schließlich mehrere Seiten eng beschrieben. Sie hielt das Buch hoch.

»Das ist jetzt nicht dein Ernst, oder? Wie soll ich das alles schaffen? Weiß Georg das nicht?«

Halley feixte: »Georg hat keine Ahnung.« Als sie Annas entsetzten Blick auffing, fügte sie hinzu: »Quatsch. Ihr kriegt das schon hin. Georg kennt sich aus, nur die Brioches kann er immer noch nicht. Aber Charlotte hat in der Bücherei ein paar ziemlich gute Backbücher. Schau doch einfach mal bei ihr vorbei.«

Nach zwei Stunden verließ Anna das Krankenhaus mit der Vorahnung, dass es vielleicht nicht so leicht sein würde, für Halley im Komet einzuspringen. Zu Hause tippte sie ihre Aufzeichnungen noch einmal in den Computer und druckte die Liste aus. Sie wollte sie irgendwo gut sichtbar im Café aufhängen und hoffte, damit für den Anfang gerüstet zu sein. Trotz des flauen Gefühls im Bauch war sie in Aufbruchsstimmung. Vorsichtshalber wollte sie aber Halleys Rat folgen und sich die Backbücher in der Bibliothek ansehen.

Die Bibliothekarin saß vor einem großen Stapel Bücher, den sie offenbar einzusortieren hatte. Als sie Anna hereinkommen sah, begrüßte sie sie fröhlich.

»Ah, unsere beliebte Autorin.«

»Ja, aber diesmal bin ich in anderer Mission hier.« Sie berichtete von Halley und ließ sich die Kochbuchabteilung zeigen. Dort notierte Anna ein paar Grundrezepte für Mürbeteig, Biskuitteig und Blätterteig aus einem alten Backbuch mit dem schönen Titel *Aus Großmutters Zeiten*. Sie war erstaunt über die Vielfalt der Rezepte und dachte, dass auch Halley ein solches Buch schreiben müsste. Immerhin konnte sie sich hier auf den Fotos ein paar

Eindrücke verschaffen. Je länger sie in den Rezepten blätterte, umso mehr hatte sie das Gefühl, dass sie das niemals hinbekommen würde.

»Was mache ich eigentlich hier, ich bin Schriftstellerin oder wenigstens Journalistin.« Anna musste es wohl laut gesagt haben, denn Charlotte kam zu ihr.

»Das bist du, und das wirst du immer sein. Das kann man nicht einfach ablegen wie einen alten Mantel. Komm, wir trinken eine heiße Schokolade. Kaffee geht gerade nicht, der Automat funktioniert nicht richtig. Und dann erzählst du mir, warum du unter die Bäckerinnen gehen willst.«

»Da muss ich aber weit ausholen. Alles fängt nämlich mit dem Künstler unter meinem Dach an.«

»Kein Problem, ich habe Zeit.«

Vielleicht ist es wirklich eine gute Idee, Charlotte die Geschichte von Jan Lefers zu erzählen, dachte Anna. Charlotte wohnte noch nicht lange in Walderstadt und war bestimmt nicht so voreingenommen wie die anderen.

»Also, ich weiß inzwischen, wer J.L. ist.«

Charlotte riss die Augen auf. »Tatsächlich?«

»Ja, sein vollständiger Name lautet Jan Lefers, aber du wirst hier in Walderstadt nur wenig Gutes über ihn hören. Seine Frau kam bei einem Unfall auf seinem See ums Leben, und viele geben ihm eine Mitschuld. Aber das hast du ja in dem Artikel meines Kollegen schon gelesen.«

»Mich interessiert, was du denkst, Anna. Glaubst du an die Mitschuld von Jan Lefers?«

»Nein«, sagte Anna und war überzeugter denn je. »Er hat seine Frau geliebt, und er hat versucht, sie zu retten. Aber die Leute …«

»… wissen es immer besser«, beendete Charlotte den Satz. »Das kenne ich, Schätzchen. Aber das erklärt noch nicht, warum du in Backbüchern liest, statt selbst zu schreiben.«

Anna holte weit aus, berichtete von dem Buch über das Glück, das ihr nicht gelingen wollte, von der Kündigung und ihren Geldproblemen. Während sie redete, wurde ihr wieder einmal bewusst, wie ein Rädchen des Lebens in das andere griff und dass jede noch so kleine Entscheidung die folgende auslöste. Was würde als Nächstes kommen? Und war Glück dann nicht mehr als die Auswirkung einer spontanen Entscheidung?

Am Abend versuchte sie, Maximilian zu erreichen, um mit ihm über die Kündigung zu sprechen, aber er ging nicht ans Telefon. Vorsichtshalber stöberte sie im Internet schon einmal nach Mietangeboten. Doch sie machte es halbherzig. Nichts würde an ihre jetzige Wohnung im Haus des Künstlers herankommen. Vielleicht gab es ja doch noch Hoffnung. Sie musste Maximilian erreichen, oder eben den Künstler selbst. Spontan schrieb sie eine Nachricht an ihn:

Verehrter Künstler,

ich bin verzweifelt. Auch wenn ich Ihre Wut über den Artikel verstehe ... Haben Sie meine Gegendarstellung gelesen? Ich wollte es wiedergutmachen. Ich würde mich sehr freuen, wenn Sie sich das mit der Kündigung noch einmal überlegen könnten. Bitte!

Es grüßt hoffnungsvoll

Ihre
Julia Jupiter

PS: Ich habe meinen Schal gesehen!

24. KAPITEL

Irgendjemand (vielleicht Gott?) hat sich einen Scherz erlaubt. Er sitzt da oben auf einer Wolke und lacht über uns, weil wir unser Glück jeden Tag steuern, ohne uns dessen bewusst zu sein. Wir tun Dinge, von denen wir glauben, sie würden uns glücklich machen, aber es passiert das Gegenteil. Wir taumeln durch unser Leben in dem vermeintlichen Glauben, unglücklich zu sein, und es stellt sich heraus, es wird unser größtes Glück sein. Vielleicht sitzen Papa und Helen dabei und sehen uns zu ...

Am nächsten Tag pünktlich um sieben stand Anna vor der Ladentür des Café Komet. Georg war schon da und öffnete ihr.

»Ah, meine neue Mitarbeiterin!« Er schob Anna gleich nach hinten in die Küche. Sie schnupperte begeistert. »Das riecht aber gut.«

Selbst grelles Neonlicht hätte Georgs Strahlen nicht übertreffen können. »Du darfst probieren.«

Anna schnappte sich ein noch warmes Croissant vom Blech. »Hmm, schmeckt auch gut.«

»Das freut mich, aber wir müssen die Sachen jetzt in die Vitrine legen. Statt der Brioche-Pyramide stapeln wir heute Croissants.« Er schmiss Anna eine Kometenschürze zu. »Anziehen und abheben!«

Sie arbeiteten konzentriert, und Anna war stolz auf ihren Turm im Schaufenster. Mit einiger Mühe hatte sie eine Technik gefunden, bei der die knusprigen Gebäckstücke nicht immer wieder herunterfielen. Als die ersten Gäste um neun vor der Tür standen, war alles vorbereitet. Die Tische füllten sich, und Anna übernahm es, die Bestellungen aufzunehmen und zu servieren. Georg kam dann nur noch für die Abrechnung, weil Anna sich mit der Kasse noch nicht auskannte. Am Anfang fiel es ihr nicht leicht, sich die einzelnen Bestellungen zu merken. Mehrmals verwechselte sie die Tische. Aber die Gäste waren geduldig und schickten sie freundlich weiter. Schließlich brachte Anna dem Buchhändler Herzog, seiner Frau und seiner Tochter die Frühstückskarte. Vater und Tochter wollten sich aber lieber drinnen in der Vitrine etwas aussuchen. Kaum waren sie verschwunden, konnte Anna es sich nicht verkneifen, Frau Herzog zuzuflüstern: »Haben Sie es getan?«

»Ja«, antwortete Frau Herzog. »Ich saß zwei Stunden auf der Bank auf dem Mittelstreifen, bevor sie gemerkt haben, dass etwas nicht stimmte. Aber dann sind sie doch gekommen. Heute wollen wir darüber reden, ob wir ein gemeinsames Geschäft aufmachen und wie das aussehen könnte.«

Anna deutete mit dem Daumen nach oben, gerade als Vater und Tochter aus dem Laden kamen. Dann eilte sie weiter.

An welchen Tisch sie auch immer kam, jeder fragte nach Halley, jeder wollte wissen, wie es ihr ging, und richtete gute Wünsche aus. Viele ließen Blumen und Geschenke da, und Anna schämte sich mit jeder Minute mehr, dass sie die ganze Zeit nichts von Halleys Schwangerschaft mitbekommen hatte. Zwischendurch versorgte Georg sie mit einem Kaffee Korona oder was sie sonst wollte und scherzte, wenn sie sich besonders ungeschickt anstellte.

Als schließlich der letzte Gast zahlte, sah Anna überrascht auf die Uhr. Sie hatte die Zeit vergessen. Doch nun ließ sie sich erschöpft auf einen Stuhl fallen. Georg brachte ihr eine Milchstraße.

»Hier, hast du dir verdient. Du hast dich gut geschlagen.«

Anna zog einen Schuh aus und rieb sich den Fuß.

»Danke. Das ist wirklich etwas anderes, als am Computer zu sitzen und zu schreiben.« Sie stöhnte. »Meine Füße!«

Er zwinkerte ihr zu. »Stimmt, aber du wirst dich daran gewöhnen, und deine Füße auch.«

Genüsslich trank Anna ihren Kaffee und stöhnte noch einmal. Niemals wäre ihr in den Sinn gekommen, als Bedienung in einem Café zu arbeiten. Solange sie sich erinnern konnte, schrieb sie. Schon in der Schule hatte sie an der Schülerzeitung mitgearbeitet und später einige Praktika und ein Volontariat absolviert, bevor sie angefangen hatte, für Magazine wie die *Early Bird* zu schreiben. Hier zu sein fühlte sich an, als wäre sie in einem Theaterstück gelandet und würde eine Rolle spielen.

Die Wahrheit war: Sie vermisste schon jetzt die Magie, die sie manchmal beim Schreiben gefühlt hatte. Wenn Gedanken sich ohne Barrieren zu Worten formten und sich vor ihren Augen eine Geschichte entwickelte. All das schien im Augenblick weit weg zu sein. Anna trank aus, und Georg entließ sie für diesen Tag.

»Bis morgen, Anna, gleiche Zeit, gleicher Planet.«

Anna fuhr nach Hause. Trotz der ungewohnten körperlichen Arbeit und der schmerzenden Füße fühlte sie sich leicht und frei. Sie hatte einen Job und wurde gut bezahlt. Genau genommen zahlte Georg ihr viel zu viel für die Arbeit. Sein großzügiges Angebot hatte Anna zuerst nicht annehmen wollen, aber er hatte ihr versichert, das sei schon okay. Ohne sie müssten Halley und er das Café Komet vorübergehend schließen. Anna war froh darüber, wusste aber, sie hatte nur eine Arbeit auf Zeit. Sie musste sehen, dass sie trotz allem an ihren Kolumnen und vor allem an dem Buch weiterschrieb. Der Verlag wartete auf die nächsten Seiten.

Als Anna an diesem Abend erschöpft, aber mit sich zufrieden die Haustür aufschloss, beachtete sie zum ersten Mal seit langer Zeit wieder die Bilder in der Galerie. Wochenlang hatte der Künstler sie mit denselben düsteren Gemälden abgestraft. Wenn Anna daran vorbeigelaufen war, hatte sie den Kopf gesenkt. Umso erstaunter war sie, als sie die Schuhe ausgezogen und das Licht eingeschaltet hatte.

Lefers musste während ihrer heutigen Abwesenheit intensiv gearbeitet haben. Das Auffälligste war ein neuer Teppich. Aus Rot war Grün geworden. Damit erhielt der Raum eine völlig neue Stimmung. Sofort nahm Anna die Bilder in Augenschein, und ein Lächeln flog über ihr Gesicht. Überall wuchsen aus den knorrigen Ästen und den wuchtigen Kronen der Bäume unzählige zarte grüne Blätter. Der Künstler hatte das Grün entdeckt und es in all seinen Nuancen gefeiert. Und der neue Teppich in der Galerie, der sich wie Moos unter ihren Füßen ausbreitete, verstärkte diese Wirkung noch.

Jan Lefers hatte nicht geantwortet, aber ihr vielleicht doch ein bisschen verziehen. Über die Kündigung hatte er nichts gesagt, damit blieb es dabei. Sie musste zum Jahresanfang ausziehen. Anna versuchte sich an diesen schmerzlichen Gedanken zu gewöhnen. Denn auch Maximilian, der sich inzwischen gemeldet hatte, riet ihr dringend, sich eine neue Wohnung zu suchen.

Sechsmal die Woche arbeitete Anna nun im Café Komet, lernte die Macken der italienischen Espressomaschine kennen, die Georg »Capo« nannte, weil sie seiner Ansicht nach die heimliche Chefin war. Anna bediente und half beim Backen. Der goldene Oktober verging und der November kam. Georg war – entgegen

Halleys Vermutung – erstaunlich geschickt, nur an die Brioches wagte er sich nicht heran. Das mochte vor allem daran liegen, dass es sich um das streng gehütete Familienrezept von Halleys Großmutter handelte. Das Rezept hatte Anna in *Omas Backbuch* gefunden. In einer ruhigen Minute wollte sie versuchen, die Brioches nachzubacken. Das Gebäck wäre ein schönes Willkommensgeschenk für Halley. Doch noch musste ihre Freundin in der Klinik bleiben. Jeder Tag zählte. Der errechnete Geburtstermin war im Januar, und es war noch nicht klar, ob Halley vorher noch mal nach Hause kam. So oder so, wenn der Kleine dann gesund auf der Welt war und Halley sich ein bisschen erholt hatte, würde sie ihren Platz im Café Komet wieder einnehmen. Wie es danach weitergehen sollte, wusste Anna immer noch nicht. Denn das Schreiben war in den Hintergrund gerückt. Mit Mühe schrieb sie die eine oder andere Kolumne. An das Buch war bei all der Arbeit nicht zu denken. Wenn sie abends abgekämpft und mit müden Füßen nach Hause kam, schaute sie manchmal in ihre E-Mails. Gluecksplost@Julia-Jupiter.de bekam reichlich Post. Manchen Mails waren gescannte Zeitungsartikel beigefügt, die über das Unglück von Jan Lefers' Frau berichteten, und Anna wurde vor dem Künstler gewarnt. Sie erfuhr, dass es Leser gab, die ihre Texte ausgeschnitten und aufgehoben hatten. Eine ältere Frau, die an Krebs erkrankt war, berichtete, sie habe sich eine Art Glückstagebuch angelegt, in dem sie alle kleinen Glücksmomente sammelte, denen sie noch begegnete. Sie versicherte Anna, dass es reichlich waren.

Die schönsten E-Mails druckte Anna aus und sammelte sie in einem Karton. Wenn eine Postadresse angegeben war, beantwortete sie sie manchmal handschriftlich auf edlem Papier mit ihrem guten Füller. Sie liebte das Geräusch, wenn die Feder über das Papier glitt. Ein bisschen schrieb sie also doch noch. Zu mehr fühlte sie sich kaum in der Lage.

Ihre Mutter rief an und berichtete, dass sie abends ihre Füße kaum noch spürte, weil sie kilometerweit über das Gelände gelaufen war. Es war das erste Mal, dass Anna nachempfinden konnte, was das bedeutete.

»Wie geht es dir mit dem Glücksbuch?«, fragte ihre Mutter.

»Ich komme gerade nicht zum Schreiben.«

»Das tut mir leid. Verlier nicht aus den Augen, was dir wichtig ist, Anna.«

Anna seufzte und hätte in diesem Moment so gern bei ihrer Mutter unter den Olivenbäumen gesessen.

»Ich weiß«, sagte sie schlicht.

Als sie auflegte, war sie sich bewusst, dass sie schon seit einiger Zeit ganz weit von ihrem Glück entfernt war.

25. KAPITEL

Liebes Glück, sicher bist du gerade sehr beschäftigt, aber wenn du dennoch gelegentlich bei mir vorbeischauen könntest, wäre ich dir unendlich dankbar!

Es regnete in Strömen, als Anna im Komet ankam. Sie freute sich geradezu auf das gemütliche Café. Bei dem scheußlichen Wetter wollte sie es ihren Gästen heute besonders schön machen. Georg legte seine Schürze ab, als Anna in die Küche kam.

»Ich habe alles vorbereitet und gebacken. Du kannst die Theke füllen und … Aber das weißt du ja sowieso. Kommst du wirklich alleine klar?« Er sah sie prüfend an.

»Natürlich komme ich klar«, sagte Anna. Sie rollte mit den Augen. »Gestern habe ich von Croissants geträumt. Jetzt geh schon und grüß Halley von mir!« Zur Bekräftigung schob sie Georg zur Tür hinaus, und schneller, als sie schauen konnte, war er im Regen verschwunden. Er würde heute den ganzen Tag bei Halley bleiben können, und das freute Anna. Sie hatte inzwischen Routine darin, das Komet für die Gäste vorzubereiten. Zuckerdosen auffüllen, Gläser polieren, Kaffeetassen vorwärmen … Hatte sie jemals etwas anderes gemacht? Später würde sie noch Teelichter auf den Tischen verteilen. Wenn jemand von draußen durch das Schaufenster blickte, sollte es heimelig aussehen. Das lockte Gäste herein.

Die Erste, die hereinschneite und sich die nasse Kleidung abklopfte, war Charlotte. Anna war einigermaßen verwundert. Charlotte kam selten während der Öffnungszeiten der Bibliothek ins Komet.

»Hey, Charlotte, ist der Kakao drüben ausgegangen?«

Die Bibliothekarin winkte ab. »Schlimmer! Jetzt ist die ganze Maschine kaputt.« Sie bestellte einen Cappuccino Korona, den Anna ihr sofort an den Tisch brachte.

»Oh, das tut mir leid. Bestimmt kann man sie reparieren.«

»Das glaube ich kaum. Das Ding ist uralt. Ich fürchte, wir brauchen eine neue. Aber dafür muss ich erst einen Antrag stellen, den muss ich einreichen, dann muss er genehmigt werden und bekommt einen Stempel. Frühestens dann kann ich eine neue Maschine bestellen. Verdammte Bürokratie. Da trinke ich lieber hier einen Kaffee. Das geht schneller.« Sie musterte Anna, die wie selbstverständlich eine Kometenschürze trug. »Und? Verwandelst du dich jetzt von der Schriftstellerin in eine Bedienung? Wird der Schmetterling zur Raupe?«

Die Frage traf Anna. Viele der Gäste hatten sich inzwischen daran gewöhnt, dass sie im Café Komet arbeitete. Aber Anna vermisste das Schreiben. Sie wusste auch, dass sie gerade dabei war, einen schweren Fehler zu wiederholen, schon wieder hinkte sie mit ihrem Buch hinterher. Vor sich selbst rechtfertigte sie ihr Verhalten damit, dass sie Geld verdienen musste, um über die Runden zu kommen, und dass immer noch genug Zeit für das Buch bleiben würde … Doch Charlotte hatte den Finger in die Wunde gelegt, und Anna hoffte, sie würde das Thema wechseln. Doch davon war Charlotte weit entfernt. »Schreibst du überhaupt noch?«

»Nur wenig.«

»Dann solltest du das schleunigst wieder tun, Anna. Denn sosehr ich dieses Café schätze. Du gehörst nicht hierher. Schreib!«

»Ich weiß nicht …«, sagte Anna und verzog sich schnell hinter die Vitrine. Sie spürte Charlottes Blick und hoffte, dass sie nichts mehr sagen würde. Anna machte sich an der Espressomaschine zu schaffen und drehte Charlotte den Rücken zu. Gerade noch rechtzeitig, bevor die Stille peinlich wurde, betrat der nächste Gast das Café.

Doch die Erleichterung war nur von kurzer Dauer, denn kaum hatte Anna sich umgedreht, erkannte sie, wer gerade hereingekommen war. Mark. Sie hatte ihn seit einer Ewigkeit nicht mehr gesehen. Genau genommen seit jenem Abend in ihrer Küche.

Soweit sie wusste, war er seitdem auch nicht mehr ins Café gekommen.

Mark zog seine Jacke aus, setzte sich. Mit aller Leichtigkeit in der Stimme, derer sie fähig war, rief sie: »Was darf ich bringen?« Sie vermied die Anrede. Sie waren per Du gewesen, aber galt das jetzt noch? Er sah sie einen langen Moment an, und wieder hatte Anna das Gefühl, von diesem Blick aufgesogen zu werden. Sie spürte, wie sie rot wurde, und schämte sich dafür. Was passierte nur mit ihr in der Nähe dieses Mannes? Sie verlor die Kontrolle wie ein verliebter Teenager.

»Bring mir bitte einen Korona«, bat er, und Anna war froh, etwas tun zu können. Für ihn war es offenbar kein Problem, sie weiterhin zu duzen. Anna füllte die Tasse und brachte sie an seinen Tisch. Sie versuchte ein Lächeln. Es misslang, und während sie alles tat, um sich äußerlich nichts anmerken zu lassen, überschlugen sich in ihrem Kopf die Gedanken, sodass sie Charlottes Räuspern zunächst gar nicht hörte. Erst als diese sich ein zweites Mal bemerkbar machte, reagierte Anna und sah schuldbewusst in Richtung der Bibliothekarin.

»Ich zahl dann mal. Meine Bücher vermissen mich, wenn ich so lange wegbleibe«, scherzte Charlotte und legte das Geld auf den Tisch. Anna half ihr in den Mantel und hielt ihr die Tür auf. Charlotte sah sie eindringlich an. »Du solltest wieder schreiben.«

Dann verließ sie das Café in Richtung Bücherei und stemmte sich gegen den Wind.

Regentropfen wirbelten herein. Schnell schloss Anna die Tür und war mit Mark allein.

»Du schreibst nicht mehr?«, fragte er in die Stille, und Anna stöhnte auf. Warum sprach sie gerade heute jeder darauf an?

»Im Moment nicht.«

»Kein Glück mehr?« Mark sah auf.

Anna starrte ihn an und spürte, wie ihr Tränen in die Augen stiegen. Er hatte mit einem Satz ihr ganzes Dilemma auf den Punkt gebracht. Sie hatte sich verloren. Seit sie sich erinnern konnte, war sie angetrieben gewesen von dem Gefühl, Glücksmomente zu finden. Ihr Leben lang hatte sie sich über das Wesen des Glücks Gedanken gemacht, hatte ihre Leser mit der Nase darauf gestoßen und sich durch das Glück der anderen bestätigt gefühlt. Dafür hatte sie gelebt. Nun funktionierte sie nur noch.

Sie betrachtete Mark und wusste, dass er auf eine Antwort wartete.

»Was ist schon Glück?«, fragte sie.

»Das wollte ich von dir wissen. Ich dachte, du seist die Expertin.«

Anna schwieg. Mark trank einen Schluck Kaffee und sah durch das Schaufenster nach draußen. Der Wind war noch stärker geworden, und trüber Regen ließ sie die Platanen nur noch schemenhaft erkennen. Wie große graue Riesen trotzten sie dem Wetter. Anna kam ebenfalls ans Fenster, verschränkte die Arme vor der Brust und schaute hinaus. So musste sie ihn nicht ansehen. Sie machte sich wenig Hoffnung, dass noch viele Gäste kommen würden. Vielleicht würde sie früher schließen. Zu Hause eine heiße Badewanne …

Unerwartet griff Mark ihr Handgelenk, hielt sie fest und zog sie neben sich auf den Stuhl. Doch er sah sie nicht an, sondern an ihr vorbei in das wilde Gestöber.

»Anna.«

Wütend sah Anna ihn an. »So einfach ist das nicht, Mark. Du tauchst einfach auf und verschwindest wieder. Ich weiß nicht, was ich von dir halten soll!«

Während ihres Wutausbruches hatte Mark ihre Hand nicht losgelassen, sondern führte sie nun langsam zu seiner Brust. Anna hielt die Luft an. Sie spürte seine Wärme und das Schlagen seines Herzens, und während draußen der Regen nun fast waagerecht auf die Scheibe traf, überschlugen sich ihre Gefühle. Sie bewegte ihre Hand nicht von der Stelle, und fasziniert verfolgte sie, wie ihr Herzschlag sich zu seinem gesellte. Sie bebte, als seine Lippen ihre berührten. Für einen kurzen Augenblick zögerte er, doch diesmal zuckte Anna nicht zurück. Mit seinen Händen hielt er ihr Gesicht, und immer, wenn sie für einen Wimpernschlag die Augen öffnete, begegnete ihr Blick seinen warmen braunen Augen.

Es dauerte lange, bis sie sich voneinander lösten. Glöckchen klingelten, und während Anna noch versuchte, das Geräusch zuzuordnen, stand Georg in der Tür.

»Also. Ich … bin … dann … mal wieder da.« Er sagte es sehr laut und sehr deutlich. Anna sprang auf und eilte hinter die Vitrine. Sie wischte mit einem Lappen über die Theke, so als hätte sie die ganze Zeit nichts anderes gemacht.

»Oh, gut. Wie geht es Halley?« Sie hörte sich selbst und erkannte ihre eigene Stimme kaum. Etwas Raues hatte sich in den Ton gemischt und verriet sie. Sie spürte, wie sie rot wurde. Georg ließ sich nichts anmerken, nickte Mark zu.

»Es geht ihr gut und dem Kleinen in ihrem Bauch auch. Die Ärzte sind zufrieden.« Er schmunzelte. »Hier ist alles gut gelaufen?«

»Ja, alles klar.« Anna nickte. »Es waren kaum Gäste da, bei diesem Wetter.« Sie schielte zu Mark hinüber. Er war gekommen, trotz des Wetters.

Doch Mark schwieg und sah wieder aus dem Fenster hinaus. Kämpfte er, wie Anna, gegen die Flut der Gefühle? Sie brannte innerlich, und es tat ihr körperlich weh, so weit von ihm entfernt zu sein. Warum musste Georg auch gerade jetzt auftauchen?

»Warum bist du nicht länger bei Halley geblieben?« Die Bemerkung war Anna so rausgerutscht. Georg zog in gespielter Verzweiflung die Augenbrauen hoch.

»Wäre ich ja. Aber sie hat mich rausgeschmissen. Wahrscheinlich, weil sie genug davon hatte, dass ich sie alle paar Minuten frage, ob sie noch etwas braucht und wie sie sich fühlt und ob ich noch etwas tun kann.« Er hob die Arme und ließ sie kraftlos wieder fallen. »Wir Männer sind im Grunde genommen doch hilflos.«

Anna beobachtete Mark. Er war aufgestanden und zog Jacke und Mütze an. Sein Blick suchte sie, und darin lag ein Meer aus Worten, die er nicht aussprach, nicht aussprechen konnte. Sie hätte sie so gern gehört. Jede Silbe, jeden einzelnen Buchstaben. Was wäre passiert, wenn Georg nicht aufgetaucht wäre?

Mark kam an die Kasse und zahlte. »Danke. Ich melde mich.« Er nickte Georg zu. »Grüß Halley ganz herzlich von mir.«

Und schon war er draußen. Anna sah ihm nach. Wohin würde er jetzt gehen und wann würden sie sich das nächste Mal begegnen? Sie sehnte sich schon jetzt nach ihm.

Über die Situation, in der Georg Anna und Mark vorgefunden hatte, verlor dieser kein einziges Wort, und Anna war ihm dafür dankbar. Sie war verwirrt von der Wucht ihrer Gefühle.

Und dann dachte Anna über das Glück nach, das manchmal doch zur richtigen Zeit am richtigen Ort war. Wenn es draußen wie verrückt stürmte und es genau den einen Menschen hereinwehte, auf den man schon immer gewartet zu haben schien. Wenn eine Begegnung die Macht hatte, die Zeit zu beschleunigen, und aus ein paar Minuten Sekunden wurden.

26. KAPITEL

Was ist Glück? Glücksgefühle sind elektrische Impulse, die das Gehirn an die Nervenzellen schickt. Glück entsteht nicht im Herzen, es entsteht im Kopf. Es ist ein Zusammenspiel eines sensiblen Orchesters aus Neurotransmittern und Hormonen. Schokolade kann Glücksgefühle auslösen oder ein Kuss. Doch wie lange hält das Glück eines einzelnen Kusses an?

Mark hatte sich nicht gemeldet. Eine Woche war vergangen, und Anna wusste nach wie vor nichts über den Mann, der sie geküsst hatte. Sie erinnerte sich nur an seine Augen, die von einem weichen Braun waren. Geschmolzene Vollmilchschokolade. Und sie hatte einen Namen: Mark. Normalerweise küsste sie keine Fremden. Mark war fremd. Sie wusste nicht, wo er wohnte, wovon er lebte oder wohin er gegangen war. Nur der Geschmack nach Kaffee und ein flüchtiger Geruch nach Sandelholz waren ihr geblieben. Sein Kuss war intensiv gewesen, fest, forschend und doch zärtlich.

Anna beschloss, ihr Büro endlich aus seinem Halbschlaf zu erwecken. Schreiben war vielleicht das Einzige, was ihr jetzt helfen konnte.

Sie hatte sich vortasten müssen, zunächst die Vorhänge aufgezogen, dann die Fenster weit aufgeschoben. Schließlich klappte Anna ihren Laptop auf und schaltete ihn ein. Zuerst fiel ihr das

Passwort nicht ein, doch dann fanden ihre Finger ganz automatisch die Abfolge der Buchstaben: Anna_sucht_das_Glück!

Das Programm startete, und sie öffnete das Mailpostfach von Julia Jupiter. Sie traute ihren Augen kaum!

Es waren weitere E-Mails eingetroffen. Anna ließ sich in ihren Stuhl zurücksinken und starrte auf den Bildschirm. Es waren jede Menge Nachrichten. Manchmal vergaß sie, von wie vielen Menschen da draußen ihre Glückstexte gelesen wurden. Die Leute schrieben davon, dass sie ihnen gute Laune machten oder Trost spendeten. Sie erzählten, dass sie sich jeden Tag nach ihren Glücksmomenten fragten. Julia Jupiter war ihnen ein Vorbild. Einige waren darunter, die nach Jan Lefers fragten und vermuteten, sie habe ein Verhältnis mit ihm, eine heimliche Liebelei. Eine Frau riet ihr, die Finger von Künstlern zu lassen, denn sie seien unzuverlässig.

Die E-Mails brachten Anna zum Schreiben und dazu, gut gelaunt zu antworten. Es gab Post von der Glücksexpertin. Es ging nicht nur um ihre eigenen Interessen, es ging auch um ihre Leser.

Als wäre ein großer Stein von ihrer Seele genommen worden, so fühlte Anna sich, als sie zum Café Komet rannte. Sie war etwas spät dran. Aber Georg würde ihr das hoffentlich nicht übel nehmen. Umso erstaunter war sie, als sie die Tür des Cafés verschlossen vorfand. Normalerweise sperrte Georg immer schon auf. Sie stellte sich an das Schaufenster und spähte hinein. Drinnen war alles dunkel und von Halleys Mann keine Spur.

»Da ist niemand.«

Anna wirbelte herum. Sie hätte die Stimme unter Tausenden wiedererkannt. Seine Gestalt löste sich aus dem Schatten der Platanen. Er kam auf sie zu, die Hände in den Hosentaschen.

»Was machst du hier?«

»Ich wollte dich sehen.«

»Du hast gesagt, du meldest dich.«

»Tut mir leid. Ich hatte keine Zeit.« Er trat nahe an sie heran. Anna machte einen Schritt zurück und streckte die Hand aus. Sie wollte Abstand.

»Ich verstehe dich nicht, du ...« Annas Handy klingelte, und ohne Mark aus den Augen zu lassen, nahm sie das Gespräch an. Es war Georg, und was er sagte, ließ ihre Knie weich werden.

»Was ist los?«, fragte Mark beunruhigt.

»Halley!«

»Komm, ich fahre dich!«

Er nahm Annas Hand und rannte mit ihr zu seinem Auto, einem dunkelblauen BMW Coupé. Sie sprachen auf dem Weg zur Klinik kein einziges Wort miteinander. In Gedanken war Anna bei Halley; Mark starrte auf die Straße vor sich. Das wenige, was Georg am Telefon herausgebracht hatte, reichte, um sich größte Sorgen zu machen. Halley hatte einen Schock erlitten, nachdem wieder heftige Blutungen eingetreten waren. Sie hatte das Bewusstsein verloren.

Während Mark hoch konzentriert, viel zu schnell und doch nicht schnell genug durch die Straßen raste, konnte Anna an nichts anderes denken als ihre Freundin: Halley, die sie in so kurzer Zeit so lieb gewonnen hatte, ihre fröhlichen Sommersprossen, ihr unbändiges Lachen, ihren unbezwingbaren Optimismus.

Mark hatte seinen Wagen am Krankenhaus noch nicht richtig abgestellt, als Anna schon heraussprang. »Ich lauf schon mal vor«, rief sie ihm zu. Sie rannte durch die automatischen Schiebetüren, direkt in den Fahrstuhl. Georg hatte ihr gesagt, wo er wartete. Er wirkte klein, und das erschreckte Anna. Sie zwang sich zur Ruhe, doch sie konnte in Georgs Gesicht lesen, und was sie las, war nicht gut. Nicht der Schlaf, der ihm offenbar fehlte, nicht die Tatsache, dass er nicht rasiert war, ließ sie erschaudern, viel schlimmer als alles andere waren seine Augen. Aus ihnen sprach die blanke Angst. Sein Blick flackerte, und Anna wusste nicht, wie lange er sich noch auf den Beinen würde halten können. Sie ging rasch auf ihn zu, stützte ihn und nahm ihn in die Arme. Dann führte sie ihn zu einem Besucherstuhl, hieß ihn sanft, sich hinzusetzen. Daraufhin fing Georg hemmungslos an zu weinen. Anna war erschüttert. Dieser Bär von einem Mann war nicht imstande, auch nur einen vernünftigen Satz herauszubringen, und Anna malte sich die schlimmsten Szenarien aus. In diesem Moment trat Mark aus dem Fahrstuhl. Auch er war blass. Er setzte sich zu ihnen, faltete die Hände und blickte zu Boden. Für den Bruchteil einer Sekunde war Anna überrascht, dass auch ihn das so mitnahm. Sie hatte nicht gewusst, dass er sich Halley so verbunden fühlte. Aber wer konnte Halley schon widerstehen?

Langsam schien Georg sich ein wenig zu beruhigen. Ohne dass Anna fragen musste, begann er stockend zu erzählen: »Erst war noch alles okay. Wir haben hier gefrühstückt ... plötzlich bekam Halley furchtbare Schmerzen.« Georg fing Annas entsetzten Blick auf. »Sie hat geschrien, Anna, so habe ich noch niemals jemanden schreien hören!« Ein Weinkrampf schüttelte Georg, bevor er weitersprechen konnte. »Und dann haben sie sie weggebracht, und ich höre die ganze Zeit, wie sie meinen Namen ruft, wie sie schreit: ›Georg, Georg, bitte lass mich nicht allein!‹« Er hielt sich die Ohren zu. »Aber ich durfte nicht mit, sie haben mich nicht gelassen. Sie müssen sofort operieren, haben sie gesagt.«

Ein Arzt hatte ihm gesagt, es gebe Probleme mit der Plazenta. Sie würden das Kind jetzt im siebten Monat per Kaiserschnitt holen müssen. Man könne noch nichts sagen. Er hatte Georg ein Beruhigungsmittel angeboten, was er abgelehnt hatte. Seitdem sitze er hier und versuche, auf alles gefasst zu sein.

Anna dachte an ihre Mutter. Hatte sie einen ähnlichen Moment erlebt, damals, als man ihren Vater ins Krankenhaus gebracht hatte? Wenn einen das Gefühl der Ohnmacht lähmte und man zum Nichtstun verdammt war? Wenn eine Stunde sich in eine endlose Zeitschleife verwandelte, die nicht enden wollte. Sie hatten nie über die letzten Stunden ihres Vaters gesprochen. Oder waren es Minuten gewesen? Anna wusste es nicht. Ihre Mutter hatte sie an jenem Tag in der Schule gelassen, erfüllt von einem süßen Gefühl von Unschuld und dem Glauben, die Welt sei in Ordnung, wenn sie nach Hause käme. Ihre Mutter hatte so entschieden, um Anna Leid zu ersparen. Hier, auf dem langen, sterilen Gang eines Krankenhauses, merkte Anna plötzlich, dass sie ihr das niemals verziehen hatte. All die Jahre hatte eine Frage in ihrem Herzen gebrannt, die sich nun an die Oberfläche kämpfte: Hätte sie noch einmal mit ihrem Vater sprechen können, wenn sie früher nach Hause gekommen wäre?

Eine Flügeltür flog auf, und sie sahen alle drei gleichzeitig hoch, Georg, Mark und Anna. Georg sprang auf. Der Arzt, der einen erschöpften Eindruck machte, sprach leise und eindringlich mit ihm. Erschrocken hielt Anna die Luft an. Als Georg sich umdrehte, sah er aus wie die Sonne, die durch dunkle Wolken brach.

»Es geht ihnen gut. Beiden!«

Daraufhin folgte er dem Arzt, und Anna stieß erleichtert die Luft aus. Mark rutschte auf den Stuhl neben Anna und legte den Arm um sie. Anna ließ es geschehen. Sie war erfüllt von Glück.

27. KAPITEL

Wie wichtig ist schon das eigene Glück, wenn man das der anderen erleben darf?

Leben ist Glück! Dieser Satz war Anna nach den schlimmen Stunden in den Sinn gekommen, die sie zusammen mit Georg und Mark in der Klinik verbracht hatte. Sie hatte ihn sich aufgeschrieben, kurz nachdem Georg zurückgekommen war. Seine Augen strahlten aus seinem müden Gesicht, als er berichtete, dass Halley zwar schwach war und sein Sohn Nils zu früh geboren sei, beiden gehe es aber den Umständen entsprechend gut. Er wollte bei Halley bleiben und hätte das Komet an diesem Tag nicht mehr geöffnet. Doch Anna erhob Einspruch: »Natürlich bleibst du hier. Und ich werde das Café aufmachen und die Gäste heute allein bedienen. Die wundern sich bestimmt eh schon, dass noch niemand von uns aufgetaucht ist. Ich werde ihnen sagen, dass es Halley und dem Baby gut geht.« Sie hielt die Hand auf und sah Georg an: »Gib mir die Schlüssel.«

»Ich kann sie hinfahren«, machte Mark sich bemerkbar, und Georg nickte ergeben.

»Also gut, also gut, ich merke schon, es ist längst beschlossene Sache.« Er kramte die Schlüssel aus seiner Hosentasche und gab sie Anna. Er wollte noch etwas sagen, vielleicht Anweisungen geben, doch Annas hochgezogene Augenbrauen ließen ihn verstummen.

»Also. Geht doch.«

Mark hatte unweit des Haupteingangs geparkt, und Anna fühlte sich seltsam leicht, als sie den Weg zurückgingen. Die ersten Meter schwiegen sie.

»Warum hast du mich …?«

»Wir müssen reden …«

Anna lachte. Sie hatten gleichzeitig gesprochen.

»Du zuerst«, sagte sie.

»Wir müssen reden«, wiederholte Mark.

»Stimmt«, sagte sie. Vor allem möchte ich wissen, warum du mich geküsst hast, dachte sie. Sie sah ihn an.

»Wieso habe ich bei dir das Gefühl, du machst einen Schritt vor und zwei zurück?«, fragte sie.

»Ich komme bald zu dir, ja?«

»Was heißt bald?« Anna blieb stehen. »Komm heute Abend, oder wenn das nicht geht, dann morgen.«

Sie stiegen ins Auto, und Mark schüttelte den Kopf. »Das geht nicht. Ich habe noch einen geschäftlichen Termin. Ich komme so schnell wie möglich, okay?« Er startete den Wagen und fuhr los.

Für den Rest der Fahrt sah Anna aus dem Fenster. Sie wurde aus Mark nicht schlau. Die Mischung aus Nähe und Distanz irritierte sie.

Mark hielt an, und Anna war überrascht, dass sie schon vor dem Komet angekommen waren.

»Bald!«, betonte er noch einmal. Dann zog er ihren Kopf zu sich und küsste sie auf die Stirn. Anna stieg aus und wurde sofort von einigen Gästen in Empfang genommen, die vor dem Café warteten. Als sie es verschlossen vorgefunden hatten, hatten sie sich Sorgen um Halley gemacht. Allen voran Charlotte, die mehrmals am Tag vorbeigeschaut hatte und deren Unruhe immer größer geworden war. Außerdem noch der Briefträger, der dringend einen Espresso brauchte, und die Kräuterfrau. Anna bahnte sich einen Weg durch die Wartenden, erklärte, dass Halley wohlauf war, und versprach, die Espressomaschine schnell in Gang zu bringen. Kaum hatte sie Beleuchtung und Maschine angeschaltet, stach ihr die leere Vitrine ins Auge. Eilig begann sie damit, die Gebäckstücke, die Georg am frühen Morgen noch vor seinem Besuch bei Halley gebacken hatte, einzuräumen. Nach und nach bekam das Café Komet wieder seinen gewohnten Charme. Inzwischen war auch »Capo« vorgewärmt und betriebsbereit. Endlich konnte Anna wieder Kaffee ausschenken. Das beruhigte die Gemüter, und Charlotte zwinkerte ihr zu.

»Weißt du, wer mich heute Morgen angerufen hat?«

»Nein«, Anna zuckte mit den Schultern, »wie sollte ich das wissen?«

»Die Bürgermeisterin.«

»Was wollte sie?«, fragte Anna.

»Sie fragte mich, ob ich mit ihr und dir zusammen einen Tag des Glücks organisieren würde.«

»Ach, das«, sagte Anna.

»Mehr fällt dir dazu nicht ein?«

Anna zuckte mit den Schultern. »Was sollte mir noch einfallen?« Doch wenn sie dachte, Charlotte würde sich mit dieser Antwort zufriedengeben, dann täuschte sie sich.

»Liebe Anna, hast du schon einmal etwas davon gehört, dass man Gelegenheiten nutzen sollte, wenn sie sich einem bieten?«

Verständnislos sah Anna sie an. »Was meinst du damit?«

»Das will ich dir sagen, meine liebe Glücksschreiberin. Das ist deine Gelegenheit! Mach das zu deinem Tag, du könntest Glückstexte lesen, eine Glückssuche veranstalten und über dein Buchprojekt plaudern. Ruf die Walderstädter dazu auf, dir beim Sammeln des Glücks zu helfen!«

Die Bibliothekarin war begeistert von ihrer Idee und malte Anna den Tag in den schönsten Farben aus. »Anna, der Glückstag könnte zu einer neuen Walderstädter Tradition werden. So wie unser Trödelmarkt. Die Leute hier mögen so etwas.« Sie zwinkerte Anna verschwörerisch zu. »Ich habe in deinem Namen zugesagt!«

Damit drehte sie sich um und verließ eilends eine völlig verdutzte Anna.

Immer wieder fanden Gäste den Weg ins Café Komet, und Anna berichtete gern von den positiven Neuigkeiten. Schließlich schrieb sie einen Zettel und hängte ihn ins Schaufenster:

Heute ist ein kleiner Komet unversehrt auf dieser Welt angekommen. Er heißt Nils und macht Halley und Georg zu überglücklichen Eltern. Allen geht es gut.

Am späten Nachmittag schloss Anna pünktlich die Ladentür. Doch damit war ihre Arbeit für heute noch nicht getan. Sie hatte sich nämlich geschworen, wenn mit Halley und dem Baby alles gut ginge, dann würde sie die Brioches von Halleys Großmutter backen. Sie holte das Backbuch aus dem Versteck. Es lag in einer Blindschublade, die von außen nicht als solche zu erkennen war. Man musste zuerst die Schranktür öffnen und die Schublade von innen herausschieben. Anna legte das wertvolle Buch auf den großen Holztisch im Arbeitsbereich, studierte nur kurz die Zutatenliste und machte sich gleich auf die Suche. Mehl, Hefe, Zucker, Eier und Süßrahmbutter fand sie problemlos. Und auch von der hausgemachten Erdbeermarmelade gab es noch viele Gläser im Vorratsraum. Das war ja leichter als gedacht. Sie verstand gar nicht, warum Georg sich so anstellte. Nachdem sie alles zusammengesucht und auf den Tisch gestellt hatte, las sie weiter. Sie überflog den handschriftlichen Text und fluchte, obwohl niemand sie hören konnte.

»Das dauert ja ewig!«

Der Teig musste sechzig Minuten gehen, bis er sein Volumen verdoppelt hatte, und danach zwei Stunden in den Kühlschrank. Anna schnaufte. So hatte sie sich das zwar nicht vorgestellt. Aber aufhören wollte sie jetzt auch nicht. Sie wollte Halley so gern mit den Brioches überraschen. Also knetete sie den Teig, ließ ihn gehen, formte eine Rolle und legte sie in den Kühlschrank. Die Zeit, während er ruhte, überbrückte sie damit, die Regale aufzuräumen und den Boden zu wienern. Danach nahm sie den Teig aus dem Kühlschrank, formte die typischen Brioche-Kugeln, jeweils eine große und eine kleine. Am Ende war das Ergebnis nicht perfekt, aber immerhin konnte man etwas Rundes erkennen. Unglaublich, wie viel Zeit man für diese Brioches brauchte. Halley mit ihrer Erfahrung teilte sich die Arbeit sicher besser ein. Sie würde in der Zwischenzeit vermutlich noch zwei Kuchen gebacken haben. Anna hätte sich das Rezept vorher genauer ansehen sollen. Langsam dämmerte ihr, warum Georg sich so standhaft weigerte, diese Brioches zu machen. Man brauchte die Fähigkeiten eines Jongleurs und viel Zeit!

Behutsam legte Anna die Teigkugeln in eine Schüssel. Dort müssen sie weitere zwei Stunden gehen, schrieb Halleys Oma.

Gehen, das ist ein gutes Stichwort, dachte sich Anna. Sie war den ganzen Tag nicht rausgekommen. Genau das würde sie machen: Spazieren gehen und danach die Brioches backen.

Es war schon dunkel, aber der Wind war nicht mehr so scharf wie in den letzten Tagen. Anna vergrub die Hände in die Jackentaschen und marschierte los. Sie hatte kein Ziel und wollte sich auch keines überlegen, einfach der Nase nach, so wie sie es mit ihrem Papa früher auch immer gemacht hatte. Sie dachte oft an ihren Vater und neuerdings auch an ihre Mutter. Sie erinnerte sich, dass sie früher mit ihrer Mutter häufig Waffeln gebacken hatte, mit Sahne und reichlich Kirschen. Doch nach dem Tod ihres Vaters hatte Anna ihre Gedanken nur noch auf den gerichtet, der nicht mehr da war. Es musste schwer für ihre Mutter gewesen sein. Mit Freude dachte Anna an ihren letzten Besuch in Ligurien und die Nähe, die zwischen ihr und ihrer Mutter entstanden war. Beim nächsten Mal könnten sie ja statt Waffeln typisch ligurische Focaccia mit Oliven backen?

Nachdenklich setzte sich Anna auf eine Parkbank. Aus den Fenstern der Häuser leuchtete es gemütlich. Sie holte den Zettel aus ihrer Jackentasche hervor und las noch einmal den Satz, den sie sich heute aufgeschrieben hatte: *Leben ist Glück!* Das war die Essenz, die alles am Laufen hielt, das Leben würde irgendwann doch ein Quäntchen Glück für einen bereithalten. Die Zeit eines jeden Lebens war begrenzt, und man wusste nie, wie lange man hatte. Deshalb zählte jeder einzelne Tag, die guten und die weniger guten. Anna lebte, sie sprühte vor Energie und würde jetzt in diese Backstube zurückgehen und für Halley die besten Brioches der Welt backen. Und sie würde ihre Mutter öfter anrufen. Und dann würde sie Mark ...

Ja, was eigentlich?

28. KAPITEL

Halleys Brioches werde ich vielleicht nie wieder machen. Ein Wunder, dass zumindest ein paar gelungen sind.

Nun lagen die Brioches mit Erdbeereinschlag in einer schönen Schachtel, die Anna mit einer Serviette ausgelegt hatte. Das Backen hatte sie gestern noch bis spät in die Nacht beschäftigt, denn es hatte sich zudem herausgestellt, dass es gar nicht so einfach war, die warme Erdbeermarmelade mit dem Spritzbeutel in die Brioches hineinzubekommen. Erst nach einiger Zeit hatte Anna ein Gefühl dafür entwickelt, wie fest sie die Füllung in die Brioches drücken konnte. Aber die Mühe hatte sich gelohnt. Die Dinger sahen zu gut aus! Der köstliche Duft drang sogar durch den geschlossenen Pappdeckel, als sie den Aufzug der Klinik betrat. Georg hatte ihr gesagt, in welches Zimmer Halley verlegt worden war. Der kleine Nils würde noch einige Zeit auf der Frühchenstation bleiben müssen. Vorsichtig öffnete Anna die Tür zu Halleys Zimmer mit dem Ellenbogen. Ihre Freundin hatte die Augen geschlossen, und Anna schlich sich hinein. Doch schon nach ein paar Schritten öffnete Halley die Augen.

»Anna!«

»Ich hoffe, ich störe nicht.«

»Nein, nein, komm, ich freue mich, dass du da bist. Schade, dass du Nils noch nicht sehen kannst, aber das kommt noch.«

Anna stellte die Schachtel erst mal auf einem kleinen Tisch ab.

Mit leuchtenden Augen sprudelte Halley los: »Ich durfte gerade Känguruhen. Hast du das schon mal gehört? Früher hätte man so einen kleinen Wurm der Mutter ja gar nicht gegeben, aber das ist heute zum Glück anders. Ach, Anna, du kannst dir nicht vorstellen, was das für ein Gefühl ist, wenn so ein winziges Baby auf deinem Bauch liegt, und was die für Geräusche machen. Das ist das ab-so-lu-te Glück, wirklich!«

Die Freude, mit der Halley sprach, war ansteckend.

»Ich freue mich so für dich und Georg. Wo ist er eigentlich?«

Halley grinste. »Er ist natürlich noch auf der Frühchenstation. Ich sag's dir, der Mann ist selig!«

Das konnte Anna sich lebhaft vorstellen und auch, dass etwas in ihm geheilt war. Vielleicht würde er seiner Frau irgendwann auch erzählen können, dass er statt zum Schachspielen jahrelang zur Therapie gegangen war. Aber all das war jetzt unwichtig, Halley war glücklich, und das zählte. Die frischgebackene Mama schnupperte inzwischen gierig an dem Karton.

»Aber jetzt sag mal, was da drin ist.«

»Du musst zuerst raten.«

»Hast du gebacken?«, fragte Halley vorsichtig.

»Jep.«

»Es ist kein Apfelstreusel, oder? Ehrlich gesagt kann ich den nämlich schon nicht mehr sehen, weil Georg Unmengen davon angeschleppt hat.«

Entschieden schüttelte Anna den Kopf. »Nein, nichts mit Äpfeln.«

»Hmm, ich trau mich kaum zu sagen, was ich rieche.«

»Trau dich!«, antwortete Anna.

Halley setzte sich auf und rieb sich die Hände, so als wollte sie den Tresor einer Schweizer Bank öffnen.

»Okay, sind es vielleicht …«, sie begann vorsichtig, den Deckel zu öffnen, »… Brioches?«

»Jaaaa!«, rief Anna und sah zu, wie Halley den Deckel aufriss.

»Das gibt es nicht.« Sofort griff sie nach einer Brioche und biss hinein. Sie schloss die Augen genüsslich. »Oh, schmecken die lecker. Und die hast du gemacht? Das ist ja der Wahnsinn, Anna. Georg würde die nie …«

Anna hob die Arme. »Oh, ich weiß jetzt genau, warum Georg sich drückt. Also, teil sie dir gut ein, ich werde nie wieder welche machen.«

»Okay, er bekommt keine einzige!« Sie drückte die Schachtel eng an sich, gerade als Georg zurückkam.

»Hey, was macht ihr denn da Lustiges?« Er deutete auf die Schachtel. »Was ist da drin?«

»Nichts für dich, mein Lieber«, antwortete Halley und bestand darauf, dass sie diese Brioches ganz allein essen würde. Lediglich mit Nils würde sie teilen, natürlich in Form von Muttermilch, die sie fleißig abpumpte, weil der Kleine noch zu schwach war, um an der Brust zu trinken. Gelassen winkte Georg ab, wahrscheinlich hätte er der Mutter seines Sohnes jeden Wunsch erfüllt. Er sah ihr eine Weile beim Essen zu, dann verabschiedete er sich, denn er hatte mit Anna ausgemacht, dass das Café für eine Stunde geschlossen bleiben und er dann übernehmen würde. Anna hatte also den Rest des Tages frei, und das brauchte sie auch unbedingt. Durch die Backaktion war sie sehr spät nach Hause gekommen. Sie sehnte sich nach einem Bad und ihrem Bett. Deshalb blieb sie nicht lange bei Halley, die so aussah, als könnte sie auch eine Runde Schlaf vertragen.

Sie spürte es, kaum dass sie das Haus betreten hatte. Besser gesagt, sie spürte nichts. Das bekannte Vibrieren blieb aus. Die Galerie war leer! Im ersten Augenblick dachte sie, es sei eingebrochen worden. Doch dann verwarf sie den Gedanken. Die Tür war nicht beschädigt, das Fenster am Ende des Ganges verschlossen, genauso wie die Türen zu ihrer Wohnung. Jan Lefers musste die Gemälde also selbst abgehängt haben.

Wollte er damit ausdrücken, dass es zwischen ihnen nun gar nichts mehr zu sagen gab?

Sie hatte seine Stimmungen immer an den Bildern ablesen können, sollte ihr das nun verwehrt bleiben?

Anna hielt sich die Stirn. Sie war so müde, dass sie einfach keinen klaren Gedanken fassen konnte. Sie schloss ihre Wohnung auf und sah sich um. Sie konnte nichts Ungewöhnliches entdecken.

Als sie ein paar Minuten später in die Badewanne stieg, stöhnte sie vor Erleichterung auf. Es war eine Wohltat nach den anstrengenden letzten Stunden. Sie lehnte sich zurück und genoss die Ruhe. Genau das hatte sie gesucht, als sie diese Wohnung bezogen hatte. Ruhe. Gefunden hatte sie etwas anderes. Wenn Anna die Augen schloss, waberten die Erlebnisse der letzten Wochen und Monate wie dicker Nebel durch ihre Gedanken. Wo waren Jan Lefers' Bilder?

Können Sommersprossen leuchten und tote Bäume blühen?

Und warum klingelte jetzt schon wieder das Telefon?

Anna schreckte aus ihrem Dämmerzustand. Rasch stieg sie aus der Wanne, schlüpfte in ihren Bademantel und fragte sich, warum sie das Telefon nicht einfach mit ins Badezimmer genommen hatte. Sie hoffte, dass es Mark war. Er hatte versprochen, dass er sich melden, ja sogar vorbeikommen würde. Er sagte, er sei geschäftlich unterwegs, aber sein Handy würde er wohl dabeihaben, oder?

29. KAPITEL

Kann man eigentlich jeden Tag zu einem Glückstag machen?

W enn heute, am 10. November, Ihr Glückstag wäre, was würden Sie dann tun?«

Anna erkannte die Stimme der Bürgermeisterin sofort. »Frau Berger, wie schön, dass …«

»Sie brauchen gar nichts zu sagen, liebe Frau Thalberg, ich habe schon alles klargemacht. Die Walderstädter Bibliothek und allen voran Charlotte werden uns unterstützen. Wir haben schon öfter zusammengearbeitet, sie ist ein wahres Genie der Organisation und sprüht nur so vor Ideen. Als Veranstaltungsort können wir den Kronsaal im Rathaus nehmen. Und Sie als Glücksbeauftragte, als Kolumnistin des Glücks, Julia Jupiter, überstrahlen natürlich alles.«

»Jetzt übertreiben Sie aber«, sagte Anna, musste aber dennoch lachen.

»Sie dürfen mir nicht absagen, bitte, liebe Julia Jupiter. Sie haben doch einen Glücksauftrag!«

Jetzt zuckte Anna zusammen. Die Frau konnte ja nicht ahnen, was für Gefühle dieser Satz in ihr auslöste. Sie dachte an ihren Vater und wusste, was zu tun war.

»Also gut, ich mache es!«

Allein, um die echte Freude der Bürgermeisterin zu erleben, hätte es sich gelohnt zuzustimmen. Noch eine halbe Stunde machte sie mit Anna Pläne, wie ein Walderstädter Glückstag aussehen müsste. Um Anna zu entlasten, würde das Bürgermeisterbüro sich um viele Vorarbeiten kümmern. Anna würde vornehmlich für die Glückstexte zuständig sein. Sie machte den Vorschlag, für alle Gäste ihr Glücksrezept drucken zu lassen, das dann jeder mit nach Hause nehmen konnte.

»Das ist eine großartige Idee«, freute sich Frau Berger. »Schicken Sie mir den Text, dann gebe ich das gleich an die Grafikabteilung weiter.«

Anna versprach, sich sofort darum zu kümmern. Das Kuchenbüfett würde das Café Komet stellen, flötete die Bürgermeisterin. »Ich habe auch schon das Okay von Halley und Georg.«

Als Anna auflegte, hatte sie das Gefühl, ganz Walderstadt wisse bereits von dem geplanten Glückstag und arbeitete daran, dass es ein Erfolg werden würde. Sie war wohl das letzte Rädchen im Glücksrad gewesen, das noch gefehlt hatte. Doch darüber konnte sie sich später noch Gedanken machen.

Gleich nach dem Telefonat hatte sie geschrieben, voller Freude, und sich dabei selbst zurückerobert. Obwohl sie die Arbeit im Café Komet für Halley und Georg gern machte, gehörte sie nicht zu ihr. Das regelmäßige Schreiben fehlte ihr wie ein Geliebter, der auf eine wilde, stürmische See hinausgefahren war. Sie hatte ihn aus den Augen verloren und wusste nicht, ob er jemals wiederkommen würde. Sehnsucht und Angst rissen jeden Tag an ihrer Seele.

Nun hatte sie beim Schreiben ihre innere Freiheit wiedergefunden. Heute Morgen hatte sie nicht überlegen müssen, jedes Wort hatte sich wie von selbst an das andere gefügt, und die Gedanken waren dabei leicht und glücklich gewesen.

Anna freute sich nun darauf, ihre Texte Charlotte zu zeigen und ihre Meinung zu hören. Mit diesen Gedanken ließ sie ihren Schlüssel in die Tasche fallen und den Blick schon aus Gewohnheit noch einmal durch die Galerie gleiten. Seit einer Woche war sie unerträglich leer, und Anna hatte die Vermutung, dass Jan Lefers gar nicht zu Hause gewesen war. Sie hatte nicht das leiseste Geräusch von ihm gehört. Es war zwar immer sehr ruhig oben, aber sie hatte inzwischen ein feines Gehör entwickelt. Ein paar Schritte, eine quietschende Diele, die Wasserspülung. Doch diese Woche war geräuschlos vergangen. Anna war sich sicher, der Künstler war nicht da. Sie vermisste seine Bilder schmerzlich und hoffte jeden Tag, dass er wieder welche aufhängen würde.

Bis dahin gab es aber jede Menge zu tun. Anna verließ die Galerie, die aufgehört hatte zu atmen.

Noch bevor Anna Charlotte sah, hörte sie sie. Sie folgte der Melodie ihrer Armbänder und fand die Bibliothekarin hinter einem Stapel Bücher, die sie offenbar gerade in die Regale einsortierte.

»Ah, Anna, warte, ich räume nur noch schnell die Liebesromane auf. Die liegen nicht so gern herum.« Sie machte das mit einer Geschwindigkeit, die Anna beeindruckte.

»Weißt du auswendig, wo jedes Buch hingehört?«, fragte sie.

»Natürlich! Ich weiß sogar, wie oft es ausgeliehen wurde. Und wenn ein Buch zu lange im Regal steht, leihe ich es mir einfach selber aus.«

»Tatsächlich?«

Charlotte sah Anna an, als könnte sie nicht glauben, dass sie auch nur einen Hauch des Zweifels hatte. »Man darf Bücher doch nicht vernachlässigen! Ich muss mich um sie kümmern.« Sie wies auf das Bücherregal. »Sie sind wie Menschen, gelegentlich sind sie unzufrieden oder fühlen sich nicht wohl.« Sie nahm ein Buch zur Hand, stand auf und trat ganz nahe an Anna heran. »Sie hören am liebsten das eigene Seitenraschen, das sanfte Rauschen, wenn sie jemand mit den Fingerspitzen berührt oder langsam blättert.« Charlotte hauchte: »Das macht sie glücklich!«

»Ich bin auch glücklich«, sagte Anna.

»Hast du geschrieben?«

»Und wie!« Und dann erzählte Anna von der Leichtigkeit, die sie endlich wiedergefunden hatte. »Ich habe Glückstexte fabriziert, und einige davon sind sogar schon fertig, für das Buch.«

»Das hört sich gut an. Ich freue mich wirklich, dass du deinem Weg wieder folgst und schreibst.«

Anna wurde nachdenklich. »Weißt du, wie mich die Bürgermeisterin dazu gebracht hat, beim Glückstag mitzumachen?«

Charlotte schüttelte den Kopf.

»Sie hat mich an etwas erinnert, und ich hatte das Gefühl, mein Vater rede mit mir.«

»Jetzt machst du mich aber neugierig.«

»Sie hat mich an meinen Glücksauftrag erinnert.«

Wie immer befand sich der Zettel ihres Vaters in der Jackentasche, aus der Anna ihn nun herauszog. Sie reichte ihn der Bibliothekarin. »Den hat er mir mal geschrieben und mich damit zur ewigen Glückssucherin gemacht.«

Charlotte las den Zettel und nickte. »Ja, ich kenne diesen Spruch.« Sie gab ihn Anna zurück. »Er ist wunderbar, und trotz allem wirst du ihn eines Tages loslassen müssen, meine Liebe.«

Verständnislos sah Anna die Bibliothekarin an, die noch nicht fertig war. »Es ist schlimm, dass du deinen Vater verloren hast, und du hast allen Grund, traurig darüber zu sein. Doch irgendwann ist es an der Zeit, nach vorne zu schauen. Entscheide aus dir selbst heraus, wie du leben möchtest, Anna, und nicht, weil ein Zettel oder eine Erinnerung dir einen Weg vorgibt.«

»Es ist schwer«, flüsterte Anna und steckte den Zettel wieder ein. Für einen kurzen Moment blitzte das Bild der Lupe vor ihren Augen auf. Halley konnte nicht wissen, dass es ihre war, wenn sie sie nicht darauf ansprach. Vielleicht sollte sie die Lupe einfach bei Halley in der Schublade der Vergangenheit lassen?

»Übrigens, bevor ich es vergesse: Du hattest doch mal von diesem Künstler gesprochen.« Laut trommelte Charlotte mit den Fingerspitzen auf das Cover eines Buches. »Wusstest du, dass es eine Ausstellung seiner Bilder geben wird? Ich hab's im *Tageblatt* gelesen. Wo habe ich ihn denn jetzt wieder hingelegt?« Sie ging zu ihrem Schreibtisch und kramte zwischen den unzähligen Zetteln, die sich dort versammelt hatten.

Anna war überrascht. »Bist du dir sicher? Wo soll das denn sein?«

»Ah, hier ist es ja!« Triumphierend hielt Charlotte eine herausgerissene Zeitungsseite in ihren Händen, tippte auf eine Anzeige und las vor:

»*Die Kunstgalerie Ledermann lädt zur Vernissage des Künstlers Jan Lefers unter dem Motto* In Anbetracht der Dinge *ein.*
Wir freuen uns darauf, Sie und alle Freunde der Kunst bei der Ausstellungseröffnung mit anschließendem Umtrunk und bei einem kleinen Imbiss begrüßen zu dürfen.
Beginn der Vernissage am 15. November um 19:00 Uhr
Kunstgalerie Ledermann, Breiter Weg 7, Steinhausen.«

»Hier.« Charlotte gab ihr den Zeitungsausschnitt. »Ist ungefähr eine Stunde Fahrt von hier.«

Anna starrte auf das Papier, als sähe sie zum ersten Mal in ihrem Leben eine Tageszeitung. Jan Lefers lud zu einer Vernissage? Das konnte sie sich fast nicht vorstellen, und doch stand es hier schwarz auf weiß. Sie nahm den Artikel in die Hand.

»Darf ich den mitnehmen?«

Ohne aufzusehen, wedelte Charlotte, die sich schon wieder dem Chaos auf dem Tisch zuwandte, mit ihrem Kugelschreiber und nickte. »Natürlich, behalt ihn.«

30. KAPITEL

In Anbetracht der Dinge. Was für ein Name für eine Ausstellung. Ich bin wirklich gespannt, welche Dinge es zu betrachten gibt.

Darauf war sie nicht vorbereitet. Wie hätte sie auch? Zwar verhielt sich ihr Leben in der letzten Zeit etwas launisch, änderte seine Richtung unvorhergesehen oder machte genau das Gegenteil von dem, was Anna erwartete, aber diesmal hatte es eindeutig übertrieben.

Das Bild hing an ihrer Wohnungstür und nahm einen großen Teil davon ein. Es zeigte den See, Annas See oder besser Jan Lefers' See, die Bäume, vielleicht im Frühling, aber das Erstaunliche war die zweite Ebene des Bildes: Annas Porträt. Denn über dem Bild lag in durchscheinender Transparenz ihr Gesicht, ihre moosgrünen Augen, ihr Mund und um den Hals trug sie den vermissten grünen Schal. Das Bild glich einem Foto.

Anna horchte in sich hinein. Es war ein komisches Gefühl, sein eigenes Gesicht plötzlich so groß vor sich zu sehen. Es war kein düsteres Gemälde, man konnte durch ihr Gesicht hindurch den See und die Landschaft drumherum erkennen. Und doch zögerte sie, die Tür zu berühren und ihre Wohnung aufzuschließen. Deshalb drehte sie auf dem Absatz um und ging nach draußen. Auf dem Steg setzte sie sich und atmete ein paar Mal tief ein. Sie forschte in ihren Gefühlen:

Warum hatte sie sich so erschrocken? Weil sie nicht mit dem Bild gerechnet hatte.

Stellte es eine Bedrohung dar? Nein.

Wollte Jan Lefers etwas damit sagen? Bestimmt.

Warum hatte er das Bild aufgehängt? Sie hatte keine Ahnung.

Anna analysierte ihre Empfindungen, und auf einmal wusste sie, was sie so verstörte: Woher wusste Jan Lefers so genau, wie sie aussah? Er hatte sie doch noch nie richtig gesehen! Wie konnte er ein so detailreiches Porträt von ihr malen? Sosehr sie auch grübelte, sie fand keine Antwort darauf. Selbst wenn er in der Presse oder im Internet ein Bild von ihr gefunden hatte, hätte er damit niemals diesen Ausdruck ihrer Augen malen können. Sosehr Anna sich auch dagegen wehrte, es gab nur eine einzige Erklärung: Jan Lefers musste ihr schon einmal nahegekommen sein.

Dieser Gedanke gefiel ihr nicht. Er gefiel ihr auch deshalb nicht, weil er einen Eingriff in ihre Privatsphäre darstellte. Sie hatte ihm verdammt noch mal nicht erlaubt, sie zu malen! Genauso wie sie ihm ihren Schal nicht gegeben hatte. Was bildete sich dieser Kerl da oben ein?

Entschlossen sprang Anna auf, stürmte zurück und riss das Bild von der Tür. Dann rannte sie wieder hinaus, hastete auf den Steg und schleuderte das Gemälde mit unbekannter Kraft und mit aller Wucht auf den See hinaus. Eine Weile beobachtete sie, wie es auf der Oberfläche schwamm. Vielleicht sah er ihr vom Fenster aus zu. Sollte er. Diesmal hatte er es wirklich zu weit getrieben.

Sie rannte die Treppen zu seiner Wohnung hinauf und schlug mit den Fäusten gegen seine Tür. »Ich will mit Ihnen reden. Sofort. Kommen Sie raus, verdammt noch mal!«

Doch nichts regte sich, und Anna wusste nicht, ob er überhaupt zu Hause war. Noch mit der ganzen Wut im Bauch setzte sie sich an den Schreibtisch, riss ein Blatt Papier vom Block und schrieb:

Sehr geehrter Herr Lefers,

ich bin unfassbar wütend! Was haben Sie sich dabei gedacht, mir mein eigenes Abbild vor die Nase zu hängen? Wenn das ein Witz sein sollte, ist er nicht gelungen. Wenn Sie mich beeindrucken wollten, sind Sie weit über das Ziel hinausgeschossen. Ich habe Ihnen nicht erlaubt, mich zu malen!
Können Sie sich vorstellen, wie es ist, nach einem langen Arbeitstag nach Hause zu kommen und sich plötzlich und völlig unvorbereitet an der Wohnungstür selbst gegenüberzustehen? Vermutlich nicht, denn Sie laufen ja seit Jahren vor Ihrer eigenen Geschichte davon! Ihre Frau ist tot. Sie fühlen sich von anderen zu Unrecht beschuldigt. Sie verstecken sich dahinter, Herr Lefers. Das ist die Wahrheit, der Sie sich endlich stellen müssen.
Ich verbiete Ihnen hiermit ausdrücklich, mich jemals wieder zu malen.

Hochachtungsvoll
Anna Thalberg

Anna faltete den Brief zusammen und schob ihn in ein Kuvert, das sie demonstrativ auf der Fußmatte vor seiner Wohnungstür ablegte. Danach schlüpfte sie zurück in ihre Wohnung, setzte sich ins Wohnzimmer und holte sich ein Buch. Sie würde lesen und lauschen. Wenn er sich in seiner Wohnung bewegte oder die Tür öffnete, würde sie es hören.

Doch es blieb still, und Anna musste erkennen, dass Jan Lefers wirklich nicht zu Hause war oder den ganzen Abend unbeweglich in seinem Bett lag, denn sie hörte absolut nichts von ihm. Schließlich ging sie zu Bett. Eine Chance hatte sie ja noch, ihm ihre Meinung persönlich zu sagen: die Ausstellung.

31. KAPITEL

Liebes Glück, bald besuche ich eine Ausstellung. Wenn du magst, schau doch mal vorbei, denn ich bin wirklich aufgeregt ... und kann gar nicht glauben, dass ich »meinen« Künstler heute persönlich treffen werde. Es ist absurd: Ich wohne mit ihm unter einem Dach und begegne ihm das erste Mal an einem anderen Ort.

Anna hatte Georg versprochen, weiterhin tageweise im Café Komet zu arbeiten. So konnte er an diesen Tagen zu seiner Familie in die Klinik fahren und gemeinsam mit ihnen frühstücken. In ein paar Wochen würde er die beiden dann endlich nach Hause holen können. Dafür arbeitete er wie besessen, denn er hatte sich in den Kopf gesetzt, die Wohnung zu renovieren und vor allem das Kinderzimmer bezugsfertig zu machen. Halley und er waren immer davor zurückgeschreckt. Die Angst, dass doch etwas schiefgehen könnte, hatte zu tief gesessen. Doch jetzt ging er jeden Tag, nachdem er das Café geschlossen hatte, nach oben und arbeitete bis spät in die Nacht. Sein Sohn sollte ein schönes Zimmer bekommen und Halley sich ebenfalls wohlfühlen, wenn sie nach Hause kam. Zwar rührte er das »Zimmer der Erinnerungen« nicht an, denn das würde Halley nicht gefallen, aber das Gästezimmer erhielt einen neuen Anstrich in einem zarten Lichtgrün und verwandelte sich jeden Tag ein bisschen mehr in das Reich seines Sohnes Nils. Die gesamte Einrichtung zimmerte Georg selbst, und Anna staunte einmal mehr über seine Geschicklichkeit.

Gedankenverloren räumte Anna ein paar Tassen vom Tisch. An diesem Morgen war viel los gewesen und sie hatte gut zu tun gehabt. Jetzt war nur noch ein Tisch besetzt, ein Lehrer, der einige Klassenarbeiten korrigierte. Gelegentlich stöhnte er laut auf. Anna wollte ihn ein bisschen aufheitern und rief ihm über die Vitrine hinweg zu: »Seien Sie froh, dass Sie meine Mathearbeiten früher nicht korrigieren mussten!« Doch das entlockte ihm nur ein schmallippiges Lächeln. Er beugte sich weiter über die Hefte und bestellte die vierte Tasse Mondfinsternis.

Anna sah auf die Uhr, gleich würde Georg sie ablösen. Bis dahin räumte sie auf, bereitete die Übergabe vor, und gelegentlich blieb ihr Blick an dem Tisch hängen, an dem Mark zuletzt gesessen hatte. Und genau da, an diesem gewöhnlichen Tisch am Fenster, hatte er sie geküsst und damit den Platz aller Gewöhnlichkeit enthoben. Immer noch begann Annas Herz wild zu klopfen, wenn sie daran dachte. Gleichzeitig war sie traurig, weil er sich einfach nicht bei ihr meldete. Sie hatte Antonia am Telefon davon erzählt. Deren Rat war einfach gewesen: »Ruf ihn an!« Als Anna erklärt hatte, das könne sie nicht, weil sie weder seine Nummer noch seinen vollständigen Namen kenne, war Antonias einziger Kommentar gewesen: »Okay, vergiss ihn.«

Aber Anna konnte ihn nicht vergessen.

Sie wollte es, aber es ging nicht. Sie sehnte sich so sehr nach ihm und danach, noch ein weiteres Mal, ja unendliche Male von ihm geküsst zu werden, dass es wehtat.

Als Georg hereinkam, kannte seine Begeisterung keine Grenzen: »Halley kann Nils jetzt auch stillen.«

Anna schmunzelte, denn er sagte das, als wäre Muttermilch eine ganz neue Erfindung. Der Lehrer hatte ebenfalls von seiner Arbeit aufgesehen. Vielleicht überlegte er, ob er den jungen

Eltern raten sollte, frühzeitig mit Mathematik anzufangen. Doch er hielt sich zurück und senkte den Kopf.

»Dann kannst du jetzt gehen«, meinte George.

»Super.«

Anna legte die Kometenschürze ab und holte ihre Tasche. Sie wollte unbedingt noch kurz bei Charlotte vorbeischauen, und dann stand heute Abend noch ein ganz wichtiger Termin in ihrem Kalender.

Königin Charlotte residiert im Palast der Bücher, dachte Anna, als sie Charlotte entdeckte. Die Bibliothekarin hatte zahlreiche dicke Bände wie einen Turm um sich herum aufgeschichtet und saß mittendrin, natürlich mit einem Buch in der Hand. Ihre Stimme drang ein bisschen dumpf aus dem Bücherturm heraus: »Also ich verstehe wirklich nicht, warum niemand diese Bücher ausleiht. Die sind doch toll.«

Anna nahm ein Buch vom Turmstapel: *Der Super-Orgasmus. Höhepunkte zum Abheben.* Sie zog die Augenbrauen hoch. Charlotte strafte sie mit einem Blick über ihren Brillenrand.

»Nur kein Neid, meine Liebe. Das kann einem in gewissen Stunden ein guter Ratgeber sein.«

Dass es eventuell jegliche Romantik zerstörte, wenn man im entscheidenden Moment erst in einem Buch nachlesen musste, verkniff sich Anna zu sagen.

»Natürlich, ich wollte dem Buch nicht zu nahe treten«, betonte sie stattdessen, und schon flog aus dem Turm ein kleiner Notizblock in ihre Richtung und verfehlte ihren Kopf nur knapp. Sie hüpfte zur Seite. »Entschuldigt bitte, Königin der Bücher, aber gibt es noch etwas vom anstehenden Glückstag zu berichten? Meine Zeit ist knapp bemessen, ich muss gleich weiterreisen ...«

Charlotte blickte über ihren Bücherturm. »Es gibt nichts Neues. Die Feier steht, es werden einige wichtige Leute da sein. Für die Kinder machen wir eine Glückseljagd, du verstehst schon: nicht Schnitzeljagd, sondern Glückseljagd.« Sie lachte. »Die Kleinen müssen der Spur der Hufeisen folgen und landen am Ende auf einem Pferd ...«

»Auf dem ja bekanntlich das Glück sitzt, ich verstehe. Eine schöne Idee.«

Auch die große Tafel im Eingangsbereich der Bücherei, auf der die Feier angekündigt wurde, gefiel Anna. »Ich mache fleißig Werbung, und die meisten freuen sich, vor allem auch, weil Julia Jupiter höchstpersönlich angekündigt ist. Du hast ja keine Ahnung, Liebes, wie beliebt du bist.«

Bei aller Vorfreude schauderte Anna ein wenig bei dem Gedanken an das ganze Spektakel. Es hätte ihr besser gefallen, wenn ihre Texte, nicht aber sie selbst im Vordergrund gestanden hätten.

»Gut, dann düse ich jetzt nach Hause. Heute Abend gehe ich übrigens auf die Vernissage von Jan Lefers höchstpersönlich.«

Charlotte nickte. »Da bin ich gespannt. Erzähl mir, wie es war, ja?«

»Das mache ich.«

Anna stand lange vor dem Kleiderschrank. Was sollte sie für die Begegnung mit einem Menschen anziehen, von dem sie glaubte, ihn zumindest durch seine Bilder zu kennen, der ihr aber dennoch fremd war? Sie entschied sich für einen fließenden, fast bodenlangen schwarzen Rock und dazu ein grünes Top mit einem aufregenden Rückenausschnitt. Vorne hochgeschlossen, entfaltete sich auf der Rückseite ein filigranes Muster aus grünen Bändern. Für den Anfang würde sie einen schwarzen Bolero darüber tragen, den sie im Laufe des Abends ausziehen konnte. Als sie fertig war, spähte sie aus dem Fenster. Es kam ihr immer noch wie in einem Film vor: Sie fuhr auf die Vernissage eines Künstlers, der mit ihr zusammen in einem Haus wohnte. Anna schnappte sich ihre Handtasche, und schon war sie draußen.

Die Fahrt ging über Land, und Anna versuchte, sich auf die Straße zu konzentrieren. Noch immer glaubte ein Teil von ihr nicht, dass sie gleich Jan Lefers persönlich in einer Ausstellung kennenlernen würde. Was sollte sie sagen?

»Hallo, ich bin Anna Thalberg und wohne einen Stock tiefer?« Das war ja Quatsch, er wusste, wo sie wohnte.

Vielleicht lieber: »Hallo, ich bin Anna Thalberg und habe schon viel von Ihnen gesehen!« Das wäre immerhin die Wahrheit.

Anna sah in den Rückspiegel und erblickte die Augen ihrer Mutter. Ihr Vater hatte immer gesagt: »Deine Augen werden dir noch mal die Türen in die Herzen öffnen, Anna.« Als Kind waren sie von einem hellen Schilfgrün gewesen, weshalb er sie manchmal scherzhaft »mein Zwergsumpfhuhn« genannt und damit jedes Mal ein haltloses Kichern bei ihr ausgelöst hatte. Denn sie hatte nachgesehen: Zwergsumpfhühner hatten gar keine grünen Augen, sondern einen grünen Schnabel. Trotzdem gefiel ihr der Name, weil er etwas Besonderes war. Mäuschen oder Schätzchen, so wurden schließlich viele genannt. Ihre Augen, auf die sie wirklich oft angesprochen wurde, hatte sie aber nicht von ihrem Vater geerbt, sondern von ihrer Mutter.

Auf einmal merkte sie, wie gern sie sie umarmen würde. Diesmal würde es nicht so lange dauern, bis sie sie besuchen würde. Bei dem Gedanken an Ligurien lächelte Anna.

Inzwischen war sie in Steinhausen angekommen. Der Ortskern unterschied sich kaum von dem Walderstadts. Vielleicht ging es hier ein bisschen geschäftiger zu. Die Navigation ihres Handys zeigte ihr Ziel in einem Kilometer Entfernung an. Anna bog in eine Seitenstraße und fuhr auf einen gutsähnlichen Hof zu. Sie manövrierte durch die Hofeinfahrt und stellte den Mini auf einem Parkplatz ab, auf dem schon eine Menge anderer Autos parkten. Sie musste sich also keine Sorgen machen, dass sie die Erste sein würde. Ihre Aufregung stieg, als sie die hell erleuchteten großen Fensterfronten sah. Gleich würde sie Jan Lefers gegenüberstehen.

Sie schloss sich einigen anderen Gästen an, die ebenfalls auf die weit geöffneten Türen der Kunstgalerie Ledermann zusteuerten. Es war richtig viel los, und ein paar Gesichter kannte sie. Anna nickte in die Runde, und war das gerade nicht Vroni gewesen? Drinnen umfing sie die für solche Ausstellungen übliche Atmosphäre. Kellner trugen gefüllte Sektgläser auf Tabletts umher, auf einem langen Tisch an der Seite befand sich ein Büfett mit Fingerfood. Aber Anna interessierte weder das eine noch das andere. Sie steuerte schnurstracks auf den Bereich der Ausstellung zu, wo »ihre Bilder« hingen. Diesen Gedanken verbot Anna sich sofort, aber er beschrieb dennoch am besten, was sie empfand. Dort hingen die Bilder, die sie vor gar nicht langer Zeit in ihrer Hausgalerie hatte bewundern können. Nur waren sie hier anders angeordnet, bildeten Halbkreise, sodass Anna sich umarmt fühlte. Dunkle, alte, ehrwürdige Bäume, deren Zweige von einer Invasion zartgrüner Blätter heimgesucht wurden. Von allen Bildern, die Jan Lefers bei ihr ausgestellt hatte, waren Anna diese am meisten ans Herz gewachsen, denn es waren Bilder voller Hoffnung und Lebensfreude. Anna ließ sich ganz auf sie ein und hoffte, dass Jan Lefers sie nicht verkaufen, sondern irgendwann wieder in seinem Haus aufhängen würde. Am liebsten hätte sie sie alle abgehängt und einfach mitgenommen. Sie war ganz in der Betrachtung der Bilder gefangen, als sie jemand sanft an der Schulter berührte. Sie drehte sich um, und die Zeit blieb stehen.

Vor ihr stand Mark.

Anna nahm das Glas Sekt, das er ihr reichte, beinahe mechanisch, und sie stießen mit einem Nicken an. Selbst wenn sie gewollt hätte, hätte sie nicht gewusst, was sie sagen sollte. Nach einem kräftigen Schluck aus dem Glas fand sie ihre Stimme wieder.

»Was machst du denn hier?«

»Wie hast du von der Ausstellung erfahren?«, fragte er, ohne auf ihre Frage einzugehen.

»Aus der Zeitung, Charlotte hat es mir gesagt.« Anna versuchte, ihr Zittern zu kontrollieren. Sie versuchte einzuordnen, warum Mark hier war. War dies sein geschäftlicher Termin? Er hatte sich ein wenig von ihr abgewendet, schien die anderen Gäste zu beobachten. Aber Anna hatte das Gefühl, er würde nachdenken. Als er sich ihr wieder zuwandte, sah er ihr direkt in die Augen, und irgendetwas spielte sich zwischen ihnen ab. Etwas, das Anna auch später nicht würde erklären können. Ein Erkennen und ein Festhalten.

»Es war Liebe«, hätte Halley gesagt.

»Es war die richtige Zeit und ihr wart am richtigen Ort«, hätte Georg gesagt, und Charlotte hätte gar nichts gesagt, sondern nur ein Buch zugeklappt und ins Regal geräumt.

»Es tut mir leid«, sagte Mark jetzt. »Ich hätte es dir früher sagen sollen, aber ich habe den richtigen Zeitpunkt einfach nicht gefunden.«

»Wovon redest du? Ich verstehe dich nicht, Mark.«

Statt einer Antwort drückte er kurz und fest ihre Hand, löste sich von ihr und bahnte sich einen Weg durch die wartende Menge der Gäste, direkt auf den Galeristen Hans Ledermann zu.

Annas Knie wollten nachgeben. Doch noch hatte sie einen Rest Hoffnung, dass sie sich täuschte.

»Verehrte Damen und Herren, ja, ich weiß, er hat sich schon

immer rargemacht, doch endlich ist es mir gelungen, ihn zu einer Ausstellung zu überreden. Ich freue mich, ihn heute hier persönlich begrüßen zu dürfen: Jan Lefers, ohne Zweifel ein Ausnahmetalent seiner Kunst …«

Beifall brandete auf. Anna glitt ihr Glas aus den Fingern. Doch niemand hörte es, der Applaus für den Ausnahmekünstler übertönte alles. Ihre Erstarrung löste sich, und sie rannte nach draußen.

Vor der Tür holte sie tief Luft. Jan Lefers war Mark oder andersherum: Mark war Jan Lefers? In ihrem Kopf wirbelten die Gedanken. Wie konnte sie nur so dumm gewesen sein! Mark, der irgendwo auftauchte und einfach wieder verschwand, den niemand richtig zu kennen schien. Die Traurigkeit in seinen Augen, das Geheimnis, das ihn zu umgeben schien. Fast musste Anna lachen, als sie daran dachte, was Halley einmal über ihn gesagt hatte: »Er verkauft Dinge, die keiner braucht.« Damit hatte er seine Bilder gemeint.

Stück für Stück ging Anna ihre Begegnungen in ihrer Erinnerung durch. Sie hätte vielleicht schon früher daraufkommen können. Spätestens als sie das Bild gesehen hatte, das er von ihr gemalt hatte. Natürlich hatte er sie malen können, er war ihr so nahegekommen.

Die frische Luft tat Anna gut. Sie war unfähig, mit diesem Gefühlschaos im Kopf mit dem Auto nach Hause zu fahren. Was war sie nur für ein dummes, blindes Sumpfhuhn gewesen?

Langsam, ganz langsam beruhigte sich Annas Herz. Dann vernahm sie Schritte. Sie musste sich nicht umdrehen, um zu wissen, wer es war. Mark, nein, Jan Lefers stand nur ein paar Schritte hinter ihr und sah sie an. Sie drehte sich zu ihm um.

Ihre Blicke verschlangen sich ineinander. Dann war er bei ihr, und Anna hatte das Gefühl, als würde sie auftauen, etwas unter seinem Blick schmelzen. Sie konnte seinen Atem spüren, der ihre

Haut zu liebkosen schien. Sie schloss die Augen und lehnte sich zurück. Er hielt sie und sie ließ es zu.

»Warum hast du mir nicht gesagt, wer du bist?«, flüsterte sie.

»Ich wollte es.«

»Warum hast du es nicht getan?«

»Ich dachte ...« Seine Stimme brach, und Anna verging in dieser Brüchigkeit. »Ich dachte, dann verliere ich dich. Ich hatte Angst vor dir.«

Anna öffnete die Augen. »Du hattest Angst vor mir?«

Jan nickte. »Ja, du hast mich und meine Bilder durchschaut. Ich konnte nicht damit umgehen.«

»Warum hast du mich gemalt?«

»Ich wollte dich nicht erschrecken.«

»Warum?«, wiederholte Anna.

»Es war nicht geplant. Es ist passiert«, lautete seine schlichte Antwort. Er nahm ihr Gesicht in seine Hände, so wie an jenem unvergesslichen Abend im Café Komet. »Anna, bitte glaub mir, ich wollte dir keine Angst einjagen.« Sein Kuss war ihr Bestätigung genug.

Als er sich löste, lag Bedauern in seinem Blick. »Ich muss wieder rein.«

Sie nickte. »Es ist deine Ausstellung.«

»Wir haben immer zu wenig Zeit«, sagte er, und Anna lächelte.

»Ich werde nach Hause fahren. Ich kenne deine Bilder, und ich kenne dich. Ich muss nicht hier sein.«

Er ließ sie los und ging zurück in die Galerie. Eine Weile noch beobachtete Anna ihn durch die beleuchteten Fenster. Dann schickte sie sich an, zu ihrem Wagen zu gehen.

Ein Schatten rannte an ihr vorbei, und Anna sah ihm alarmiert hinterher. In den Bewegungen hatte etwas Unkontrollierbares gelegen. Eine dunkle Gestalt. Sie hatte sie nicht richtig gesehen, aber irgendetwas kam ihr bekannt vor. Schnell folgte sie ihr in die

Galerie. Die Person war im Eingangsbereich stehen geblieben, und jetzt erkannte Anna ihn auch von hinten. Es war Jasper.

»Du hast sie umgebracht!«, schrie er, und in dem Raum mit wohl weit über zweihundert Menschen wurde es schlagartig still.

Wie erstarrt blieb Jan auf der Stelle stehen. Dann löste er sich langsam von seinem Platz, den Galeristen im Schlepptau, und kam auf Jasper zu. Als er bei ihm angekommen war, wollte er ihm beschwichtigend die Hände auf die Schultern legen. Jasper schlug sie weg.

»Fass mich nicht an, du Mörder!«

Der Galerist mischte sich ein. »Was reden Sie da für einen Unsinn!«

»Unsinn? Unsinn?«, grölte Jasper. »Das ist kein Unsinn, er hat sie uns weggenommen. Helen war unsere Tochter, und er hat sie uns weggenommen.«

Anna, die hinter Jasper stand, schluckte hart und verstand sofort. Helen war also Jaspers und Veronikas Tochter gewesen. Plötzlich ergab alles einen Sinn. Deshalb hatte er sie auch vom Hof gejagt, als sie gesagt hatte, sie wohne im Haus des Künstlers, und deshalb war er auf Halleys Grillfest auf Mark losgegangen.

Aus den Augenwinkeln gewahrte Anna eine Bewegung, und es durchdrang sie siedend heiß. Jasper hatte ein Messer gezogen und ging damit auf Jan los. In diesem Moment sprang Vroni von hinten auf Jasper zu und zerrte ihn zu Boden. Sie rangen miteinander. Die kleine Frau und der Hühnerbauer. Das Messer flog aus seiner Hand und rutschte unter einem einzigen gleichstimmigen Aufschrei der Menge über das Parkett. Mit ihrem Angriff von hinten hatte Jasper nicht gerechnet. Nun lag er auf dem Boden und schrie den Schmerz um seine Tochter laut und hemmungslos aus sich heraus, während Vroni neben ihm kauerte und ihn mit beiden Händen festhielt. Sie zwang ihn, sie anzusehen. »Jasper, Jan hat Helen nicht umgebracht.«

Regungslos stand Jan da, und die Menge um ihn herum tat es ihm gleich.

»Er hat um ihr Leben gekämpft, bis er selbst fast gestorben ist. Es war ein schlimmer, schlimmer Unfall.« Obwohl Vroni nicht laut gesprochen hatte, glaubte Anna, dass jeder sie gehört hatte, so wie auch die folgenden eindringlichen Worte, die sie an ihren Mann richtete. »Niemand wollte Helen wehtun, schon gar nicht Jan. Er hat sie doch über alles geliebt. Das wissen wir doch. Jasper, wir wissen es doch!« Vroni beschwor Jasper, sich zu beruhigen, und alle um sie herum erstarrten ob der verstörenden Szene zu ihren Füßen. Anna weinte heiße Tränen, und der alte Mann schluchzte so hemmungslos, dass ihr Herz brannte. Irgendwann standen die beiden auf, und Vroni führte ihren Mann mit kleinen Schritten hinaus.

32. KAPITEL

War es jetzt wieder Glück im Unglück? Ich werde Jaspers Gesichtsausdruck niemals vergessen ...

Gleich am nächsten Tag besuchte Anna Jasper und Veronika. Diesmal machte sie sich zu Fuß auf den Weg, so wie es Jan und Helen vermutlich früher unzählige Male getan hatten. Vom See aus folgte sie dem bekannten schmalen Pfad über Wiesen und Felder. Als Anna den Hof erreichte, wurde sie wieder von Hühnern und dem Labrador begrüßt, der fröhlich an ihr hochsprang. Der Bauer selbst war nicht zu sehen, und so klopfte Anna an die Haustür, denn eine Klingel gab es nicht. Vroni öffnete.

»Er sitzt in der Küche«, sagte sie leise und ließ Anna hereinkommen. Anna fand Jasper, auf der Eckbank am Küchentisch sitzend, die Ellenbogen auf den Tisch mit seiner karierten Wachstuchtischdecke gestützt, den Kopf in den Händen.

»Darf ich?«

Jasper antwortete nicht, und Anna wertete dies als Zustimmung.

»Wie geht es Ihnen?«, wollte Anna wissen.

Noch immer sagte Jasper nichts, dafür seine Frau.

»Nimm es ihm bitte nicht übel, Anna. Er hatte zu viel getrunken gestern, und er kann die Vergangenheit nicht ruhen lassen.«

Anna setzte sich an den Tisch, weit genug weg, um ihm Raum zu geben.

»Ich kann das verstehen. Ich habe auch einmal einen Menschen verloren, den ich unendlich geliebt habe. Ich weiß, wie sich das anfühlt. Es verbrennt einen von innen.« Sie machte eine Pause und schluckte. »Mein Vater ist gestorben, als ich noch ein Kind war. Es ist ein unvorstellbarer Schmerz, eine ewig blutende Wunde.«

Mit rot geschwollenen Augen sah Jasper sie an. Vroni nickte stumm.

Leise und eindringlich sprach Anna weiter. »Und ich kann Ihnen beiden keinen Trost spenden. Aber ich bin mir sicher, Jan Lefers ist nicht schuld am Tod von Helen.« Sie machte eine Pause, und für einen Moment war nur das Ticken der Wanduhr zu hören. »Niemand ist daran schuld.«

Anna stand auf. »Wir müssen damit leben, dass es so ist und sie nicht mehr da sind.« Sie legte die Hand auf ihr Herz. »Aber hier werden sie immer sein.«

Jasper sah auf und flüsterte heiser: »Danke.«

Als sie ging, wünschte Anna sich, dass Jasper und Veronika eines Tages wieder zu einem bisschen Glück zurückfinden würden. Es war ihr wichtig gewesen, Jasper noch einmal zu besuchen, und sie hoffte inständig, dass ihre Worte ihn erreicht hatten. Nachdem alles gesagt war, machte sie sich auf den Rückweg. Sie umrundete den See. Die Bäume hatten ihre Blätter inzwischen verloren. Als Anna die alte Kirsche erreichte, blieb sie vor ihrem mächtigen Stamm stehen. Das Herz war noch da, und auch die Initialen waren deutlich zu lesen. Er würde die Liebe von Jan und Helen für immer festhalten. Anna strich über das Herz, bevor sie weiterging. Auch sie würde ihren Vater niemals vergessen. Er war für immer und ewig in ihrem Herzen, und er würde sich wünschen, dass sie glücklich war.

Anna nahm den Weg über die Terrasse zum Haus zurück. Die

Luft war klar und roch so sauber, als hätte sie jemand frisch gewaschen. Sie schloss auf und schaltete das Licht in der Galerie ein. Es waren wieder Bilder da, und Jan ebenfalls. Anna sah ihn vor seinen Bildern stehen. Er musste in der Dunkelheit der Galerie auf sie gewartet haben.

»Gefallen sie dir?«

»Sehr«, antwortete Anna.

»Ich schenke sie dir.«

»Das kann ich nicht annehmen.«

»Du hast meinem Leben wieder einen Sinn gegeben.«

Anna legte einen Finger auf seine Lippen. »Sag nichts weiter, ja? Wir reden jetzt nicht darüber. Nur eins: Wirst du Jasper anzeigen?«

Jan schüttelte den Kopf. »Nein, das werde ich nicht.«

»Gut. Dann lade ich dich jetzt in die Küche auf eine Tasse Tee ein, aber wir müssen sehr leise sein, ich habe da einen etwas empfindlichen Mitbewohner im Haus. Der versteht keinen Spaß, wenn …« Mehr konnte sie nicht sagen, weil Jan ihr den Mund mit einem Kuss verschloss.

Als er später wieder in seine Wohnung über ihr zurückgekehrt war, fühlte sich alles anders an als vorher. Es war, als hätte jemand in Annas Schrank aufgeräumt. Das Fach mit dem Namen Jan Lefers war besonders ordentlich. Das Fach Halley war auf einem guten Weg. Einige andere waren halb eingeräumt, wie das mit der Aufschrift *Glücksbuch* oder *Ligurien*.

EINIGE
WOCHEN SPÄTER ...

Was ist Glück?
Glück braucht einen Gegenpart. So wie ein Sonnenaufgang nur deshalb schön ist, weil er aus der Nacht erwächst. Wenn nach langer Zeit der Trauer wieder Freude folgt, werden Sie ein Gefühl von Glück empfinden. Wenn Sie krank waren und gesund werden, sind Sie glücklich. Nach dem Regen kommt die Sonne. Das Leben ist Glück, denn es hält all diese Erfahrungen bereit, aus denen sich die glücklichen Momente entfalten können.
Wussten Sie, dass glückliche Menschen ein ziemlich langweiliges Leben führen? Denn leider wissen sie oft gar nichts von ihrem Glück. Sie merken es nicht. Erst im Rückblick, wenn etwas schiefgelaufen ist, erkennen sie es.
Aber eines ist sicher: Auf jedes Unglück folgt irgendwann auch Glück. Glauben Sie fest daran! Manchmal dauert es ein bisschen, gelegentlich kommt es in Etappen, aber es kommt. Vertrauen Sie darauf!

Walderstadt vibrierte. Aus allen Häusern hatten sich die Bewohner in den Kronsaal begeben, in dem Glückskolumnistin Anna Thalberg alias Julia Jupiter gerade ihre Willkommensrede gehalten hatte. Es war still geworden nach ihren Worten, und Anna stand vor ihrem Rednerpult, auf dem Charlotte so vehement bestanden hatte. Sie schaute in die Gesichter der Menschen, die sie in der kurzen Zeit schon so lieb gewonnen hatte, die ihr eine innere Heimat geworden waren. Georg hatte den Arm um Halley gelegt, mit der anderen Hand schuckelte er den dunkelblauen Kinderwagen. Halley trug einen grünen Schal um ihren Hals, der Anna bekannt vorkam. Sie ging auf die junge Familie zu, streichelte dem kleinen Nils über die Wange. Halley nahm Anna in die Arme. »Deine Rede war großartig!« Und gerade als Anna sich lösen wollte, flüsterte sie: »Ich habe deinen Schal, er wurde mir von einem etwas verwirrten Künstler gegeben, der meinte, er sei ihm einfach so zugeweht.« Dann nahm sie den Schal ab, legte ihn Anna um den Hals und trat einen Schritt zurück. »Wunderbar, nun habe ich wieder einmal zusammengebracht, was zusammengehört.«

Schon wollte sich Halley samt Kinderwagen und Georg weiter durch das Gedränge schieben, als Anna sie zurückhielt. »Moment noch, Halley, bevor ich es vergesse: Es gibt da eine Kinderlupe in einer deiner geheimnisvollen Schubladen. Bitte gib sie Nils, wenn er groß genug ist, und sag ihm, er soll die Welt damit erkunden, ja?«

Jakob, die gesamte Familie Herzog, Charlotte, Maximilian, Lotto Otto, die Kräuterfrau, ja sogar Vroni und Jasper waren gekommen. Sie standen ruhig Hand in Hand in einer Ecke des Raumes, und Anna freute sich, Jasper so entspannt zu sehen. Niemand schien sich dieses Ereignis in Walderstadt entgehen lassen zu wollen. Sie hatten sich ihren eigenen Glückstag geschaffen, und die Bürgermeisterin machte kein Geheimnis daraus, dass dieser besondere Tag von nun an in jedem Jahr stattfinden sollte. Denn Walderstadt sei nicht nur ein Ort für alten Trödel, sondern stehe auch für die Gegenwart, Zukunft und jene Glücksmomente, von denen es in ihrem Leben reichlich gab.

Annas Freundin Antonia samt der Kinder war ebenfalls da. In einer schwachen Minute hatte sie Anna gestanden, dass sie auch gerne so etwas wie ein Walderstadt haben wollte. Vielleicht würde sie ihrer Freundin sogar eines Tages folgen. Als Anna die Bühne nicht ohne Erleichterung verließ, kam Maximilian auf sie zu.

»Das Mietverhältnis wird auf unendliche Zeit verlängert«, sagte er.

Anna lächelte. »Konntest du den Vermieter also doch noch von mir überzeugen?«

»Es war schwer, sehr schwer«, winkte Maximilian ab. »Aber letztendlich sprachen alle Argumente für dich.«

Sie sah Maximilian in die Augen. »Können wir Freunde sein?«

Sein Blick war seinen Worten voraus. »Angesichts der Tatsache, dass du dich in meinen besten Freund verliebt hast, bleibt mir kaum etwas anderes übrig, oder?«

Anna spürte, wie sie von hinten von zwei Armen umfangen wurde.

»Max übertreibt mal wieder, aber das haben Immobilienmakler ja so an sich!«

Jans Stimme brach in Annas Herz und das große Glück machte sie schwindelig. Für einen kurzen Moment schloss sie die Augen, um zu genießen.

– ENDE –

REZEPTE

HALLEYS BRIOCHES MIT ERDBEEREINSCHLAG

Die Menge ergibt 12 Pariser Brioches (in kleinen Brioche-Förmchen oder aber im Muffinblech gebacken).

125 G MEHL TYP 405
(ODER AM LIEBSTEN FRANZÖSISCHES BRIOCHE-MEHL T55)
15 G ZUCKER
5 G HEFE (FRISCHE)
1 EL LAUWARME MILCH
3 G SALZ
1-2 EIER
80 G SÜBRAHMBUTTER, WEICH, IN STÜCKEN
1 EIGELB
1 GLÄSCHEN LIEBLINGS-ERDBEERMARMELADE

- Mehl in die Schüssel geben, eine kleine Mulde in der Mitte machen, Hefe hineinbröseln und mit der lauwarmen Milch, dem Zucker und ein wenig Mehl zu einem Vorteig vermischen. Diesen 15 Minuten gehen lassen.
- Eier und Salz hinzufügen und alle Zutaten bei niedriger Stufe in ca. 3 Minuten mit dem Knethaken der Maschine oder aber mit dem Handrührgerät zu einem festen Teig verarbeiten.

- Butter zugeben und unterkneten.
- Bei mittlerer Geschwindigkeit in 5–10 Minuten zu einem glatten und elastischen Teig verkneten. Er ist fertig, wenn man ihn in die Hand nehmen kann, ohne dass er reißt.
- Teig in die Schüssel legen und 60 Minuten mit einem feuchten Tuch bedeckt bei Raumtemperatur gehen lassen, bis der Teig sein Volumen verdoppelt hat (das kann je nach Raumtemperatur auch mal etwas länger dauern).
- Teig dann auf die bemehlte Arbeitsfläche legen und zu einer Rolle formen. In Frischhaltefolie wickeln und so mindestens 2 Stunden im Kühlschrank ruhen lassen.
- In der Zwischenzeit 12 Brioche-Formen mit einem Pinsel ausbuttern – dafür am besten kleine Brioche-Förmchen verwenden, ein Muffinblech tut es aber auch.
- Den Teig in 12 Stücke zerteilen. Jedes Teigstück auf der Arbeitsfläche mit der Hand flach drücken und anschließend zu einer kleinen Kugel rollen.
- Anschließend die Kugeln auf der Arbeitsfläche zu einer kleinen Rolle formen und dann durch Hin- und Herrollen mit der Handkante ein Drittel als Kopf herausarbeiten – das gibt der Brioche die typische Form. Die Teigstücke in die Formen setzen und den Kopfansatz mit den Fingerspitzen rundherum eindrücken.
- Nun die Brioches mit einem Tuch bedeckt 2 Stunden bei Raumtemperatur gehen lassen.
- 20 Minuten vor Ablauf der Gehzeit den Backofen auf 180 Grad vorheizen. Das Eigelb mit einer Gabel verschlagen.
- Wenn die Teiglinge ihr Volumen verdoppelt haben, mit dem Eigelb bestreichen und im heißen Ofen 10–12 Minuten backen.
- Brioches leicht abkühlen lassen. In der Zeit Erdbeermarmelade in einem Töpfchen erwärmen und in einen kleinen Spritzbeutel

mit dünner Lochtülle füllen. Brioches aus der Form lösen und in jede Brioche einen guten Schlag Erdbeermarmelade spritzen.

Voilà – Brioches mit Erdbeereinschlag!
   Viel Spaß beim Backen und bon appétit!

Vielen Dank an Melanie Schüle für dieses wunderbare Rezept!

FOCACCIA MIT ROSMARIN

Diesem handgemachten italienischen Fladenbrot begegnet man überall in Ligurien. Man bekommt es mit Rosmarin, Tomaten, Sardellen oder Oliven und isst es zum Frühstück genauso wie als Zwischenmahlzeit. Die nachfolgende Menge reicht für ein Brot.

250 G MEHL (ETWAS MEHR ZUM BESTÄUBEN UND AUSROLLEN)
150 ML LAUWARMES WASSER
1/2 WÜRFEL FRISCHE HEFE
1 TL SALZ
GROBES MEERSALZ
6 TL OLIVENÖL
(FRANCESCO WÜRDE NATÜRLICH AUF TAGGIASCA-ÖL BESTEHEN!)
EINIGE ROSMARINZWEIGE
BACKPAPIER

- Die Hefe in der Hälfte des laufwarmen Wassers auflösen und mit 50 g Mehl vermengen. Diesen Vorteig ca. 20 Minuten an einem warmen Ort gehen lassen.
- Anschließend den Vorteig mit dem restlichen Wasser, 3 EL Olivenöl und dem Salz zu einem geschmeidigen Teig verkneten. Diesen Teil mit etwas Mehl bestäuben, zudecken und nochmals gehen lassen. Der Teig ist so weit, wenn er sein Volumen in etwa verdoppelt hat.
- Jetzt schon mal den Backofen auf 220 Grad vorheizen (Umluft 200 Grad).
- Danach den Teig zu einer Kugel formen und auf einer bemehlten Arbeitsfläche rund ausrollen. Von dort aus auf ein mit Backpapier ausgelegtes Blech legen. Nun mit den Fingern Vertiefungen in den Teig drücken und Meersalz und die Nadeln

der Rosmarinzweige darauf verteilen. Zum Schluss das restliche Olivenöl darüberträufeln.
- Focaccia im Ofen ca. 20 Minuten goldbraun backen und am besten noch warm servieren!

BROTSALAT

Dieser Brotsalat ist schnell gemacht und passt zu vielen Gelegenheiten. Er schmeckt am besten, wenn er noch lauwarm serviert wird!

1 GROBES CIABATTABROT (KANN AUCH VOM VORTAG SEIN)
500 G COCKTAILTOMATEN
500 G SALAT NACH WAHL
100 G PINIENKERNE
5 EL BALSAMICOESSIG
50 ML OLIVENÖL
ETWAS PUDERZUCKER
1 KNOBLAUCHZEHE
SALZ
PFEFFER

- Salat waschen, abtropfen lassen und in mundgerechte Stücke zerpflücken. Pinienkerne ohne Öl in der Pfanne rösten, zur Seite stellen. Danach die Cocktailtomaten halbieren und zusammen mit dem Knoblauch in einer Pfanne mit Olivenöl und etwas Puderzucker karamellisieren und samt dem entstandenen Sud zur Seite stellen. Das Ciabatta in ca. 1 bis 2 cm große Würfel schneiden und ebenfalls in Olivenöl goldbraun anbraten.
- Schließlich Salat, karamellisierte Tomaten, geröstetes Brot und Pinienkerne in eine große Schüssel geben und mit Balsamicoessig, Olivenöl, Salz und Pfeffer abschmecken.
- Warm servieren!

DANKESWORTE

Meine Mutter hatte die besondere Fähigkeit, auf jeder x-beliebigen Wiese ein vierblättriges Kleeblatt zu finden. Ich habe sie dafür bewundert und mich viele Jahre gefragt, wie sie das wohl macht ... Heute denke ich, sie *wollte* diese grünen Glücksboten einfach finden, um sie anderen zu schenken. Sie hat mich gelehrt, dass es oft die kleinen Dinge sind, die ein Leben glücklich machen. Für dieses positive Grundgefühl werde ich ewig dankbar sein.

Zu meinen persönlichen Glücksmomenten gehören schon immer Begegnungen mit anderen Menschen. Denn was geht über ein freundliches Lächeln oder ein paar zugeneigte Worte? So hat auch dieses Buch seinen Anfang genommen. Dafür danke ich euch, liebe Martina und liebe Andrea. Und wie froh bin ich darüber, dass ich Melanie Schüle in ihrem wunderschönen Mels Café getroffen habe! Es hat mich nicht nur zu Halleys Café Komet inspiriert, ihrer Backkunst habe ich es vielmehr auch zu verdanken, dass Halley so köstliche Brioches backen kann. Das Brioche-Rezept in diesem Buch ist eine ihrer Kreationen.

Einige vierblättrige Kleeblätter habe ich dann aber doch noch gefunden, denn ohne meine beiden aufmerksamen und lieben Lektorinnen Nina Hübner und Dr. Clarissa Czöppan hätte dieses Buch niemals wachsen können. Ebenso danke ich Hannah Paxian für die tatkräftige Unterstützung und meiner großartigen Agentin Sabine Langohr für all die guten Gespräche.

Und weil die Liebe wirklich das größte Glück ist, denke ich nun noch ganz fest an meinen Ehemann Jürgen und meine Tochter Amelie, die immer so selbstverständlich an meiner Seite stehen. Ihr seid einfach wunderbar!

Schließlich wünsche ich all meinen Leserinnen und Lesern noch ein unendliches Feld vierblättriger Kleeblätter und ein Meer voller Glücksmomente. Darüber hinaus verweise ich auf Julia Jupiters Glücksrezept!

Herzliche Grüße
Diana Hillebrand

*Liebevoll-turbulente Verwicklungen um einen
kleinen Kurzwarenladen in Ostfriesland*

Steffi Hochfellner

KOMME, WAS WOLLE

Roman

Franzi ist begeistert, als sie das Haus ihrer Großtante Gerlinde erbt, nebst dazugehörigem Handarbeitsladen und einem verwöhnten Entenpaar. Mit Sack und Pack zieht sie von Nürnberg nach Ostfriesland – und stellt fest, dass erst mal gründlich renoviert werden muss.
Zum Glück kann sie auf die Hilfe einer pfiffigen Rentner-Truppe und ihrer neuen Freunde Rieke und Joost zählen. Schnell rückt der Termin zur Neueröffnung der »Wunderkiste« näher, doch immer wieder kommt es zu gemeinen Sabotageakten, die ihren Traum gefährden. Eins ist jedoch klar: Aufgeben kommt für Franzi nicht infrage!

Wenn auch Sie bei weicher Wolle, buntem Papier, Holz und Kleister in Verzückung geraten, warten auf Sie im Anhang dieses Buches fünfzehn Kreativ-Ideen zum Nachmachen.